SEULE AU RENDEZ-VOUS

DU MÊME AUTEUR

Un coup de corne fut mon premier baiser,
Ramsay, 1998

ANNE PLANTAGENET

SEULE AU RENDEZ-VOUS

roman

ROBERT LAFFONT

ISBN : 2-221-09906-0

À Paris,
pont de la Tournelle.

« J'ouvre mon ventre et mon poème
Entrez dans mon antre et mon Louvre
Voici ma plaie et le Saint-Chrême
Voici mon chant que je découvre
Entrez avec moi dans moi-même. »

Louis Aragon,
Les Poètes, Prologue.

« [...] Je sais qu'une invisible chaîne
Jette son aimant entre nous :
Je sais où finira ma peine ;
Mais je vais seule au rendez-vous !
La route sans fleurs et sans charmes
Fuira... Pour se rejoindre un jour,
Doit-on passer par tant de larmes ?
Ô menteur ! ô menteur d'amour ! »

Marceline Desbordes-Valmore,
Seule au rendez-vous, 1832.

1.

J'ai passé l'après-midi avec Henri. Chaque fois, c'est le même vertige, comme marcher sur la crête d'une montagne sans savoir de quel côté tomber, et ce chahut à tout casser dans ma poitrine. Sur le trottoir de la rue des Saints-Pères je titube. La décision que je prendrai, de toute façon, ne sera pas la bonne et, quelle qu'elle soit, elle me terrifie. Sauter dans l'abîme à pieds joints ? M'élancer dans le ciel de demain avec tous les petits cercueils qui s'entassent en moi ? Pas étonnant qu'il y ait un tel raffut à l'intérieur, un tapage qui n'en finit pas, broie mon sommeil et laboure mon ventre. Je ne le supporte plus. Respirer me fait mal. L'air, ou n'est-ce que notre histoire, étouffe dans une moiteur inconcevable pour un mois de mars à Paris.

Henri s'enfonce en lui pour s'évader de moi qui ne sais où le fuir. Et qui ne suis pas si sûre de vouloir m'échapper. Quelle impuissance, quelle humiliation d'aimer quelqu'un qui a renoncé à tout, s'interdit le moindre sentiment et se retranche derrière sa douleur ! Moins d'un an aura suffi pour que le beau mystère qui nous liait se dénoue. Henri se barricade désormais. Chez lui, la peur l'a emporté sur l'élan. Ou bien il s'est lassé. Pire encore, a-t-il jamais été sincère ? Ai-je souillé ce qui m'était alors sacré pour un mensonge ? (Mensonge dont je suis responsable, consentante, complice.) Voilà la seule question au fond, ma hantise. Puis-je douter des moments partagés, de la splendeur d'un geste, d'un abandon, de l'éternité d'un aveu ? Je le peux. Henri se dérobe et c'est toute notre histoire qu'il saccage. Je suis prisonnière d'un homme qui ne me donne plus rien, qui a fait de mon désir une tombe. C'est la nuit. Il faut en finir. J'ai perdu foi en nous. À chaque nouvelle morsure ma résistance s'amenuise et je me laisse gagner par l'abattement. Pourtant je m'accroche encore, sans trop savoir à quoi, sans comprendre comment, à ce temps volé sur la mort, à cet homme qui m'a fait connaître un amour à nul autre pareil, dévastateur, irréversible. Mon foyer, mon mari, en sont le prix. Comment retourner en arrière ?

Dans les bras d'Henri mon plaisir est une douleur. Sans doute une façon de condamner ma jouissance ou de l'expier. D'en regretter aussi la brièveté. Nue et déroutée tout à l'heure, enfouie dans mes cheveux, recroquevillée sur la honte de mon corps, j'ai écouté derrière moi le silence de l'homme à qui je m'étais livrée tout entière, et palpé à tâtons son absence. Les minutes qui avaient précédé, le dépouillement, la salive, la sueur, le saisissement, la fusion, la grâce, ce temps ébloui qui nous interdit d'être autrement qu'à nous-mêmes, ne nous appartenaient déjà plus. L'effroi du réel nous accablait de plus belle.

— Je n'en peux plus, ai-je soufflé.

Dans la garçonnière où je rejoins Henri au prix de mille petites tromperies qui me rongent la peau, il y a toujours un moment où je voudrais partir en courant, me sauver par tous les moyens, nobles et infâmes, de cet amour galeux. Par quelle énigme suis-je là, à jouer avec le gouffre et la défaite, offerte aux coups d'un être dont la rencontre a bouleversé ma paix immobile ? Je ne comprends pas. Quelle pente jusque-là ignorée de moi-même me conduit et me ramène malgré moi entre les draps de cet amant à l'œil crevé, usé avant l'heure, dont le corps triste et replet, rougi d'excès, ne sait m'offrir qu'une étreinte décevante ? Quel repentir ? Ce n'est pas la chair, fugace, étrangère, c'est certain, qui me sacrifie implacablement à Henri, mais plutôt la quête du vertige et du ravissement que lui seul a su éveiller en moi. Ou un désir de chute irrépressible. Mais je ne l'admets pas, multiplie les efforts afin de m'arracher au vide, cherchant, fébrile, une branche d'appui pour ne plus sombrer, me retenir à la terre stable d'en haut, celle où le feu crépite, où les enfants rient. Il faut, je le sais, vite, me défaire des lianes qu'Henri a savamment agencées autour de mon cou, des marques de ses mains comme un étau, un harnais, ses doigts d'airain, ses doigts divins. Je le dois. Question de survie. En suis-je capable ? Ai-je véritablement envie d'être délivrée ? Car ce sentiment qui me brise ne me sera jamais redonné à vivre ! Effarée, possédée, je redoute autant ses brûlures que leur disparition, leur souvenir. Une telle volupté ne s'atteint pas deux fois. Rupture, quel mot terrible.

Après trois jours de larmes, épouvantée par le silence de mon existence sans lui, je me précipite violemment, à nouveau, au rendez-vous d'Henri, dans la grandeur tragique de cet amour qui m'a découverte dans toutes mes fractures, affamée, assoiffée, intensément vivante.

Depuis un an, c'est ainsi.

Le début du printemps 1821 est lourd, menaçant. Enfant de Douai, accoutumée au rude climat des Flandres, je perçois cette tiédeur inhabituelle avec malaise. L'étrange chaleur qui écrase Paris m'oppresse. La température qu'atteint ces jours-ci notre petit logement dans les combles de l'hôtel du Paon m'est devenue insoutenable, ai-je prétendu hier à mon mari et à ma belle-mère. Ce n'est pas faux d'ailleurs. Pas complètement. Mes nausées sont plus fortes, plus fréquentes. J'ai des suées. Je préfère, ai-je affirmé, trouver refuge rue Childebert, dans l'atelier de Constant, mon oncle, qui conserve, grâce à sa triple exposition, une fraîcheur qui me convient mieux pour écrire. Située près de l'église de Saint-Germain-des-Prés, la Childeberte est une grande bâtisse de cinq étages où se nichent des artistes de tous horizons. Dans un coin, retranchée derrière les toiles et à peine incommodée par les émanations d'essence de térébenthine, je peux me consacrer à mes poèmes. C'est ce que je prétexte. Mais, en vérité, depuis des mois je passe à l'atelier sans m'y attarder, courte halte sur ma route en direction de la rue des Saints-Pères.

— Mon fils, votre époux, est bien complaisant.

Dire qu'il s'éreinte chaque jour, le malheureux, sur les planches de l'Odéon pour nous faire vivre tandis que vous courez les rues sans souci pour sa réputation ! me lance Anne-Justine.

Dans sa voix, l'exaspération côtoie la haine.

— Quand on possède un passé comme le vôtre, poursuit-elle, et que par miracle – ou par artifice – on a réussi à se faire épouser par le plus grand comédien du moment, on s'efforce d'être discrète. Je ne suis pas comme Prosper, moi ! J'entends ce que racontent les gens...

Je soupire. Il y a des rumeurs, je ne l'ignore pas, alimentées par mes poèmes autant que par mon ancien métier d'actrice. Ma belle-mère s'en repaît. Elle n'a jamais admis que son fils unique épouse une femme de sept ans plus âgée que lui. Et remportant sur scène, au temps où je jouais encore, davantage de succès. Je ne m'en soucie guère. Au début de notre mariage, les attaques d'Anne-Justine m'ont affectée et nous ont blessés, Valmore et moi. Désormais, elles m'éraflent à peine. De légères écorchures vite effacées par les griffures d'Henri.

— Vous savez bien que je vais chez mon oncle.

— C'est ce que vous dites. Et quand bien même. Un peintre. Un atelier, repaire de dévoyés, probablement plus portés à la débauche qu'à l'art. Jamais mon mari ne m'aurait permis de telles fréquentations !

Il avait ses raisons. N'était-elle pas déjà mariée quand il l'avait séduite ? Mais je veux à tout prix éviter le conflit qu'Anne-Justine tente d'attiser afin de me retenir auprès d'elle et d'obtenir un sursis à sa solitude. J'étouffe mes sarcasmes. Ma soumission a toutes les couleurs de l'impertinence. Anne-Justine le sent bien. Seule la crainte du ridicule l'empêche de continuer cette scène. Sa jalousie à mon égard trouve sa source dans l'amour exclusif qu'elle voue à Prosper ainsi que dans le désir tu et les ambitions qu'elle a placées en lui, elle dont la vie n'a été que frustration. Je ne suis pas dupe. J'aurais tant voulu, pourtant, qu'elle m'aime. J'étais toute prête à cela. Je l'ai même appelée « mère » les premiers temps. Tant pis pour elle. Je l'abandonne, offusquée, à sa rancœur.

C'est ailleurs que je dois aller, ailleurs que le sentiment m'enlace. Je ne vois rien. J'avance à l'aveugle, éblouie et délivrée, refusant de considérer que ça puisse s'arrêter, que cette situation ne durera pas infiniment. Valmore passe ses journées en répétition et notre petit Hippolyte, né en janvier de l'année dernière, grandit en bonne santé chez une nourrice des environs de Dreux, voisine de ma sœur Eugénie. Grâce à Henri, j'ai publié il y a quelques mois un recueil de poésies et des nouvelles antillaises dont le succès d'estime m'a donné un moment l'illusion enivrante d'être enfin libérée du théâtre que j'abhorre. À quoi ne consentirais-je pour ne plus jamais avoir à faire le singe sur les planches et vivre dignement de mes écrits ! Cette fatuité, hélas, ne m'est pas encore permise. Je dois ravaler mes ambitions car je viens d'apprendre (ce que ma belle-mère ignore encore) que le contrat de Prosper avec l'Odéon ne sera pas renouvelé l'année prochaine. Valmore de toute façon n'aime pas la capitale, foyer, selon lui, de méchanceté, d'arrivisme et de mondanité. Las des duplicités et des calculs dont il se tient résolument éloigné, il a signé pour nous deux un engagement avec le Grand Théâtre de Lyon. La saison terminée, nous serons donc forcés une nouvelle fois d'empaqueter nos affaires. L'errance dont j'espérais m'être débarrassée va reprendre. Mon existence vagabonde sans fin.

La perspective de ce départ qui m'arrache à Henri et signifie mon retour sur scène me démolit doublement. À peine un mois nous sépare de l'échéance fatale que tour à tour, selon que je suis reine ou esclave, selon qu'Henri se révolte ou se rend, j'appelle ou je maudis. Il me semble parfois le voir se réjouir, trouver finalement dans mon déménagement la résolution facile du problème que lui pose notre histoire. Sa lâcheté me révulse. Je voudrais lui lacérer le visage de mes ongles. Mais, aussitôt, un mot tendre perdu, lâché par lui, me remplit d'orgueil. Le bonheur et la fierté d'être aimée de lui me font pendant quelques heures oublier l'avilissement qui en est le prix.

C'est pourquoi, en ce mois de mars 1821, dédaignant les semonces d'Anne-Justine, les sacrements qui me lient à Prosper, les serments que j'ai prononcés au-dessus du charnier où pourrit, seul, le cadavre de ma mère dans les Caraïbes, fermant les yeux sur ma jeunesse dérobée, mes bonheurs violés, passant sur les dépouilles de mes trois enfants morts, je vole jusqu'à la rue des Saints-Pères, le ventre noué, la gorge serrée. Je vole, oui, dérisoirement libre, comme une novice à laquelle est concédée une dernière sortie publique avant le cloître, savourant la singularité de chaque seconde qui me porte jusqu'à Henri, sa fragilité aussi, et tout s'abolit autour de moi en une pureté triomphante et grandiose.

Henri s'appelle en réalité Hyacinthe Thabaud de Latouche, ce qu'il n'a jamais supporté. Un borgne avec un nom de fleur, c'est grotesque dit-il. Très tôt il s'est mis à signer la plupart de ses articles d'un pseudonyme – chaque fois différent – et à parapher ses lettres d'un H que tout le monde a pris pour la première lettre d'« Henri ». Lui n'a pas contesté et ne m'en a révélé le secret qu'après bien d'autres mises à nu, presque à regret, comme par erreur, me demandant de continuer à l'appeler par un prénom qui n'est pas le sien. Mon amant possède un goût immodéré pour l'imposture. Il avance masqué.

Depuis qu'il s'est séparé de son épouse, Latouche vit dans un petit deux pièces de la rue des Saints-Pères, tout proche des bords de Seine. J'aime contempler le fleuve à travers les croisées de ses grandes fenêtres. Dans ses flots, je regarde passer des tragédies étrangères sur lesquelles, parfois, je parviens à greffer mes mots. L'appartement d'Henri est une sorte de tanière de garçon à la négligence savamment étudiée. « Une cellule de chartreux », prétend-il. Quand j'y ai pénétré pour la première fois, j'ai vite décelé, après un temps d'observation déconcertée, sous l'apparent désordre du salon empli de livres, de bibelots assez laids, effrayants, de tissus et de tentures exotiques cédant au goût oriental à la mode, une logique minutieuse. Dans cet agencement à la fois flatteur et sans complaisance, Henri de Latouche se meut à son aise. Du moins veut-il le laisser croire tout en suggérant le contraire.

— Je n'aime pas ce lieu, m'avait-il avoué ce jour-là. Je n'y convie jamais personne.

— Quel honneur vous me faites alors.

— Dites plutôt quelle injure.

Peu importait au fond, c'était moi et moi seule qui avais pris la décision de venir là. Moi qui avais choisi de me donner à lui.

D'une mise toujours fouillée, preuve de l'importance qu'il accorde au paraître, et de son attitude assurée, légèrement méprisante, à l'égard du monde extérieur, la silhouette d'Henri avait soudain fléchi pour me découvrir ses ravages. Sous son costume se jouait un drame épouvantable. Ce grand cynique avait en réalité une bien piètre estime de lui-même. La disposition de son appartement, comme un navire houleux où tout objet, posé çà et là par dépit, par paresse, semblait un défi obsessionnel et inutile à la tempête, était l'image même de son naufrage.

— Je ne suis jamais parvenu à me fixer dans cet endroit. Pourriez-vous comprendre cela, Marceline ? J'en subis son environnement délétère. Il m'a fallu des mois pour réussir à dormir ici.

— Êtes-vous bien sûr, Henri, que c'est le lieu qui vous incommode ?

Une petite moue s'était esquissée au coin de ses lèvres.

— Je veux dire, peut-être votre propre compagnie...

— Taisez-vous, sorcière.

— Comme vous voulez, avais-je continué en souriant. Moi, voyez-vous, au contraire, j'ai déjà connu tant d'habitations différentes que je m'empresse, lors de chaque nouvel emménagement, de m'emparer de la place et de l'assujettir. Ainsi, en quelques heures, je m'y trouve comme si j'y vivais depuis toujours.

— Je vous crois sans peine. Mais moi, ma chère Marceline, je suis un ermite, un misanthrope. J'ai tenté, n'en doutez pas, la compagnie des hommes. Cependant le temps du mensonge a passé. À d'autres, la mascarade...

Quel exil, m'étais-je dit, quelle revendication trop violente pour n'être pas suspecte ! Pourquoi donc cet homme, plus aimant qu'il ne l'admettait, s'infligeait-il cette pénitence absurde ? Dans le plus grand renoncement, Henri subissait en secret la déroute de son existence. Mais je saurais, moi, le faire changer !

Je n'en doutais pas. Émerveillée par notre rencontre, chérissant à toute heure du jour le lien qui nous unissait, reconnaissant en Henri l'homme que j'aurais pu être, l'homme que certes j'étais, émue par nos vérités qui se heurtaient continuellement dans le même roulis, j'étais persuadée de ma victoire. Une certitude, une ferveur inébranlable. Nous étions si forts l'un et l'autre, l'un à l'autre, rien n'aurait pu nous meurtrir.

Rien, sauf Henri.

Un an plus tard, en début de soirée, je quitte précipitamment l'appartement de la rue des Saints-Pères, fuyant les ténèbres de la Seine, le spectacle du pillage, crachant mes larmes, ravalant ma rage, ma peine, mon incapacité à sauver Henri de lui-même. Je me jure d'aimer toujours la paix de Valmore, sa plaine féconde et rieuse. Oui, désormais (mais combien de fois ces derniers mois me suis-je fait cette promesse ?), je refuserai à ma part d'ombre son droit de vie et de désastre, tordrai le cou, bon sang, à l'atavisme. Il y a quelques années, quand je touchais le fond, devenue, à l'instar de ma mère, une femme perdue, n'avais-je pas rêvé à en pleurer du havre du mariage, de grandes tablées dominicales, confitures, comptines et serpolet ? Et plus que tout sortir du théâtre, me sentir protégée, recouverte par un homme ! Je m'imaginais dans les bras du plus bel époux auquel je n'aurais osé prétendre, dont le corps somptueux, vigoureux, aurait su sans faille éveiller le frisson du mien. Puis, entourée de mes petits vivants, je me serais éteinte avec douceur un soir de vieillesse sage. Cet époux, un miracle me l'avait accordé. M'éteindre, ne le faisais-je pas déjà doucement ? Chacune de ces journées sans bruit, sans écrit, ne m'ensevelissait-elle pas davantage ?

Mais hier, hier ! Mardi béni à la poupe de l'île Saint-Louis, Henri m'avait offert l'éternité.

— Ne comprenez-vous pas combien l'amour que j'ai pour vous m'épouvante ? avait tremblé sa voix à mon oreille.

Et il avait posé sa main dessus, trop tard, pour me défendre d'entendre.

Humidité voilée des quais de Seine. Et cette maison en face, m'avait appris Henri, était celle d'Héloïse et Abélard. À cet instant j'aurais tranché sans hésiter toute amarre du passé pour voguer avec lui, suivre le fleuve de notre histoire jusqu'à son embouchure et atteindre le large. « Ma chérie », avait-il dit. Je l'avais quitté à l'ombre ravie de Notre-Dame, notre amour était comme une incassable écale, Paris sanctifié où crevait ma joie au grand jour.

Il n'y aurait sans doute pas eu de meilleur moment pour nous séparer à jamais.

Aujourd'hui, je ne suis plus que fureur et désarroi, confrontée au repli d'Henri, à ses peurs qui le rattrapent au petit matin quand, après une nuit d'insomnie, il a cru trouver dans l'étreinte d'une fille l'oubli de lui-même.

— Vous qui savez m'aimer, ne m'aimez pas, vient-il de me confier. Prenez ce qu'il y a à prendre, Marceline, n'espérez rien de plus. Je ne suis pas de ces jeunes freluquets à favoris, bel embonpoint, taille haute, qui roucoulent d'amour comme des martinets et vous parlent d'avenir en gazouillant. Les enfants, le couple, appartiennent à des mondes que je n'habite plus. Ne vous acharnez pas, vous y anéantiriez toutes vos forces. Grappillez encore quelques miettes ici et là. Il n'y a rien d'autre à attendre, je vous aurai prévenue.

— J'aurai donc passé dans ta vie sans rien changer... Alors que j'aurais bouleversé sans hésiter la mienne. Je me serais donnée à toi dans une église, et même dans mon lit conjugal, mon fils endormi dans la pièce voisine. Oui, je serais allée jusqu'à cette dépravation-là. Je pensais que le sentiment qui nous avait secoués l'emporterait sur tout. Je me suis trompée.

— Je t'avais mise en garde.

— Tu m'as écrit aussi. Exactement le contraire.

— Je ne veux pas aller au-delà. Je ne te rendrai pas heureuse.

Implacable logique, dont il ne démord pas. Latouche me reprend tout, jusqu'au bonheur d'attendre. Hier, j'ai connu un instant de grâce qu'aujourd'hui anéantit. Je m'écroule, aliénée aux oscillations de cette passion qu'Henri ne cesse de trahir. Pourtant, je lis, moi, dans ses yeux, le désir et la terreur, les aveux que sous la torture il s'acharnerait à rétracter. Ou je crois les lire. Peut-être suis-je ma pire ennemie. Je ne supporterais pas d'être déçue. Découvrir que Latouche se joue de moi et trouve dans mon amour un divertissement tout littéraire, une fantaisie amusante. Cet homme est ma perdition. Pour une obole j'accours en rampant, prête à risquer l'éboulement de toute ma charpente. Rompre, il me faut rompre !

En larmes, je longe la Seine hostile en direction de la rue du Paon-Saint-Germain. L'écœurement, lentement, monte en moi. L'écriture me sauvera-t-elle de la démence ? Dans un mois, un mois, oui, je partirai ! Alors, tout sera fini, les gifles et les pleurs. Dans mes souvenirs Henri ne me blessera plus. Bientôt calfeutrée dans la coque maritale, sans terre à l'horizon, je laisserai mon corps épouser à nouveau le mouvement de l'eau, l'indomptable courant, mais qui m'entraîne où ? Dans quel ravin, quel écueil ?

Je suis prise de vomissements. Où me suis-je fourrée ? Je suis perdue. Mon amour, craché dans une bile jaunâtre, s'écoule sur la chaussée, éclaboussant mes bottines et la dentelle flamande de ma robe.

Ce soir, alors que Valmore est en scène et ma bellemère à sa couture, je m'isole dans ma chambre, épuisée. Mes pensées sont lugubres, mon cœur, vide et froissé. À bout, je songe à la mort. Une femme tombée, voilà ce que je suis devenue, et ma seule volonté est d'être avec cet homme qui cherche probablement à se défaire de moi. Non. Impossible. Comment puis-je douter d'Henri, de sa sincérité, de sa vraie souffrance ? Je me fais honte. Le chagrin m'inonde, m'aspire dans ce puits où pataugent mes démons, ceux que j'ai tant aimés et qui sont morts. Mes disparus. Ne m'appellent-ils pas à eux ? Il me semble voir leur sourire voilé. Mais il y a Hippolyte, mon beau petit garçon bien potelé, bien vivant, pour qui ont péri tous les autres. En dépit des mauvais traitements qu'elle m'a assenés, j'aime encore, à bientôt trente-cinq ans, la vie. Avec colère. Grâce à Latouche j'en ai atteint un moment capital. Sous l'apparente quiétude de mon existence depuis mon mariage avec Valmore gémissait une femme troublée, assoiffée d'infini, qui n'en finissait pas de payer les fautes qu'elle n'avait pas commises et n'avait pas encore eu le courage d'étrangler pour de bon le spectre de son passé.

Pleine de mon désir de paix, de ma soif de guerre, je dois contraindre mon corps pour ne pas courir dans Paris rejoindre Henri. La ville tisse sa toile, entrelaçant nos cœurs séparés.

Depuis quelques jours, je sais que je suis enceinte.

2.

Mon enfance, c'est une odeur, celle des loées que ma mère confectionnait après le déjeuner du dimanche et qui envahissait toute la maison, de la cave au grenier. Une sorte d'armure. Un voile qui semblait indéchirable. Du moins c'est ce que je croyais alors. Mais comme le cacao qui avait remplacé chez nous vers 1790 le café devenu trop cher, tout, dans le tableau flamand de mes premières années, a disparu. Plus rien ne subsiste de la scène familiale, menteuse et figée, qui représentait une femme aux cheveux blonds, belle, entourée de ses quatre petits. À côté d'elle se tenait son époux silencieux. Et derrière, l'aïeule dont la tête opinait de ce tremblement incontrôlable des personnes qui n'ont plus que l'âge du souvenir.

Ma grand-mère avait passé la principale partie de sa vie, la plus belle peut-être, la moins trichée, à attendre son mari. Lui, qui se disait horloger, disparaissait des villes après y avoir dérobé les montres qu'il prétendait réparer. C'était un véritable escroc. En général, il filait pendant plusieurs mois. Puis, sans prévenir, il resurgissait avant de décamper à nouveau. Ma grand-mère le maudissait mais se retrouvait enceinte après chacun de ses retours inopinés. Alors elle reprenait son attente, comme un ouvrage détesté et pourtant nécessaire. Un jour, mon grand-père s'esquiva pour de bon et finit sa vie, probablement ivrogne, comme souffleur dans un théâtre bruxellois. Égarée, ma grand-mère vint alors s'asseoir près du poêle, sur la chaise à bascule de notre salle à manger dont elle prit peu à peu le balancement. Sans un mot, elle passait l'essentiel de ses journées à tricoter sur son tablier bleu. Évadée du décor alentour, du monde. Des mèches blanches débordaient de son bonnet blanc tuyauté. Ses pieds menus effleuraient le sable des dalles rouges du sol. Elle n'attendait plus.

Après une attaque qui paralysa la moitié de son corps, elle dut s'aliter, son beau visage résolument tourné d'un côté. Ses yeux se fixaient sur un point invisible, intenses, effrayants, accusateurs. Était-elle consciente ? Nous préférions penser que non. De temps à autre, elle revenait vers nous, les pupilles emplies de vase, de boue. Des bribes de sa jeunesse se brisaient sur ses lèvres décharnées, avec une odeur de vieux, de pourri. Puis elle repartait dans son gouffre. Son agonie n'en finissait pas. Je la trouvais absurde, inutile. Pour la première fois de ma courte existence, je souhaitais la mort d'un être que je chérissais. Tout pour stopper cette infinie fin, cette décomposition inexorable.

— Comme la vie auparavant, la mort prend son temps avec elle, m'avait dit ma mère.

Elle lui donnait la becquée trois fois par jour et la changeait sans un soupir.

Moi, je percevais qu'avec ma grand-mère, c'était une époque entière qui déclinait et que sa mort l'enterrerait pour toujours. Une part moribonde de moi-même s'en allait lentement, farouchement accrochée – avec une impensable énergie, une force désespérée puisée sans doute dans la terreur de l'après –, mon enfance.

— Viens voir, la gripette ! criait mon père pour me réveiller. C'est le Gayant qui passe avec toute sa famille !

Gayant, la fête la plus populaire de l'année, commémore la levée du siège de Douai en 1479 et l'entrée des Français dans la ville. Elle dure une semaine, au début du mois de juillet.

— Voilà les arbalétriers de Tournai ! s'exclamait Cécile, ma sœur aînée.

— Et les archers d'Arras ! ajoutait Eugénie, la cadette.

La ville entière suivait au fil des rues la procession des énormes mannequins d'osier. Ma mère nous obligeait à revêtir nos plus belles tenues.

— Sinon, pas de bonshommes en pain d'épice, ni de bière, ni de liqueurs, menaçait-elle.

Nous étions heureux. Des fragments d'images de cette période me hantent souvent. Je revois ma mère à son rouet, des morceaux d'étain, des tapisseries, au milieu de gravures et de cuirs. Mousseline, dentelle, guipure. Le soir, j'écoutais mes sœurs lire, compter, je les regardais coudre et rouler des pelotes. Avec quelle impatience j'avais guetté leur retour de l'école, les jupes épaisses de Cécile et d'Eugénie, leurs cheveux flottant au vent sur le solide mantelet des dames ursulines ! Et Félix, mon frère, si fier de débiter son latin de séminaire...

Puis on chantait en chœur de vieilles romances.

— *Ô Noter-Dam' ! v'nez su'l' grand qu'min*

— *Avec tous vos ang' par la main*

— *Pour qu'la guerr' s'en aille après-d'main !*

Je m'endormais sur l'abécédaire dont Cécile se servait pour m'apprendre les lettres. Je m'endormais, le sourire aux lèvres, entourée de mes jouets, mes bergères de porcelaine, mes moutons de bois sculptés qui sentaient la résine, mes anges de cire aux ailes de carton et de gaze.

Nous vivions dans le quartier de Notre-Dame, au pied des remparts abandonnés que j'aimais tant. Avec les autres gamins, j'allais courir et jouer parmi les clochettes de l'ancien chemin de ronde. Un tas de ruines, en réalité, mais qui constituait le pilier de mon monde enchanté. Nous habitions juste à côté de l'église et du cimetière qui finit par être délaissé tant il était mal entretenu. Derrière, il y avait ces ruelles étroites et lugubres où nichaient les gens du peuple. Mieux lotis, nous appartenions à un groupe de maisons occupées par un boulanger, un loueur de fiacres, un mulquinier et le tenancier de l'auberge du coin de la rue. La nôtre, c'était la cinquième. Une de ces demeures flamandes en briques rouges avec un pignon. Au rez-de-chaussée, un long couloir donnait accès à la cour de derrière.

Je n'allais pas encore à l'école. En attendant mes aînés, je jouais dans la pièce principale sous un énorme parapluie avec ma poupée, non loin de ma grand-mère, près du gros poêle en faïence.

— L'étuve, répétait la vieille femme, est une attention de tous les instants.

Ma mère et des voisines – une vingtaine parfois – filaient le lin dans cette pièce dont le sol était recouvert de sable pendant que ma grand-mère, avant sa première attaque, veillait au poêle et aux repas.

Les chambres étaient à l'étage. Comme c'était habituel à l'époque chez les bourgeois, nous logions un pensionnaire au premier, tandis qu'une famille pauvre vivait dans la cave. Avant la Révolution, une petite Vierge d'argile trônait dans la niche au-dessus de la porte d'entrée. Mais, après 1789, déchue, elle a trouvé refuge avec croix et chapelets dans la chambre de ma mère. Et la niche est restée vide, comme une orbite crevée, défigurant notre maison.

Puis ce fut la Terreur.

Couvents incendiés, églises pillées, prêtres assassinés. Disparus Gayant et les autres. Le règne de la peur commençait. De la méfiance et de la peur.

— Va-t'en donc chercher de l'eau, la gripette, me lançait ma grand-mère.

— Moi ?

— La gripette aux allumettes, c'est bien toi, non ? Qu'est-ce qu'il y a, ma tiote ? T'aurais quand même pas la frousse d'aller dans la cour ?

La même scène se répétait tous les jours. Nous

partagions le puits avec nos voisins, ainsi qu'un tonneau pour récolter l'eau de pluie qu'on utilisait pour les lessives. C'était là que se trouvait le saint. Plus exactement la statue mutilée d'un saint que mon père avait recueillie, lui l'athée, après le sac de l'église d'à côté. Dans un coin de la cour, près des marches. Cette image affreusement blessée, outragée, me terrorisait. Je préférais jouer aux osselets sur les tombes désaffectées de l'ancien cimetière dont j'avais fait mon jardin. Mais, chez moi, pour aller chercher de l'eau il fallait passer devant l'idole profanée. Je n'avais pas le choix. Chaque fois, je me signais. Même enrubannée de couleurs tricolores et coiffée d'un bonnet phrygien. Ma grand-mère le pressentait et s'en moquait un peu.

— Faut qu'elle se dégourdisse cette enfant, disait-elle à ma mère. Elle est toute farouche.

— Marceline, aide ta grand-mère, répondait simplement ma mère sans lever la tête de son ouvrage.

Sous leur regard railleur, je partais vaillamment. Ce n'était pas cruauté de leur part. Adultes meurtries, elles avaient oublié les plaies de leur enfance. Chacune d'elles s'efforçait de tenir sa place et de ne rien laisser paraître de ses propres cauchemars, même au prix d'un peu de férocité à mon égard. Partout, c'était la guerre.

C'est à cette époque que ma grand-mère sombra. D'une certaine manière, il valait mieux.

Dans notre quartier, le curé de Notre-Dame pratiquait clandestinement le culte catholique. Pour accorder les derniers sacrements à un mourant il se grimait tant, pour ne pas être reconnu, qu'il était hideux à faire peur.

— Les moribonds le prennent pour la mort en personne et trépassent rien qu'à sa vue ! riait mon père.

Ma mère fronçait les sourcils.

— On ne plaisante pas avec la religion. Vous n'avez donc aucun respect ? Songez au moins que ce père nous a mariés. Et qu'il a baptisé tous nos enfants.

Ma mère, Catherine Lucas, et mon père, Antoine-Félix Desbordes, s'étaient mariés en 1776. Une union arrangée, à n'en point douter. Il n'y eut, je le crains, jamais d'amour entre eux, ou si peu, si fragile qu'il s'écrasa au sol comme un fruit pourri trop tôt. Ma mère était d'humble extraction et ce mariage l'élevait socialement. C'était une toute jeune fille, de sept ans la cadette de son époux, très belle, droite, sérieuse. La qualité de son ouvrage était prisée dans toute la région. Elle tenait son ménage impeccable, avec un soin maniaque. L'étain luisait chez nous en permanence et rien ne traînait car ma mère haïssait le désordre. Son obsession du rangement était un sujet de moquerie entre nous. Personne ne devinait la tranchée intérieure que masquait ce goût apparent pour l'organisation, le propre, la régularité. La probité de ma mère présentait un contraste saisissant avec le caractère joueur et dispersé de mon père. Malgré leur différence d'âge, il était en réalité le premier de ses enfants. Et, pour nous, davantage un grand frère qu'un père.

Le jour de ses noces, ma mère ne savait ni lire ni

écrire, ce qui n'avait rien d'exceptionnel. Mon père ne s'en offusquait pas d'ailleurs, et si ma mère décida d'apprendre les lettres, seule, le soir à la lueur d'une bougie, ce ne fut pas à la demande de son époux. Elle y prit goût, se mit à dévorer des romans avec une gravité qu'elle transmit sans exception à ses quatre enfants. La lecture, une affaire sérieuse. Avant le souper, comme mon père tardait à rentrer, ma mère nous faisait asseoir autour d'elle et lisait à voix haute plusieurs chapitres d'un ouvrage. Malgré notre faim, nous l'écoutions religieusement. C'est ainsi que j'ai découvert les livres, le ventre vide. C'est également de cette manière que, rongée par l'appel d'un ailleurs entrevu dans les pages qu'elle coupait au fur et à mesure, ma mère finit par céder à la déraison.

Les rêves de mon père étaient aussi à la démesure de ses ambitions. Il exerça plusieurs métiers : plafonneur, maître peintre, doreur en armoiries. Sa naïveté et son incompétence se révélant incurables, l'affaire tournait mal chaque fois. Il couvrait alors ses désastres successifs par des fables que ma mère et nous feignions de croire. Puis la Révolution supprima les carrosses et, donc, les blasons. Plus rien à peindre ni à dorer. Mon père acheta alors un office d'huissier et s'associa dans un commerce d'épicerie, en réalité une véritable filouterie. Il prétendit ensuite être l'homme de confiance, le fondé de pouvoir d'un chanoine important de Douai, puis prévôt, avocat, conseiller. La chute de ma famille se poursuivait inexorablement.

À la fin, une histoire d'impayé sonna le glas de ses

aventures. Il se mit à boire, à mentir en permanence. Fuyant. Je l'adorais, ne flairais toujours pas la catastrophe. J'aimais les histoires qu'il racontait, les grands gestes de ses bras, ses yeux pétillants d'énergie. Ma mère, à l'inverse, me semblait une sorte de déesse austère et intouchable. Le grain de folie, la fantaisie, c'était le domaine de mon père. En cela, je me trompais fort. Je n'aurais jamais imaginé que ma mère pût avoir une autre vie. J'allais être brutalement sevrée.

Cécile est née un an après le mariage de mes parents. Puis il y eut une autre fillette, une petite Sophie qui mourut à près de vingt-quatre mois. Je dois sans doute ma vie à sa mort, au drame muet de ma mère, à la fosse insondable qu'il a creusée dans son cœur. Une tragédie ordinaire pourtant. D'une portée, tous ne peuvent survivre. La nourrice, le froid, une épidémie, on trouve toujours des justifications à planter comme autant de clous dans les petits cercueils. Un peu de terre, puis on passe à autre chose. Une naissance suit. On oublie que la douleur d'une mère est égale en manoir comme en taudis et perce les murs de torchis et de briques.

Nous n'étions cependant pas misérables encore. La vie est plus robuste dans les maisons bourgeoises, et ma mère nous tenait dans une grande propreté. Jamais je ne l'ai entendue évoquer cette petite fille. C'est Cécile qui m'en parla un jour. Surprise, je découvris que je ne m'étais jamais posé de question auparavant sur la vie de ma mère. Tout me semblait couler de source. Je lui avais refusé l'éventualité d'avoir des tourments, des zones d'ombre. De ne pas nous être exclusivement dévouée. Elle pouvait donc pleurer elle aussi. Connaître un chagrin qui n'était pas lié à nous. C'était presque une trahison.

Mais les ressources d'un ventre de femme sont inépuisables. Eugénie est née en 1780 et Félix en 1782. Cadence régulière des enfantements, saisons rassurantes et fragiles, sujettes aux intempéries. Dans la maison familiale de la rue Notre-Dame à Douai, la famille s'agrandissait. Cinquième et dernière enfant du couple Desbordes, j'ai vu le jour le 20 juin 1786. Depuis quatre ans, ma mère n'avait plus accouché. Mon père choisit « Marceline », car c'était le prénom de l'épouse d'un magistrat local qu'il souhaitait flatter et qui fut donc, par calcul, ma marraine. Je ne l'ai jamais connue.

Quand je suis née, mon père était mulquinier depuis un an, c'est-à-dire vendeur de lin, métier courant et honorable dans nos régions. Un sursis de courte durée. Très vite, en effet, après une accumulation de dettes à l'auberge et ailleurs, de loyers impayés, de jeux de dupes où il s'était laissé entraîner, il fut déclaré en faillite. Nous n'avions plus rien. Le soir, notre pensionnaire avalait bruyamment sa soupe tandis que dans la maie désolée nos gamelles restaient vides.

Un jour sinistre, on vint apposer les scellés sur les portes de trois pièces de notre maison. Ma mère criait, nous sanglotions, mon père gesticulait en vain. Pour vivre, il ne nous restait plus que trois chambres.

Dans l'une d'elles, ma grand-mère agonisait interminablement. C'était comme être dans un mouroir. Mon père vendit les beaux meubles luisants qui avaient appartenu à plusieurs générations de Desbordes et que ma mère avait entretenus avec un soin féroce pendant des années. Je la voyais rager, contenir à peine sa haine, son mépris envers lui. Nos émeutes intérieures trouvaient écho dans le tumulte du monde alentour. Comme sur la place d'Armes de Douai, et bien qu'il n'ait jamais servi, on aurait pu dresser un échafaud au milieu de notre foyer.

Pour sauver les apparences et faire illusion socialement, mon père se mit à fréquenter le nouveau régime.

— Mieux vaut assister aux réunions révolutionnaires, prétendait-il.

— Alors que tu leur es hostile !

Ma mère était offusquée.

— Mais on nous dénoncerait !

— Et la petite ? N'as-tu pas honte de l'entraîner dans ce repaire d'incroyants ?

— Elle déclame bien, elle récite des discours contre la tyrannie. Ça donne le change.

Ma mère, qui se confessait en cachette et continuait d'approvisionner secrètement le curé de Notre-Dame, était furieuse. Pour ma part, je commençais déjà à détester le théâtre.

Grâce à ses manigances, mon père réussit quelque temps à se faire octroyer plusieurs fonctions, sûrement factices. Mais, en 1795, la comédie prit fin pour de bon : il se retrouva garde-magasin et nous obligea à quitter notre belle maison de la rue Notre-Dame pour tenir un débit de vins dont nous occupions le premier étage, près de l'hôtel de ville.

Pour ma grand-mère, ce fut le coup de grâce. Elle expira. Mon père, cependant, s'évertuait encore à se trouver quelque excuse. Il ne reconnaissait pas sa responsabilité dans nos malheurs, inventait des histoires farfelues, s'enfonçait dans des boniments énormes.

— Vous l'ignorez sans doute, nous dit-il un jour, mais au XVe siècle, les « De Borde » étaient de riches bourgeois, célèbres pour leurs mariages fastueux. On causait d'eux dans toute la région. Ils étaient respectés, enviés, jalousés. Haïs, parfois ! Leurs femmes étaient belles, leurs enfants potelés. Mais ils étaient liés avec la communauté calviniste clandestine. Alors des seigneurs qui les détestaient les accusèrent publiquement d'hérésie. L'un des Desbordes se réfugia à Anvers. Son fils, devenu protestant, établit des comptoirs, fut fait capitaine de la flotte néerlandaise pour les Indes, s'anoblit et devint immensément riche !

Riche ! Riche !... Le mot, suspendu, scintillait au-dessus de nos têtes.

— Ils ont tous disparu peu à peu, continua mon père. Aujourd'hui, il ne reste que deux grands-oncles, des petits-fils du marin.

— Ce n'est pas possible, objecta Félix. Ils auraient plus de cent ans !

Mon père haussa les épaules. Peu importait la vraisemblance. Nous devions le croire, c'est tout.

— Comme ils n'ont pas de descendance et qu'ils ont été informés de nos petits travers, la crise de l'industrie textile, notre gêne actuelle, ils m'ont proposé de nous léguer leur fortune. Une fortune considérable !

— Et alors ?

Nous étions accrochés à ses lèvres.

— Seulement, conclut-il en tirant sur sa pipe avec entrain, aiguillonné par ses propres extravagances, il y avait une condition : nous devions nous convertir. Vous rendez-vous compte ? Nous, des parpaillots ? J'ai refusé. Voilà pourquoi nous en sommes là. Sans cela, nous serions la famille la plus riche des Flandres !

Dans un coin de la pièce, muette comme la pierre, ma mère jetait des regards mauvais. Je faisais tout pour l'ignorer. J'aimais, moi, les contes de mon père. Petite déjà, je comprenais la douceur docile d'un leurre, combien une belle menterie s'apprivoise mieux qu'une vilaine vérité. Nous vivions dans une imposture permanente. Je ne voulais toujours pas le reconnaître. Et pourtant j'avais vu, comme de furieuses hirondelles, mes parents se déchirer. Même une fois la Terreur disparue, le Directoire proclamé, les saints rétablis sur leurs socles et le culte réapparu. Mais je fermais les yeux pour m'attacher seulement au monde enchanté de mes blanches années, aux fleurs de carême que je cueillais parmi les tombes et conservais entre les feuilles d'un cahier à dessins. Comme un morceau de temps séché.

Le carillon du beffroi de l'hôtel de ville a remplacé les cloches de Notre-Dame. L'endurance de ma mère s'est vraisemblablement consumée. Sept ans après moi, elle a donné naissance à un petit être qui est mort au bout de trois semaines. Mon père n'a même pas assisté à son inhumation. Après vingt ans de mariage et six enfants nés, ma mère se retrouve là, avec un pensionnaire sur les bras, au-dessus d'un débit de vins, dans la honte, près d'une rue bruyante et triste, épouvantée par la menace constante des huissiers. Sa seule compagne, c'est moi, une enfant de dix ans. Nouvellement institué, le divorce a trouvé chez ses amies de nombreuses adeptes. La plupart ont quitté Douai. Ma mère est seule, délaissée par son mari qui consomme autant de vin qu'il en vend et entretient sans doute des maîtresses, peut-être même des enfants naturels. Depuis vingt ans, l'impitoyable machine du quotidien a lentement broyé ses rêves de jeune fille. Le rouet de l'épouse exemplaire se fissure de partout. Dans sa malle en devenir, la pauvresse n'a plus de place pour ce vieux tableau flamand du temps des loées où elle trônait en reine. Écaillé de toutes parts, il est rongé par la désillusion, le sacrifice et la résignation.

Entre le croupissement et l'indignité, comme entre la corde et la dague, elle se résolut à choisir et prit un amant.

C'est ainsi qu'un matin de novembre 1796, ma mère abandonna à jamais Douai, son époux et trois de ses enfants, m'entraînant avec elle, fillette épouvantée arrachée de ce sol natal où je versais sans comprendre une dernière fois mes larmes.

3.

L'heure du départ pour Lyon approche. J'entends déjà cahoter la diligence, hennir les chevaux. Il me faut à tout prix obtenir un délai auprès de Valmore. Les séparations ont toujours eu pour moi le goût amer de la terre, une terre quittée définitivement avec son lot de tombes à fleurir qui se crevassent peu à peu, un grand jardin d'antan que les décombres, les gravats, l'opprobre surtout, ont recouvert, déracinant les arbres où je grimpais, petite, vers des cimes inaccessibles. Partir, c'est encore une fois quitter mon père, m'exiler un peu plus de mon enfance. Plus les années passent, moins je parviens à m'y habituer.

— Je ne suis pas prête, ai-je dit à Prosper en guise d'excuse. Je dois voir mon oncle au sujet d'Hippolyte ainsi que mon éditeur pour la parution de mes prochaines poésies. J'ai encore beaucoup à faire. Je pourrais vous rejoindre plus tard, ta mère et toi. Pauline a proposé de me loger pour quelques jours.

— Pauline ? Bon. Si tu le dis.

Valmore est si content de quitter Paris que c'en est indécent. Pour moi en tout cas. Sa bonne humeur me fait l'effet d'un soleil écrasant lors d'un enterrement. Hilare, il accepte de s'en aller le premier au côté d'Anne-Justine. Un moindre mal. Je n'en doutais pas vraiment. Prosper se plie généralement sans rechigner à mes suggestions, à mes volontés. Il me croira donc chez Pauline pendant ces trois jours où je trahirai pour la dernière fois sa confiance. Mon mari n'aime d'ailleurs pas particulièrement Pauline. Une femme bien trop fantasque pour lui. Mais il respecte notre amitié, née il y a quelques mois dans l'atelier de mon oncle Constant où l'explosive Mme Duchambge a surgi tout en froufrous, breloques et parfum, entichée des poèmes que je venais de publier et qu'elle souhaitait mettre en musique. De dix ans mon aînée, Pauline est d'une beauté à se damner. La première fois, j'en ai balbutié d'émotion. Sa sensualité de madone créole me bouleverse, une ténébreuse comme je les aime. Tout ce que je ne suis pas. Nous partageons toutefois la douleur d'avoir perdu des enfants. Pour le reste, divorcée, aristocrate, excellente musicienne et chanteuse, Pauline Duchambge est de toute évidence la femme libre que je ne serai jamais. Elle compose des romances qui font autant parler d'elle dans la capitale que ses prétendues origines antillaises ou sa liaison orageuse avec Auber, le musicien.

Avec mes allures gauches et mon accoutrement provincial, je ne me remettais pas de l'intérêt qu'elle me portait. Une amie de la belle Mme Tallien, la comtesse de Caraman-Chimay ! J'en rougissais d'orgueil. Je rougis toujours quand je pense à elle. Elle sait beaucoup sur moi. À elle seule, j'ai raconté toute mon histoire avec Henri.

Mais je n'irai pas chez Pauline.

Valmore, vraiment, ne l'aime pas beaucoup. D'une manière générale, il se méfie des femmes du monde. Et puis il estime que je m'épanche trop facilement auprès de n'importe qui. Les sentiments de Pauline Duchambge ne sont peut-être pas aussi nobles que ceux que je lui prête, me dit-il. Il me met en garde : les confidences que je lui ferai courront bientôt, déformées, dans tout Paris. Évidemment, Prosper n'a pas tort. Mais son bon sens et ses conseils, dans le seul but de me protéger contre la déception, se cognent à ma soif de passion. J'ai besoin de me fondre avec un autre être, femme, homme, enfant. Au risque de me brûler les ailes et, malgré plusieurs déconvenues, je choisis chaque fois l'envol. Sans doute je n'ignore pas non plus que mon époux veille à se trouver, les bras ouverts, non loin de mes éventuels points de chute. Un filet. C'est le meilleur des hommes, prévenant, solide comme un roc. Je lui dois tant. Suis-je capable de vivre sans lui ? Je me le demande. Marquée au fer rouge par le corps d'Henri, je demeure, sans saisir pourquoi, éprise de la tendresse de Prosper et de sa belle prestance, de sa finesse olympienne, de son allure d'athlète. Valmore sur scène dans ses tenues cintrées. Une merveille. Je ne cesse de me le répéter en les accompagnant, Anne-Justine et lui, jusqu'à la malle-poste.

De la fenêtre de la voiture où ils ont grimpé tous deux, il me tend la main en un geste naïf. Adorable

Prosper. Ce n'est qu'un gosse. J'ai peut-être trop envie de le materner. Je n'ai connu au fond que des amours d'enfant. Avant Henri. Retrouverons-nous, Prosper et moi, le repos et la sérénité, l'eau douce de nos premières années ? À cette heure, devant son regard amoureux, j'ai honte, j'exècre la vague furieuse qui m'agite et m'enlève loin de lui ! Ce n'est plus moi. Est-ce moi ? Je désire tant cette plaine tranquille, mais une partie de moi, tenace et inexplicable, s'accuse du contraire, et retient les armes, et appelle au carnage. Moi qui ai tant bataillé pour devenir une femme respectable, épouse, mère de famille comblée, comment ai-je pu en venir là ? Mes ambitions si simples de petite Douaisienne se sont-elles laissé gagner par la fièvre de la capitale ? Quand, où me suis-je égarée ?

Je suis convenue de les rejoindre trois jours plus tard. Trois malheureux petits jours d'infime toujours pour étreindre le corps ardent de mon autre vie, éteindre l'impossible brasier qu'elle a enflammé, irresponsable, dans un égoïsme forcené. Trois jours miteux pour me dévêtir de mes fictions et rendosser l'étroit manteau de la réalité, ajusté à ma taille et boutonné jusqu'au col. J'ai encore trois jours de poussière et de musique avant de me reclure dans le cloître du silence.

Je surgis avec impatience dans l'atelier de Constant pour m'arranger avec lui au sujet de la garde d'Hippolyte. Mon beau petit garçon a hérité les traits de son père. Il commence tout juste, à coups de gazouillis réjouis, à faire ses premiers pas. Pour moi, il n'est plus question qu'il demeure chez une nourrice lointaine. J'ai perdu un bébé ainsi. Mais avant de l'avoir auprès de moi, avant d'avoir un peu agencé notre existence lyonnaise, j'ai décidé, par commodité, de le confier à mon oncle pendant quelque temps. Décision qui me coûte car je supporte mal d'être éloignée de mon petit.

— Vous n'oublierez pas, n'est-ce pas, mon oncle, l'eau sédative et surtout les infusions de bourrache légère contre le rhume. Ce sont les recommandations du docteur Alibert en personne.

— Oui, oui, répond Constant, bougon. Mais je persiste à penser, ma *tiote brigande,* que tous ces médecins... Enfin, je ferai ce que tu m'as dit.

De temps à autre, mon oncle laisse échapper un mot du patois de chez nous, un son de cloches de mon église perdue. Notre-Dame. À l'insu du vieux peintre, je suis chaque fois bouleversée par ce cadeau involontaire. Mon oncle est si écervelé que j'éprouve un instant de la crainte à remettre entre ses mains tannées, dans le désordre de son antre, la vie de mon fils unique. Mais nous avons traversé bien des tourments tous deux. Longtemps brouillés, nous nous sommes réconciliés depuis peu. Lui confier Hippolyte constitue la preuve suprême de mon amour pour lui. Nulle femme n'est plus mère que moi. Je respire pour mon enfant, après avoir perdu deux nouveau-nés et surtout un petit garçon de cinq ans, mon ange blond enfoui un matin à Bruxelles, que je suis souvent venue pleurer en secret dans l'atelier de la Childeberte.

Pourtant, en cette fin d'avril 1821, chaque minute

me rapproche d'un autre deuil. Je me surprends à précipiter le règlement des derniers détails. Mon oncle, que la vie a asservi à son chevalet sans lui accorder d'enfant, se réjouit d'être de manière temporaire en charge d'Hippolyte. Empressée, pleine d'effusions, je prends congé de mon bébé bouclé. Mes scrupules s'évanouissent aussitôt franchi le seuil de l'atelier. Tout ce qui m'importe est maintenant de rejoindre Latouche. Au-delà de tout ce que j'aurais pu supposer, je suis, pour trois jours encore, plus femme que mère.

Décidée, volontaire, les pas rapides et le corps leste, je marche vers mon amant, chérissant chaque caillou, chaque centimètre du parcours qui me conduit à lui. C'est l'heure où tout est possible encore. Je crois en nous. Comment pourrions-nous piller le royaume qui nous a été donné ? Mon complice, mon orgueil, j'ignorais avant lui ce qu'aimer voulait dire. J'ai confiance. Il se grave des mots en mon ventre lourd, entre la rue Childebert et la rue des Saints-Pères, le long de la Seine. L'astre se reflète dans le fleuve, semblant l'ouvrir de part et d'autre, et l'immense déchirure d'eau étale sans pudeur sa vraie teinte carmine. Je ne suis plus cette femme éteinte, falote, déjà fanée, à qui le rapt d'enfance a interdit d'être belle. Je ne suis plus cette ombre tassée de l'asservissement maternel, cette faute haïe mais répétée en mémoire d'une morte, une âme qui se terre, se rapetisse parce qu'elle a peur d'aimer et d'être abandonnée, qu'elle redoute d'endurer encore du chagrin et préfère se ratatiner sur ses propres terreurs. Je suis une chevelure dénouée, une divinité mythologique, touchée par la grâce, transfigurée par l'assurance du sentiment qui me porte. Plus rien ne m'atteint, ni blâme, ni questions, ni vergogne de trahir la foi sans tache de mon époux que pour un mot, un susurrement seulement, je quitterais sans me retourner. Je me sais libre.

Rue des Saints-Pères. En gravissant les dernières marches jusqu'à l'appartement d'Henri, je n'ai déjà plus aucune certitude. Je pressens combien notre histoire ne trouve pas de prise dans la réalité, ne vit que dans son non-accomplissement et se nourrit jusqu'à l'écœurement de sa propre vérité. Notre passion dérive sans repos à l'horizon de l'absolu auquel elle ne peut renoncer qu'en perdant sa raison d'être. L'amour de Latouche est destiné à rester un vœu, une vocation. Celui de Prosper seul, en défaillant parfois, existe. En réalité, je n'ai pas le choix.

Henri m'attend toutes griffes dehors. Je sais qu'il va me faire mal. Tout est déjà perdu. La douleur le hérisse et il ne la confesse qu'avec hostilité. Au terme d'une joute intérieure avec lui-même, il a sans doute repoussé pour de bon la tentation d'une autre issue possible à notre amour. Pour ne pas en démordre, il s'est préparé à parer tous mes coups. Il sera odieux, c'est certain, ne se dévoilera pas et ôtera à notre séparation tout regret. On dirait un chanteur d'opéra, prêt à brailler effrontément l'air de la liberté. Il m'accueille avec la mine repue d'un homme qui a découché et s'en félicite impudemment. Je ne peux pas ne pas le remarquer.

— Quelle élégance. Cette couleur verte vous va si bien.

— Imaginez-vous que je me trouvais hier soir dans le salon de Sophie Gay, réplique Henri, un sourire naissant au coin des lèvres. Deschamps, comme d'habitude, m'y a entraîné malgré moi. Mais, au bout du compte, j'avoue que la soirée était plutôt divertissante. Je m'y suis bien amusé.

— Je n'en doute pas.

Blessée, je bafouille. Je ne fréquente pas les cercles parisiens, n'ai pas encore vraiment d'entrées dans les milieux littéraires. Je ne suis qu'une actrice qui fait des vers, des romances. En moi, comme un lierre tenace, grimpe l'accablement. La fausse légèreté de Latouche m'est insupportable.

— N'avez-vous pas croisé en montant, poursuit-il sans ciller, un jeune garçon avec le front haut, un peu maigre, plutôt bien fait ?

— Il m'a semblé, oui. Je n'y ai pas prêté attention.

— C'est le jeune Hugo dont je vous ai déjà parlé et que m'a présenté Vigny. Il vit non loin d'ici, rue du Dragon. Il est si chiche, si misérable que je lui ai donné un reste de ces pommes de terre cuites à l'eau et assaisonnées à la graisse de porc salée, vous savez, une des spécialités de mon Berry natal. Le pauvre bougre m'est plutôt sympathique, je dois le reconnaître. Il aime Chénier, lui aussi, et ne crache pas sur ce petit vin aigrelet de La Châtre que j'ai toujours en réserve...

— Henri...

— Puis-je vous offrir du thé ? Vous paraissez surmenée...

Toute une saison, Latouche m'a aimée. C'est bien assez pour instaurer, la vie qu'il me reste, un culte à sa mémoire. Il ne faut plus toucher à rien. J'écrirai pour lui, ma poésie sera sienne, elle sera lui. Notre amour demeurera figé en ce long printemps d'une année qui vient de s'écouler et qui m'appartient désormais. En chair et en os, Henri me dépossède de tout, de mes émotions mêmes. Éloigné, absent, perdu, il ne m'atteindra plus, sera contraint de me rendre mes propres souvenirs, nettoyés, intouchables. Il ne pourra plus rien salir, plus rien renier. À partir d'aujourd'hui, il nous reste l'éternité.

Mais nos dernières heures ! Je voudrais lire la souffrance sur son visage. Suis-je la seule à avoir mal ? C'est un immense gâchis, la déroute du sentiment. Il m'aime donc bien peu ! M'a-t-il aimée un jour ? Je ne le saurai jamais. Tout est dit. Le temps du deuil a commencé. Latouche sent déjà la charogne. Il me faut oublier le délié de sa peau, tout ce qui s'est imprimé sur mon corps, ce que j'ai senti dans ma chair. Comment pourrai-je encore tolérer que Prosper me touche ? J'ai creusé un abîme dans le lit conjugal. Mais ça passera. Avec le temps, tout passe, même l'aversion. Je n'aurai jamais dormi avec Henri toute une nuit, son visage dans mes cheveux et ses mains sur ma taille. Pourtant, c'est ça la véritable possession. Ce n'est pas la cavalcade des corps essoufflés. Comme je peine ! Qui m'écrase ainsi avec une telle méchanceté ? Comment sortir de ce cauchemar ?

Henri tâche de l'ignorer, mais il est trop fin pour ne pas percevoir que je m'effondre de minute en minute. D'ordinaire je suis plus diserte, bavarde des heures durant avec lui de batailles politiques et littéraires, de théâtre, de campagne et de terre, d'enfance, de semaisons, de champs de blé et de toutes sortes de rêveries. Mais depuis mon entrée dans son appartement, je n'ai pas bougé de la bergère orangée où je me suis assise comme d'habitude, non loin du piano, dans l'enfoncement de la fenêtre. En réalité, les nausées me submergent et mes jambes ne me portent plus. Narquoise, la Seine charrie sous mes yeux des flots de drames et de tromperies.

— Il y avait du beau monde l'autre soir à l'Arsenal, reprend Latouche.

Le voile envoûtant de sa voix a baissé d'un ton.

— Vous noterez, Marceline, l'hypocrisie de ces gens. Si je n'avais pas écrit, à sa demande, cet article sur *Adèle* dans *Le Constitutionnel*, Nodier passerait une partie de son temps à me casser du sucre sur le dos. Au lieu de cela, me voici devenu un élément indispensable de son cénacle. Vous pensez probablement que j'y ai perdu un peu de moi-même, n'est-ce pas ? Que je me suis trahi ?... Vous êtes pure, vous. Restez ainsi, par pitié, ne vous laissez pas souiller...

Pure. Qu'est-ce que ça veut dire ? Provinciale ? Plébéienne ? L'amertume me gagne. Je suis jalouse des femmes impures qu'Henri tient la nuit dans ses bras, avec leurs odeurs de louve et de ténèbres. Pourquoi ne garde-t-il pas un peu de ma sueur sur lui ? Il désire me protéger contre lui-même, ne pas me faire mal, me répète-t-il souvent. Ces mises en garde m'exaspèrent. Je veux avoir mal.

— Henri...

— Qu'y a-t-il, ma chère ? me demande-t-il avec une spontanéité inquiète, exaspérée. Vous êtes pâle. Avez-vous un malaise ?

— Non... C'est-à-dire que je n'ai jamais été, je crois, aussi abattue de ma vie...

À cet instant, j'ai oublié tout mon passé, mes larmes, mes morts. Je suis la plus sincère des femmes. Devant l'homme que j'aime avec impuissance, je me retrouve face au vide. Pas une fois l'existence ne m'a paru aussi désespérément absurde. Deux êtres pourtant si riches de mots ! Je me sens trompée, humiliée par celui qui m'a rendue si belle, à nulle autre pareille, quand tournoyait autour de moi un monde où son absence n'était pas concevable, où je connaissais chaque jour l'émerveillement de le savoir vivant. Aujourd'hui, inutile, je n'appartiens plus à ce monde.

— Non... Je t'en prie, Marceline, ne pleure pas. Je n'aime pas... Je ne supporte pas de te voir souffrir.

Son visage est décomposé. Sans affectation ni grimaces, il est redevenu enfin celui que j'aime, le visage de mon amant borgne où la détresse est nouée à l'aveu. Je l'emporterai dans les malles secouées de mon cœur. Avec ses petits sillons aux coins des yeux couleur étang, son sourire maintenu à terre comme une prude ajuste sa robe pour ne pas laisser entrevoir sa cheville. Les yeux de Latouche sont deux marais, l'un salant, l'autre asséché.

— C'est ce mensonge qui m'accable, Henri. Ton indifférence, si elle est feinte, me torture. Si elle est réelle, elle me tue. Dans les deux cas, je ne te reconnais plus. Henri... S'il te plaît... Il nous reste si peu...

Malgré moi, j'attends encore. En le poussant ainsi dans ses retranchements, j'espère un sursaut de dernière minute. Peut-être ne me laissera-t-il pas partir ? Peut-être ne se résoudra-t-il pas à me perdre ? Comme je voudrais qu'il me saisisse, qu'il me tabasse, qu'il me séquestre !

— Tu te méprends sur mon compte, finit-il par souffler. N'ai-je pas le droit de jouer effrontément la comédie, de dire une chose et son contraire, d'imiter le bouffon quand tout se craquelle, se fissure et s'affaisse autour de moi ? Cher ange, qui perce si bien tous mes masques grossiers, je n'ai plus le goût des défaites. Tu n'ignores pas mon trouble, la puissance que tu as exercée sur moi. Je ne renie rien de ce qui s'est passé entre nous. Il est des heures, sculptées dans le bronze du temps, que plus rien ne pourra déboulonner, où je t'attends, où tu me rejoins sans cesse, Paris en est empli, n'est-ce pas ? Mais une autre force me ronge, Marceline, qui n'est pas celle de la quiétude et qui m'interdit de t'aimer. Me pardonneras-tu un jour ? Nous, immobiles amants ? Allons. Regarde ce qu'il nous a fallu pour nous trouver, comme nous aurions pu nous croiser, nous effleurer sans cesse sans jamais nous atteindre dans les loges des théâtres où tu jouais, où je passais. La poésie seule a permis de nous découvrir. Tu m'as bouleversé bien au-delà de ce que j'ai pu avouer, tu le sais du reste. Je crois t'avoir délivrée d'un certain nombre de chaînes. Les mots t'appartiennent, à toi que l'émotion magnifie, plus qu'à moi qui m'étouffe avec. Nous nous sommes aimés, nous nous aimons, et tu vas partir. Je ne te retiendrai pas. Je n'ai rien à te proposer. C'est stupide, je le reconnais, pitoyable, je ne m'en remettrai sans doute jamais. L'idée d'un jour un enfant dans ton ventre est si belle...

— Henri...

Lui dire ? Mon Dieu, tout lui révéler, là, maintenant, sans plus attendre ?

— Non. Garde tes larmes pour demain. Je ne t'apprends rien, tu es bien trop fine pour ne pas avoir perçu déjà, et même avant moi, que je ne pouvais être, ne serais pas l'architecte de ton avenir. J'aime trop le soufre, et mes baisers qui jurent de t'adorer toujours sentent la débauche. Voudrais-tu vraiment, Marceline, que je te demande de choisir entre Prosper et moi, entre les jours écrits et les feuilles volantes ? Non, tu ne le désires pas. Depuis le premier jour, ta décision est prise. Ce qui te retient, c'est la peur de vieillir. Après lui, songes-tu effrayée, c'est fini. Et moi qui aime jusqu'à tes rides naissantes et tes seins fatigués, je n'ai pas en tiroirs la formule de jouvence. Tant mieux, tant mieux, mon ombre, ma funambule dont je lis la beauté future. Cette lèvre que j'ai vue trembler ! Si tu savais, Marceline, comme cette chute est la mienne avant tout. Ce n'est pas toi, c'est moi que je sacrifie... Il me reste ton portrait, le beau dessin de toi esquissé au crayon par ton oncle, ta beauté fière et conquérante à peine drapée sous un profil sage. J'ai ton portrait, oui, dont tu m'as fait le don précieux et qui me clouera peut-être encore un temps au monde des vivants. Toi, tu renaîtras, apprivoisant le manque, l'absence, cet atroce fossé dorénavant creusé dans les terres de nos cœurs. Tu écriras, ma reine. C'est un ordre que je te donne, une prière que je t'adresse, le seul sacrement qui nous lie désormais en dépit des hommes, au seul regard de l'art. Viens, ma chérie, à présent contre moi. Écoute l'orage gronder au-dehors et grossir la Seine des sanglots que j'étrangle. Car moi aussi je pleure tout bas.

Il pleut sur Paris, Marceline, il pleut.

4.

J'avais dix ans et je venais de fêter Saint-Nicolas pour la dernière fois. Dans la diligence qui nous emportait, je me terrais contre ma mère silencieuse, les yeux vidés, fixés sur les champs nappés de brouillard d'où émergeait parfois la silhouette décharnée d'un arbre. Un oisillon échappé par miracle au massacre de sa couvée. Mes cheveux, d'un châtain insignifiant, tombaient informes sur mes épaules. Mon nez, droit et sévère, était trop long. Mes lèvres, pincées, trop petites. La pâleur de ma peau donnait à ma figure une teinte triste, exorbitant mes yeux cernés d'un vilain rouge. Mon visage retenait toute la détresse du monde et je traînais mon corps comme un fardeau. Grande, blonde et belle, ma mère, par sa prestance, écrasait les médisances alentour. Je ne semblais qu'une mauvaise copie de sa splendeur.

Une honnête femme ne voyageait pas seule. Sous le regard hostile des autres passagers, auxquels elle ne prêtait pas plus d'attention qu'aux ornières de la route, ma mère sembla soudain se souvenir de moi qui cherchais à disparaître en son sein, grelottant de peur et d'incompréhension. Avec un geste doux, elle me blottit entre ses bras, nous accrochant l'une à l'autre, à chaque secousse encore plus proches, confondues. Jusque-là la terreur avait supplanté mon chagrin. Je n'avais jamais quitté Douai. Mon pauvre père, et Félix, Cécile, Eugénie... Où allions-nous ? Que se passait-il ? Nous n'avions pu rien prendre. Même ma poupée !... J'étais seule au monde, brinquebalée vers une destination qui ne pouvait être que celle du désastre.

C'était Roubaix, à une heure de Douai. Une ville sinistre, désolée, où ma mère et moi nous sommes installées, retranchées, dans un logis sombre. J'avais peur, ne saisissais pas très bien qui était ce Nicolas Saintenoy que nous étions venues rejoindre. Aspiré par l'administration du Directoire où il occupait des fonctions plus ou moins fictives, l'amant de ma mère nous délaissait une grande partie du temps pour courir le jupon, manie dont il ne parvenait pas à se défaire, comme d'autres se curent le nez ou font craquer leurs articulations. C'est à peine s'il s'en rendait compte. À l'inverse de mon père, plutôt trapu et effacé, Saintenoy était grand, le visage volontaire et les yeux bleus perçants. Il plaisait vraisemblablement aux dames. À présent qu'elle lui était tout acquise, ma mère avait sans doute perdu pour lui son attrait. La pauvre femme qui supportait en l'enfouissant le deuil collectif de ses enfants le sentait bien et se voyait finalement rejouer le rôle d'épouse légitime. Elle était loin d'avoir gagné au change mais il ne lui était plus permis de revenir en arrière.

— Pourquoi ne pas rentrer ? ai-je osé lui demander un jour.

— C'est impossible, répliqua-t-elle simplement. Jamais, tu m'entends, jamais !

Pour sa liberté dérisoire, elle payait le prix fort. Anonyme Médée condamnée à l'errance, elle s'était destituée de toute dignité et de tout remords. Où aurait-elle pu aller désormais sinon de l'avant, toujours de l'avant, pour crever misérable et seule au bout du monde ?

Ma mère. Tandis qu'elle me faisait quelques pages de lecture, je brossais sa longue chevelure dorée. Nous allions au marché, elle m'apprenait à cuisiner. Pour tuer les heures restantes, nous brodions et tricotions la laine abondante à Roubaix, et peu coûteuse. Parfois, je surprenais des larmes roulant au bord de ses paupières, et s'obstinant, dans un mutisme forcené, à ne pas éclore. Comme j'aurais aimé qu'elle me confie sa détresse ! Mais un océan de pudeur nous séparait. Nous n'évoquions jamais le passé.

— Nous vivrons désormais ici avec le citoyen Saintenoy, m'avait-elle annoncé à notre arrivée dans la ville.

Pas un mot de plus. Quand s'étaient-ils connus ? Depuis combien de temps durait leur liaison ? Je tombais des nues. Plus tard, j'appris qu'ils s'étaient rencontrés par l'intermédiaire de Constant, le jeune frère de mon père qui voulait devenir peintre. C'était tout. Il n'y avait pas à questionner, juste tâcher d'oublier la scène lamentable de notre départ, la malédiction de mon père. Roubaix, que je situais assez mal, se trouvait dans mon esprit au-delà de tout territoire imaginable.

Je découvrais peu à peu celui pour qui ma mère avait quitté mon père. C'était le fils d'un ivrogne notoire de Douai. Divorcé, couvert de dettes, il avait fui jusqu'à Roubaix afin de se faire oublier. Je me demandais dans quel dénuement ma mère était tombée pour croire un instant que cet homme faux, prétentieux et égoïste la rendrait heureuse. Mais le bonheur ne devait plus être sa quête. Enfermée dans le taudis roubaisien où nous avions échu, elle s'acharnait encore à ne pas voir les tares de Saintenoy. Tout comme ses intrigues amoureuses, ses manigances politiques lui valaient tous les jours de nouveaux ennemis. Une lettre faisant état de sa liaison affichée avec ma mère lui coûta son poste administratif. Il fut révoqué en octobre 1797. Dans le même temps naissait dans les bas-fonds de la ville un enfant dont on proclama haut et fort qu'il était le père. Cette fois, il n'y eut pas moyen d'étouffer le scandale.

Dans ces circonstances affligeantes, vers la fin de cette même année, nous quittions Roubaix pour Lille, décampant une nouvelle fois comme des malpropres, à l'aube, dans la première voiture qui effectuait la liaison entre les deux villes.

Pendant un an, désireuse de retrouver le foyer paternel, mes sœurs, Félix, j'avais fui ce qui m'entourait, nié l'évidence, refusé la nouvelle situation. Roubaix n'avait pas existé, Roubaix n'existait pas. J'éprouvais le même déplaisir, chaque matin, à la voir encore debout. J'appelais au tremblement de terre, à l'incendie. En arrivant à Lille, je compris peu à peu, dans les larmes et les soupirs, que tout espoir était perdu. Je ne reverrais plus Douai, plus rien ne serait comme avant. Il me fallait l'admettre et affronter le monde. Mon enfance était terminée.

Lille nous plut. La ville était si grande que nous passions tous trois inaperçus. Dans le quartier autour de la place du Marché-au-Fil-de-Lin où nous demeurions, ma mère avait retrouvé d'anciennes amies à elle, pour la plupart divorcées. Aussi se trouvait-elle moins seule et pouvait-elle converser avec des femmes de son âge et de sa condition. Au cours de son malheureux exil, ce fut peut-être le seul moment où elle ne regretta pas, silencieusement, sa décision. Mais tout était plus cher qu'à Roubaix, et Saintenoy, qui craignait la justice et ses créanciers, ne faisait plus rien. Il ne sortait même pas. Grâce à des travaux de couture ou de broderie, c'était ma mère qui s'efforçait de nous faire vivre. Dès que je revenais de l'école où elle avait tenu à me placer dès notre arrivée, je l'aidais autant que possible.

— C'est donc là votre petite, chère Catherine ? Regardez-moi ces grands yeux qui lui mangent le minois ! Quelle expression ! On a des choses à dire, ça se voit. Comment vous appelez-vous, « citoyenne aux grands yeux » ?

C'était un matin. J'accompagnais ma mère à l'officine d'un ami pharmacien quand une dame aux allures de cocotte fanée nous arrêta dans la rue.

— Marceline Desbordes, citoyenne.

— On dit que vous aimez déclamer des vers, est-ce vrai ?

— Oui, citoyenne.

— Eh bien, je vous écoute, « Marceline les yeux qui débordent ». Qu'improviseriez-vous pour moi ?

Sans réfléchir, je me mis, docile, à citer de mémoire un poème que m'avait appris Saintenoy en me faisant promettre d'en garder le secret.

— *Comme un dernier rayon, comme un dernier zéphyr*
Animent la fin d'un beau jour,
Au pied de l'échafaud j'essaye encor ma lyre.
Peut-être est-ce bientôt mon tour.
Peut-être avant que l'heure en...

— Marceline, voyons ! coupa ma mère, soudain pâle.

La recommandation de Saintenoy, dont les raisons m'échappaient, me revint alors en mémoire. Je rougis jusqu'à la racine des cheveux.

— C'est très bien, au contraire, c'est d'une gaieté ! s'écria la dame ravie. Quelle jolie voix, citoyenne Marceline ! Vous savez, Catherine, sérieusement, vous devriez la mettre au théâtre. C'est une activité très en vogue à Lille depuis quelques années. On y cherche sans cesse du monde. Je ne plaisante pas. Songez-y, ma chère.

— Merci de vos conseils, dit ma mère rapidement. Au revoir.

Me tirant par le bras, elle m'obligea à la suivre. Derrière moi, j'entendis la voix légèrement railleuse de la dame parfumée :

— Dites-moi, jeune Marceline, qui était l'auteur de ce chant... aiguisé ?

— Je l'ignore, citoyenne, ai-je bredouillé avant de me fondre dans la foule.

C'est ainsi qu'André Chénier, guillotiné à peine trois ans plus tôt, entra dans ma vie.

— Puisque tu aimes la poésie, nous allons nous entendre, déclara Saintenoy avec bonne humeur le soir même.

Le bonhomme, revenu sans sourciller depuis sa révocation à ses anciennes amours royalistes, se mit alors à m'apprendre des textes contre-révolutionnaires qu'il dénichait Dieu sait comment et que la sagesse dictait de ne pas ébruiter. Ma mère n'osait rien dire. L'intérêt de Saintenoy pour Chénier, dont les vers circulaient clandestinement, semblait de toute évidence plus politique qu'artistique. À l'inverse, je n'en percevais, moi, que la musique. Tout se gravait dans ma mémoire comme une mélodie obsédante.

La poésie, cependant, ne nourrissait pas nos corps amaigris.

— Nous n'avons pas assez. Nous ne nous en sortirons pas ainsi ! gémissait chaque jour ma mère avec rage. Je ne peux pas faire davantage.

— La gamine n'a qu'à travailler.

— J'aurais tant voulu qu'elle ait de l'instruction.

— Elle apprendra à l'école de la vie, c'est la plus utile.

Ma mère pleurait. Saintenoy haussait les épaules. Son emprise sur elle me dégoûtait. J'ignorais si elle était encore éprise de lui, mais elle en était passionnément dépendante, terrorisée à l'idée qu'il la quitte pour une autre. Elle aurait fait n'importe quoi pour le garder. Alors elle se résigna. Se souvenant des paroles de la lorette, elle vit dans le théâtre la seule issue à notre situation et me confia la responsabilité de nos existences à tous trois. Je n'avais pas encore douze ans. Je ne protestai pas. La vie, je le croyais, consistait à suivre et à obéir.

En avril 1798, je quittai donc, pour ne plus y revenir, l'institution lilloise où je venais d'entrer. À peine entamées, mes études étaient à jamais terminées. Elles avaient duré quatre mois.

Le jour même, j'intégrai le chœur du Théâtre de Lille. Pendant un temps, je fus heureuse. Les églises représentaient alors les seules salles de spectacle où j'avais pénétré dans ma vie. La féerie de ce monde nouveau m'enivrait. Mes songes se peuplaient d'accessoires saugrenus, de costumes exotiques, de décors magiques où je croyais retrouver les vestiges de mon enfance. Mais j'appris bien vite les règles de ce navire de guerre. À bord, la discipline était de rigueur, le danger souvent présent. Un véritable vaisseau, avec des canons de douze. Chargés des changements de panneaux et tenus à manier des poulies, des poids et des contrepoids, les machinistes étaient d'ailleurs souvent d'anciens marins, habitués à maîtriser le vertige et le système des haubans.

On me cantonna bientôt dans des rôles de « petite utilité » qui ne comptaient qu'une ou deux répliques. Je mémorisais vite mes textes. Comme ma mère, j'avais soif de savoir, je m'appliquais à recopier soigneusement des pages entières de livres imprimés, Fénelon en particulier, afin de parfaire mon orthographe. C'est à cette laborieuse école, de plumes, de froufrous et de roulis, que j'appris à écrire. La scène, où j'aurais eu honte d'exhiber le drame de ma vie, paradoxalement m'en délivrait en me permettant d'être une autre. Quand ce double de moi-même souffrait, je geignais avec lui, comme on soutient un ami. Sans m'en rendre compte, j'en ressortais grandie, fortifiée. Je découvrais l'endurance.

En ce temps-là, le théâtre vivait une curieuse période. Depuis la Révolution, toute œuvre susceptible de contenir des valeurs royalistes ou prétendues telles avait été abolie. Seules les pièces patriotiques étaient autorisées. Évidemment, la faveur du public allait nettement à l'ancien répertoire. Même amputé de mots proscrits comme « duc », « marquis » ou « comte », on préférait entendre du Molière plutôt que du « citoyen », « citoyenne », à tout bout de champ. Lassée, l'audience désertait. Les salles se vidaient. Pour assurer leurs recettes, certains directeurs n'hésitaient pas à braver les consignes et à donner des ouvrages interdits ou plus frivoles sous prétexte que les œuvres républicaines, encore en répétition, n'étaient pas prêtes. Quand son insoumission dépassait les bornes et lassait la patience des conseillers municipaux, le directeur démissionnait. Nommant à sa place le premier comédien de sa troupe, il s'instituait lui-même régisseur. La fois suivante, les rôles étaient inversés. Ainsi, de petites audaces en procédés illégaux, on parvenait à se jouer des lois stupides qui régissaient les arts.

Toutefois, malgré ces subterfuges, le directeur du Théâtre de Lille se trouva au mois d'avril 1799 proche du dépôt de bilan. Ma mère n'hésita pas une seconde. Elle et Saintenoy dépendaient entièrement des maigres appointements que je tirais de la scène, et elle avait entendu certains comédiens vanter les mérites de Rochefort. À la hâte, elle refit nos malles. Saintenoy, qui avait vendu tous ses biens, était ruiné et vivait de ma charité.

Partir, une nouvelle fois, en quête de quoi ? Pour suivre quel mirage ? Pour moi, quitter Lille pour Rochefort signifiait m'arracher davantage à Douai, anéantir tout espoir de retour, de revoir mon frère, mes sœurs et mon père auquel ma mémoire arrangeante ne trouvait déjà plus que des vertus. C'était amorcer une longue descente vers une destination jamais atteinte, toujours fuyante, miroitante comme une fausse lumière.

Ou comme l'amour.

5.

« Essentielle », a-t-il soufflé. Un finale splendide en somme, je ne pourrais prétendre à mieux, n'ai pas à me plaindre. Et cette épithète demeure sur moi quelques secondes, en cette aube d'avril 1821, cramponnée, comme l'odeur d'Henri que je voudrais retenir un temps encore sur ma peau. Mais déjà mes bras n'étreignent plus que du vide. Déjà mes mains cherchent en vain un corps à caresser. Les marques de dents, les ecchymoses, tout passe. Je revois la silhouette accablée de celui que je viens de quitter pour toujours, immobile à mesure que s'éloigne la diligence qui m'emporte. Figé au seuil de notre séparation. Peu à peu il ne reste de lui que les contours, comme si entre nous toute chair s'était estompée, l'esquisse imprécise encore de son costume, une tache incertaine, un point et puis plus rien. C'est fini. De mon horizon malade, Latouche s'est effacé. L'amour a capitulé, abdiqué devant la peur. Je suis brisée. Comment vivrai-je désormais sans lui ? Car c'est avec un autre que mon sort est noué, c'est avec un autre qu'il me faudra batailler au quotidien. Je vais passer ma vie avec un homme qui n'est pas Henri. Par quelle absurdité, par quelle catastrophe ? Avec Prosper, je devrai réapprendre les gestes de l'amour. On m'a amputée, tabassée. Remarcherai-je un jour ?

Secouée par les cahots de la route, ma tête heurte, indifférente, les parois de la voiture. Je n'ai pas dit à Latouche que j'attends un enfant.

Dans deux jours, j'aurai gagné Lyon et rejoint mon époux. Comme je hais Valmore à cette heure ! Son adoration paisible, sa droiture, son honnêteté inaltérables ! Mais abandonner un tel homme est inconcevable. Nous voilà liés depuis bientôt quatre ans, et pour la vie. Dire que rien ne m'avait paru plus somptueux, plus indestructible que notre union ! À l'époque, l'amour joyeux de Prosper avait déchiré d'un coup le crêpe noir tendu autour de moi. Après ce que j'avais subi, étouffée par le deuil, je pensais en avoir fini avec le bonheur. Quant au mariage, il y avait bien longtemps que je n'y croyais plus. Dans le désert de mon existence, Valmore apparut comme un miracle. J'aurais chaque jour baisé ses pieds. Pourtant, sous le règne même de mon mari, en dépit de son corps sculptural, de sa jeunesse, Henri le triste borgne m'a assujettie à ses lois. Pendant toute l'année qui vient de s'écouler, à peine ai-je respiré, tiraillée entre l'un qui me prenait tout et l'autre qui me donnait trop. Je bafouais l'honneur puis maudissais mes écarts, incertaine à toute heure, incomplète, incapable de dire où mon cœur me réclamait. J'en suis même venue à souhaiter qu'ils disparaissent tous deux. Peut-être que je ne les aime ni l'un ni l'autre ?

— Essentielle, tu m'es devenue essentielle ! a fini par soupirer Latouche au moment de l'adieu.

Trop tard, ultime faiblesse passagère. Il se reprend aussitôt :

— J'aurais tout gâché, Marceline. Je ne me le serais jamais pardonné.

Le regard d'Henri n'est plus qu'une plainte muette et trahie. J'en vole le chant et je tourne la tête. Latouche roule déjà sur son flanc de montagne. Je dévale, moi, de l'autre côté. Nous avons choisi.

Au premier coup d'œil, Lyon, qui m'a arrachée à Paris, me paraît détestable. M'efforçant de faire bonne figure à Prosper et de ne rien laisser paraître de mon désarroi, j'y arrive, courbatue et mutilée, à la fin du mois d'avril. Il me faut désormais composer, subir mille petites irritations, mille punitions au jour le jour. L'appartement où nous logeons, place des Terreaux, a pour seul avantage d'être à deux pas du Grand Théâtre, en plein centre-ville. Mais il est situé dans les combles d'un immeuble insalubre, si piteux, si désolé, avec ses poutres rongées par les termites et une couche de crasse indécrottable sur les murs, que les premiers temps je n'ose y respirer tant l'air y est empuanti. Lyon est une fournaise, ce qui n'arrange rien à l'infection coriace du taudis.

Ce printemps, décidément, tel un ruban serré trop près autour du cou, m'étrangle. Rien, semble-t-il, ne pourrait le dénouer. Je souffre de la chaleur, me sens dans une cage aux barreaux invisibles. Malgré la trépidation du déménagement, les meubles dont il faut s'occuper, les démarches à effectuer, cette ville nouvelle dont on doit racler les pelures, l'écorce amère, pour en atteindre la chair, je ne trouve pas de sens à mes journées. Nos bagages à peine ouverts, nous sommes déjà sur scène à préparer d'arrache-pied les spectacles d'ouverture de la saison. Ça ne m'atteint pas : je reconnais ce tangage, harnachée au grand mât d'un vaisseau au milieu de l'océan furieux. Je n'éprouve presque rien. J'avance comme une automate, remplissant mes fonctions mécaniquement. Il me semble dormir debout.

— Un grenier ! Voilà où elle nous a conduits, ta Marceline ! Si tu m'avais écoutée, si tu avais attendu avant de prendre un si mauvais parti, nous ne serions pas là à gémir dans un pailler ! Regarde, il ne manque plus que du foin, du mil !

— Vous exagérez, maman.

— Un fenil ! Finir dans un fenil, moi !

Malade, chaque jour aigrie davantage, Anne-Justine trépasse lentement, à coups de rancœurs qui poignardent Valmore sans rémission. L'omniprésence de cette belle-mère honnie nous contraint Prosper et moi à ne jamais être seuls. Dans un sens, ce n'est pas plus mal. Tout m'insupporte dans Valmore. Sa voix, sa façon de parler, ses gestes, son assurance, sa beauté, son être entier. Même sa respiration la nuit m'est devenue un supplice. Mais j'endure mon châtiment en silence. Avec le temps, me dis-je sans y croire vraiment, je finirai par retrouver l'homme que j'ai épousé par amour. Pour l'heure, il est celui qui n'est pas Henri. Il n'y peut rien mais je lui en veux terriblement.

Cette haine muette ne m'empêche pas de le soutenir lors de ses débuts au Grand Théâtre. À cause de sa mère, Prosper ne se présente pas devant le public lyonnais au meilleur de sa forme.

— Tu as entendu ? Rien. Pas un sifflet, pas un quolibet, le silence total, humiliant, narquois, assassin. La pire des insultes.

— Tu sais bien qu'aucune faiblesse n'est permise aux acteurs parisiens. Et puis Dorante est un rôle qui exige du temps. Ne t'en fais pas, pauvre chéri, ton *Menteur* les séduira bientôt tous. Tu connais l'esprit de province, si réfractaire à la nouveauté.

Prosper est amer, blessé. À l'inverse, contre toute attente et malgré les propos calomnieux qui courent sur moi depuis la publication de mes poèmes, mon retour sur les planches est salué avec une ferveur suspecte. Je reviens pourtant au théâtre comme on va à l'abattoir. Mon peu d'enthousiasme à jouer est flagrant. À presque trente-cinq ans et avec mon physique fatigué, on n'a rien trouvé de mieux que de me confier le rôle d'Agnès dans *L'École des femmes.* Véritable punition, me voici sur scène à lire « les maximes du mariage ou les devoirs de la femme mariée » :

— *Celle qu'un lien honnête*
Fait entrer au lit d'autrui
Doit se mettre dans la tête,
Malgré le train d'aujourd'hui,
Que l'homme qui la prend ne la prend que pour lui...

C'est grotesque. Et les critiques m'aiment. Mais cette faveur arbitraire, je le sais, ne durera qu'un temps. Bientôt, à cause de mon état de plus en plus visible, le ridicule ne connaîtra plus de borne et il me faudra interpréter les ingénues avec mon ventre énorme.

En apprenant que je suis enceinte, Prosper a bondi de joie, ce qui me le rend – j'ignore pourquoi – encore plus odieux. Mais, au moins, j'ai un prétexte pour me soustraire à ses assauts. Ce sont toujours quelques mois de tranquillité de gagnés. Les étreintes pourtant peu mémorables de Latouche ont comme muré mon corps. On pourrait me rouer de coups, je suis en béton armé. Tout à son bonheur, Valmore respecte la distance que j'impose et, mettant mon apathie sur le compte de mon état, il s'étonne à peine de ne pas me voir partager son allégresse. La perte de notre premier bébé, ma santé fragile et mon âge lui ont sans doute fait, malgré lui, ajouter foi aux commérages de sa mère qui prédisait au début de notre mariage que nous n'aurions jamais d'enfant. La naissance d'Hippolyte a desserré la sangle que cette dernière maintenait autour de Valmore. L'annonce de ma nouvelle grossesse débride définitivement mon époux. Il était temps.

Comme les fois précédentes, épuisée, nauséeuse à mourir, bondissant sans cesse du marasme au ravissement, j'endure avec peine les transformations de mon corps. En une même journée, je passe par toutes les saisons. Sans raison apparente, je suis grise ou estivale. Porter cet enfant dans mon ventre, c'est m'accuser d'un meurtre dont le cadavre, pour l'heure, n'a pas été retrouvé. Sous cette menace permanente, je continue à prétendre vivre librement, tantôt dans l'euphorie de l'avoir emporté sur la justice des hommes, tantôt avec l'effroi d'avoir un jour des comptes à rendre. Je suis comme une criminelle en cavale.

Cependant, la vie coupable qui s'enracine en moi m'aide à tenir contre le manque qui me dévaste, la tentation de me rendre, de hurler, et contre l'attente d'un courrier de Paris qui n'arrive pas. Le silence est la pire arme qu'on puisse pointer sur moi. Dans la capitale où j'ai publié quelques poèmes, où des amitiés nouvelles m'ont juré une fidélité éternelle et où de nombreux lieux se sont peuplés d'Henri, on m'oublie déjà. Accaparée par le tourbillon alentour, Pauline m'écrit peu. Quant à Latouche, ses lettres admirables que je guette en haletant me procurent un plaisir atroce. À certaines je dois des moments de répit qui redonnent des couleurs à ma vie, quelque espérance. D'autres raturent mon ciel d'un gribouillis barbare. D'une phrase, d'un mot, dépend la nuance de mes jours. Il n'y a plus rien à attendre, pourtant, mais je crois encore. À quoi ? Je redoute autant les lettres d'Henri que ses silences. Alors, quand tout me semble perdu, je songe à cet enfant qu'il ne pourra plus me reprendre, dont il ignorera tout. Un petit être de rage et d'écume qu'il me faudra chérir sous de fausses latitudes, mais que je désire ardemment.

Je me remets à la poésie. Les femmes, affirme-t-on, ne doivent pas écrire. J'écris pourtant. Henri a délacé la ceinture de mon cœur. C'est la seule liberté qu'il me reste mais elle est de taille. Elle me maintient aussi du côté de la normalité, donnant à mon quotidien sa part nécessaire de déraison, mes autres vies. Je ne cherche plus à paraître, à vouloir ressembler, à faire comme. Débarrassée de toute influence, je suis enfin moi, sculptant mes mots à mon image.

Tel que je l'avais pressenti, l'engouement du public lyonnais à mon égard s'éteint de façon aussi extravagante qu'il a commencé.

— Tu vois, Prosper, que t'avais-je dit ? On ne nous aimera jamais ailleurs qu'à Paris.

— Les spectateurs sont manipulés. Les Chapron, qui régnaient sur le Grand Théâtre depuis des années, n'ont pas supporté notre arrivée. Ils contrôlent toutes les critiques.

— Eux ou d'autres, qu'importe ? Il y aura toujours des jalousies, des rivalités. Partons d'ici.

— Pour aller où ? Qui nous engagera dans ton état ?

Les derniers mois de ma grossesse sont un calvaire. Exténuée, malade, j'entre sur scène pour être suppliciée, accueillie par des sifflets, des ricanements. Au fond de notre affreuse mansarde, ramassée en boule comme un hérisson, je cherche refuge dans l'écriture, sous le regard réprobateur de ma belle-mère dont je me fiche éperdument. La gaieté d'Hippolyte me manque, la paix créatrice de l'atelier de Constant, Pauline, Latouche, Paris. Paris où l'on pourrait m'aimer, me choyer, me célébrer, moi, la petite ignorante, l'orpheline, la provinciale, et d'où Valmore, incapable de me faire vivre, m'a ravie.

Sourdement, je me laisse envahir à son encontre par le ressentiment.

C'est dans ces conditions que naît ma fille, que je prénomme Hyacinthe.

— Dans la mythologie, c'est un personnage changé en fleur, ai-je dit à Prosper. Regarde sa masse de cheveux blonds. On dirait un bouquet.

Hyacinthe. Une pure folie, mais personne ne connaît le véritable prénom d'Henri. À part lui. Je n'ai pu résister à cette faiblesse dont je devrai peut-être me repentir un jour. On verra bien. Pour l'heure, au milieu de la sécheresse de ma vie, ma fille est comme un bulbe éclos hors saison. Je raffole d'elle. Elle sent l'île Saint-Louis, le pont de la Tournelle, le peuplier derrière Notre-Dame, la Seine, la rue des Saints-Pères. Cependant, au terme du mois de repos que m'a accordé le directeur du Grand Théâtre, il me faut, à peine relevée de mes couches, remonter sur les planches et remettre mon bébé à une vigoureuse paysanne des environs de Lyon.

« Combien de temps encore devra-t-on supporter les torrents de larmes de Mme Valmore dont l'excès de sensibilité lasse tout autant que la figure usée ? Seules sa voix et sa diction impeccables justifient sa présence sur scène. Quoique... » Aiguisées par le clan des Chapron, les critiques se font si grossières à mon retour, si blessantes, que je touche le fond de ma résistance. À l'aube, après une nuit d'insomnie et de larmes, je serre les poings pour ne pas faire mes bagages et m'enfuir, quitter tout à la fois le théâtre et le mariage, pareille menterie où je ne peux plus, je crois, feindre davantage. Quand soudain, à la fin décembre, Anne-Justine

meurt. Bien que soulagé, Prosper est tellement abattu par la disparition de sa mère que je n'ai d'autre choix que de ranger, comme on plie avec soin dans une grande armoire familiale des draps propres, mes désirs d'ailleurs. Le brave homme a besoin de moi. Qui d'autre me réclame ainsi ? Personne. Latouche, visiblement, vit très bien sans moi.

Alors peu à peu, sans m'en apercevoir, sans vouloir m'en apercevoir, de ce vieux bahut en bois où s'entassent mes rêves pliés comme des piles de linge, j'égare la clé.

J'ai enfin convaincu Valmore de quitter l'atmosphère délétère de Lyon où nous a rejoints, à ma demande, notre bel Hippolyte. Sa présence joyeuse, alliée aux visites que je rends à ma petite Hyacinthe, est un tel apaisement après l'aigreur d'Anne-Justine que je reprends des forces. Exaltée, je fais des pieds et des mains, multiplie démarches et sollicitations pour faire à nouveau engager Prosper à Paris. En vain. Notre exil est tenu de se prolonger un peu. Dans ses lettres sporadiques, Pauline me donne des nouvelles fraîches de la capitale et m'apprend la dernière supercherie littéraire d'Henri. *« À force de se railler du milieu, de s'éparpiller ainsi – rends-toi compte, ces jours-ci il publie un roman, un guide de voyage sur Montmorency et une traduction du* Roi des Aulnes *de Goethe, sans parler de sa vie de patachon –, il se cause beaucoup d'inimitiés... »*

Au fond, c'est peu de chose qu'Henri de Latouche. Henri, mon grand amour, mon trésor. La tête me tourne. À certaines heures, je ne me maîtrise plus. Je tombe parfois en transe, me surprends à écrire à des amis morts, à parler à voix haute, à composer des poèmes impudiques et dangereux sur ma passion folle, maniaque, obsessionnelle. Je m'adresse directement à Latouche, doute de lui, de sa sincérité, revis la splendeur, la douleur, envisage demain puis anéantis tout. Comme on se suicide, je finis par le supplier de ne plus m'écrire. *« N'écris pas, au fond de ton absence écouter que tu m'aimes, c'est entendre le ciel sans y monter jamais.* » Pour renaître, pourtant, je n'ai pas d'autre choix. En souhaitant secrètement ne pas être obéie, j'exige donc d'Henri qu'il rompe le dernier lien nous unissant. Il plie. Accepte la défaite.

Il me reste la poésie.

À la fin d'avril 1823, nous sommes à Bordeaux où Valmore a signé un engagement d'une saison. Je suis si heureuse de partir de Lyon que j'oublie combien j'ai souffert en Gironde quelque vingt ans auparavant avec ma mère. Époque révolue désormais. Paris aussi s'éloigne. Tant mieux. La capitale me fait soudain horreur. Mettant fin à deux ans de purgatoire, le ciel bleu de Bordeaux, la blancheur de ses murs, ses fontaines, son soleil, la douceur de son air, me ramènent d'une embardée brutale du côté de la vie. Je parais en épouse et mère de famille honorable. À ma grande surprise, on m'accueille en femme de lettres. Mes petits poèmes publiés à Paris ont touché plus de lecteurs que je ne le croyais. Henri ne m'a pas fait que du mal. C'est lui, je le sais, qui œuvre dans les salons à ma gloire. Quelle revanche sur la société ! Après m'être longtemps cachée, j'ai soif de reconnaissance.

Rue de la Grande-Taupe, l'appartement vaste et lumineux que nous occupons s'emplit vite de tout ce que Bordeaux compte de littéraires. Le succès que Prosper rencontre au Grand Théâtre nous place dans une situation confortable. Ses appointements ont largement augmenté. C'est décidé, je quitte la scène et tire ma révérence au théâtre sans regret. Enfin, je peux me consacrer pleinement à mes deux enfants, à l'écriture. Je deviens une habituée du salon des Nairac, rue du Palais-Gallien, l'endroit le plus couru et le plus prestigieux de toute la région. Réconciliée avec moi-même, avec Valmore, je me laisse aller aux joies mondaines. À Paris, honteuse de mes origines, fuyante, j'ai toujours eu peur de détonner. Ici, c'est différent. Certains soirs, à la demande générale, je n'hésite pas à chanter devant un auditoire fourni des romances que j'accompagne moi-même à la guitare. Ou bien je conte de vieilles légendes flamandes, des mythes antillais. Je veux être aimée.

Au faîte de la réussite, Valmore renouvelle pour trois années supplémentaires son contrat et nous permet d'emménager dans un logement encore plus grand, rue Montesquieu. Je ne me pose plus de questions. La vie de province se prête aisément à la paix immobile. La brise du temps passe légèrement. Je m'enfonce dans ce sommeil tranquille, en savoure toute la fécondité, l'harmonie de nos chairs retrouvée, la douce joie de partager avec l'autre le creux du quotidien, son abrutissement parfois, ses silences, mais partager, oui, nous distinguer des bêtes. Ce n'est pas si mal au fond. Je ne souffre presque plus. Je me l'interdis. Je n'ai plus aucune nouvelle d'Henri. Pauline a raison, c'est un homme dispersé. Il communie à tous les cultes sans vergogne, renie impunément ses anciennes idoles. Comme il m'a trahie ! Comme je me suis trompée ! Quelquefois, dans l'écriture d'un poème, son visage resurgit soudain, défiant, repenti. Alors je reprends ma plume, mon coutelas, pour le défigurer. J'évite d'accorder trop de licence à la contemplation.

Chez les Nairac que je fréquente assidûment en étoile parisienne, je rencontre le tout jeune Vigny et même Goya, le peintre, croupissant de vieillesse, et qui fait mon portrait. À mes heures perdues, j'étudie l'anglais, comblant avec prudence le moindre vide de mes journées. Active, très active. Pressée par tous, je finis par publier un nouveau recueil de poésies à la fin du mois de décembre 1824. J'ignore quelle est exactement ma notoriété à Paris. Je ne me rends pas compte. Pauline me dit qu'on parle beaucoup de moi. J'ai du mal à le croire et je ne m'en soucie pas vraiment. Fortifiée par la stabilité de ma vie bordelaise, le petit cercle où je brille, l'incomparable bonheur, malgré la santé délicate de Hyacinthe, d'avoir des enfants en vie, un mari aimant, me croyant libérée des geôles de ma passion perdue, je m'estime, alors, invulnérable. À cent cinquante lieues d'Henri, irréfléchie, candide, je ne le redoute plus. Je ne crains plus que moi, et encore, par intermittence. Mes désirs de rechute, de faillite. La platitude de la plaine.

L'ennui de la plaine.

6.

C'est à Rochefort que j'ai écrit mes premiers vers et donné mon premier baiser. Comme si d'emblée la poésie devait chez moi être lacée avec l'amour. J'allais avoir treize ans et n'avais vu des sentiments que leur côté le plus sombre : la lassitude des époux, la trahison des amants. C'était une empreinte négative greffée en moi à mon insu. Pourtant ma méfiance flancha dès le premier assaut. Au combat de l'amour, je m'apprêtais, suivant en petite fille modèle les traces de ma mère, à prendre le chemin des vaincus.

Il commençait en Charente.

Nous sommes arrivés à Rochefort à la fin du mois d'avril 1799. La saison débutait tout juste. Nous logions à deux pas de la place d'Armes, non loin du Théâtre de la Coupe d'Or dont la jolie petite salle contenait trois cents places, toutes occupées, chaque soir, par les officiers de marine qui faisaient escale dans la ville. On m'inscrivit dans la quasi-totalité des productions qui alternaient devant ce public tapageur, friand de nouveautés, au visage avide et rêveur.

J'étais désormais tenue d'apprendre des dizaines de tirades par cœur, d'enchaîner plusieurs rôles à la suite. Il y avait tant à faire que je parvins sans peine à dénicher pour ma mère des travaux de couture, costumes à retoucher, repriser, réajuster ou recoudre. L'expérience était très différente de Lille. La scène, plus petite, plus proche des spectateurs, me jetait sans décence au milieu de tous ces jeunes garçons. Éclairés aux bougies, certains regards se posaient sur moi de façon maladroite. Naïve, je riais sous cape de leur embarras. La nuance entre la gaucherie et le trouble m'échappait alors totalement.

Rochefort était toute petite, curieusement dessinée. C'était un port, plus exactement un arsenal, qui différait nettement des trois villes que j'avais connues, biffant tous mes repères. La vue des mâts surgissant soudain au bout d'une rue me stupéfiait. Je ne m'habituais pas à voir apparaître un bateau entre deux habitations. J'étais saisie et enchantée, vaguement effrayée.

Tout était lié à la mer. La corderie s'étalait sur une rive de la Charente. Près de deux cents ouvriers travaillaient à la fonderie, dont on avait à la Révolution ôté les fleurs de lys du fronton, avec ses quatre fours pour fondre canons, mortiers et cloches, et ses fourneaux placés face au vent. L'école de marine, jusqu'au bagne même avec sa pauvre chiourme suppliciée aux pontons, tout redisait que la seule raison d'être de Rochefort était l'océan.

Au sein de la troupe, la fascination qu'exerçaient

sur nous tous ces vaisseaux construits le long de la Charente était grande.

— J'ai vu, moi, La Fayette partir pour les Amériques.

— *L'Hermione*, ça c'était du bateau ! Une frégate comme on n'en verra plus, renchérissait un autre.

— De braves gars qui s'en allaient défendre la lib...

— Faire la nique aux Anglais, oui !

Pourtant quelque chose sonnait faux dans ce décor aux rues géométriques et aux angles droits. Artificiel. La ville, racontait-on, était une pure création de Louis XIV et de Colbert qui en avaient conçu le plan. Bien que charmante, elle ressemblait à un jouet délaissé, un caprice passé, sans âme, à l'image de son église principale devenue, depuis la Révolution, une salle d'escrime.

Il pleuvait, il ventait, avec une douceur étrange qui faisait tinter les haubans. C'était un jour de relâche, à la fin de l'été. Je me promenais dans l'arsenal avec ma mère et d'autres compagnes.

— Avez-vous remarqué ces chênes ? dit l'une d'entre elles. On a gravé sur certains une ancre et une fleur de lys.

— Pour quelle raison a-t-on marqué ces arbres ? demanda une autre.

— Parce qu'ils sont destinés à la marine, répondit une voix goguenarde derrière nous. On les distingue ainsi, puis on les coupe en automne et en hiver, quand la sève ne circule plus.

Il était jeune et bien fait, portait l'uniforme des élèves de l'école de marine. Le visage fin comme celui d'une femme, le nez aquilin. Des boucles châtaines bataillant en désordre sur son front. Avec sa taille haute et le hâle orgueilleux qui colorait sa peau, il avait fière allure.

— Permettez-moi, citoyenne Saintenoy, de me présenter : je m'appelle Louis Lacour et je prends des cours de mathématiques avec votre époux. Je vous présente mes hommages, dit-il en s'adressant à ma mère dont les yeux brillèrent d'une muette reconnaissance.

Un instant, elle se crut devenue femme du monde. Le jeune marin était délicat et flatteur. Il venait, plus ou moins par ruse, de gagner un point en sa faveur.

— Ainsi qu'à votre gracieuse fille, ajouta-t-il en se tournant vers moi.

Empotée à l'extrême, j'étais peu accoutumée aux éloges et rougis jusqu'à la racine des cheveux.

— Vous êtes bien aimable, monsieur, répondit ma mère qui n'avait jamais pu se résoudre au « citoyen » d'usage.

Ce n'était d'ailleurs pas par sentiment politique. Seulement par habitude.

— Comptez-vous embarquer bientôt ?

Tel était leur but à tous, leur seule raison d'être, le sujet imposé de chaque discussion, embarquer, embarquer ! Ils n'avaient que ce mot à la bouche.

— Je l'espère, madame, murmura-t-il, complice. Un grand avenir m'attend là-bas, très loin, au-delà des mers...

— Où cela ? interrogea ma mère dont la voix tremblait un peu.

— À Saint-Domingue...

C'est ainsi que le rêve des Antilles initia chez ma mère sa lente et folle conquête et que Louis Lacour entra dans ma vie.

Il nous avait suivies sur les bords de la Charente, m'avouerait-il plus tard, dans le but de nous accoster. Après cette première rencontre, le bel apprenti officier fut reçu dans notre petit logement. Ma mère le trouvait gentil.

— Avenant, il est avenant, répétait-elle.

Elle le fit inviter par l'intermédiaire de Saintenoy. Depuis que nous étions à Rochefort, ce dernier avait repris de l'assurance grâce à sa réputation de professeur qui, pour une fois, n'était pas usurpée, et grâce aussi probablement à l'incendie qu'il allumait sans peine dans les yeux des filles légères dont la ville ne manquait pas. Je ne comprenais pas très bien, de ma mère ou de moi, qui intéressait Louis Lacour. Et elle, quelles étaient ses intentions à son égard ? Avait-elle perçu le trouble qui m'avait saisie devant le bel uniforme ? Je l'ignorais. Sans doute m'estimait-elle encore jeune, naïve. Noyée dans ses vagues à elle, elle ne voyait peut-être dans Louis qu'un éventuel camarade de jeu pour moi. À ses yeux, je ne grandissais pas. Ça l'aurait fait, elle, vieillir. Elle aimait sans doute aussi penser que le jeune marin lui faisait la cour.

J'étais au contraire avide de sortir de ses jupes. Il devait exister autre chose que ce tissu rêche et amidonné, je le pressentais. Malgré ma timidité, j'étais liante, portée à l'amitié. Je m'attachais vite, me livrais et m'épanchais sans retenue. Après Roubaix où je m'étais recroquevillée sur moi-même, je m'étais ouverte au monde extérieur. Toutefois, sur certains sujets je gardais sciemment des zones d'ombre, ou bien je les présentais sous les éclairages de mon choix. Mon passé, je l'avais compris, n'appartenait qu'à moi.

Ma mère ne craignait donc pas la présence d'un garçon de vingt et un ans dans l'entourage de sa jeune fille et devait avoir une autre raison de s'intéresser à l'élève de son amant. Louis Lacour, dont les parents étaient morts dans les îles françaises, parlait des Antilles sans jamais y avoir mis les pieds.

— Il y a tant de richesses là-bas, citoyenne Saintenoy. On dit même que les maisons sont pavées et recouvertes de plaques d'or fin !

Conteur intarissable, excellent orateur qui aimait s'écouter, il se lançait devant nous dans des récits interminables, pittoresques et loufoques sur les colonies. Amusée au départ, sceptique, ma mère s'enticha peu à peu des rêves de Louis qu'elle s'appropria. Elle ne lisait plus que *Paul et Virginie*. La traversée de l'océan vers ces contrées exotiques où tout hier serait aboli devint chez elle une idée d'abord distrayante, puis grave et obsessionnelle. J'en vis assez vite le danger mais ne savais que faire. J'étais affolée. Saintenoy ne tentait rien pour tirer ma mère de ses songes fantasques. Son somnambulisme ne l'incommodait pas le moins du monde. Il en profitait pour conter fleurette sans entrave aux filles de joie. Les mulâtresses pouvaient attendre. Il se contentait fort bien des Rochefortaises.

J'entendais, moi, la voix franche et assurée de Louis couler dans mes veines. Je voyais sa bouche charnue s'animer de moues sauvages. Des mots en sortaient. Il y était question de frégates, de Bougainville, de bégonias, mais je ne prêtais attention qu'à leur musique.

Nous n'étions pas en Charente depuis une saison. Au printemps 1800, la Coupe d'Or, malgré son succès, signa un arrangement avec les théâtres de Bayonne, Dax, Pau et Bordeaux, qui stipulait de faire tourner les comédiens. Certains acteurs décidèrent de partir directement pour Bordeaux afin d'obtenir un contrat plus sûr, sans contrainte de mobilité. Une fois de plus, ma mère trancha. Nous irions, nous aussi, en Gironde.

Je me taisais. Arrivée à Rochefort encore enfant, j'allais en repartir jeune fille, des poèmes sous le bras et le souvenir des baisers furtifs de Louis, reçus en cachette de ma mère. Il ne s'était rien passé de plus. Ma première romance était demeurée dans les sphères de la pudeur. Je l'en libérais par la poésie. Les étreintes maladroites de Louis, sa prétention et même sa vanité se transformaient sous ma plume. Je m'imaginais en secret être épousée par lui. Humble et soumise, je l'aurais attendu au logis tandis qu'il voguait sur les mers. Mes ambitions n'allaient guère au-delà. Je ne désirais pas de destin plus pimenté. Parce qu'un garçon m'avait un peu embrassée, avait passé sa main dans mes cheveux, susurré quelques douceurs à mes oreilles, je me voyais déjà en ménage avec lui. J'étais amoureuse. Du moins, je le croyais.

Alors que nous préparions nos malles pour Bordeaux, Louis Lacour embarqua sans prévenir pour les Antilles. Rochefort, où je ne reviendrais jamais plus, m'avait donné ma première blessure d'amour et le furieux besoin d'écrire.

Louis était parti. À la va-vite, sans prendre le temps de dire au revoir, déjà tout à son aventure, étranger. Mon premier amour était un voyage interrompu. J'avais du mal à admettre cette idée. Pourquoi aurais-je dû me convaincre que je ne reverrais jamais Louis, qu'il ne reviendrait pas, que le rôle qu'il devait jouer dans ma vie était terminé ? L'idée que la route de Louis ne croiserait plus jamais la mienne me faisait souffrir. Je résolus tout bonnement de l'ignorer.

Devant les autres, toutefois, il me fallait dissimuler. Cruelle, ma mère évoquait en plaisantant Louis, « l'amoureux de Marceline ». Devinait-elle chaque fois combien elle me déchirait ? En était-elle consciente ? Je feignais l'indifférence, gardais pour moi les larmes et les sentiments que j'avais tus, mes espoirs secrets et des mots d'amour destinés à n'atteindre personne. Nous étions à présent à Bordeaux. Toujours plus bas, toujours plus loin des Flandres et de ma ville natale. Jusqu'où nous entraînerait cette fuite ? Je n'osais interroger ma mère. J'avais peur d'entendre son délire sur les îles reprendre de plus belle, cette litanie qui me terrifiait car j'en sentais l'inéluctabilité, la fatalité nous acculant à grands pas vers notre port d'embarquement. Mes rêves à moi étaient tellement plus sages ! Comme je peinais à me reconnaître dans cette mère qui n'aspirait qu'au changement permanent, à troquer sa vie contre une autre ! Je ne la comprenais pas. Si elle l'avait voulu, les galants ne lui auraient pas manqué. Elle était belle, d'une majesté froide qui effraie un peu. Mais elle avait une trop haute opinion de l'amour. On lui avait imposé mon père, dont elle avait supporté la médiocrité pendant vingt ans. Puis elle avait choisi Saintenoy. Et même si, à Bordeaux, elle le faisait passer pour son deuxième mari, je crois que tout était fini entre eux. Personne ne lui succéda. Ma mère repoussait poliment les avances. Les accepter aurait été déchoir de son statut d'amante libre à celui de maîtresse entravée, troquer des chaînes anciennes contre d'autres pimpantes. Elle avait compris la leçon.

Bordeaux, printemps 1800. Ça devenait, c'était devenu une obsession : cette maudite traversée que ma mère agitait comme un épouvantail au moindre prétexte. Comprenant qu'il y gagnait une paix provisoire, Saintenoy s'était mis à la suivre sur ce terrain glissant. Cette vermine l'encourageait même. Dès que je les entendais divaguer sur le sujet, je me réfugiais dans la pièce imaginaire où m'attendait Louis, et j'entendais le sable répandu au sol craquer sous mes pas précipités comme dans toute maison flamande respectable.

Bordeaux me plaisait. Avec son côté médiéval et ses allées plantées d'arbres, ses grandes maisons en pierres blanches et tuiles roses, ses immenses fenêtres à croisées claires, ses hôtels particuliers somptueux, ses balcons en fer forgé, elle avait un air de cette Espagne dont on parlait tant. Le climat était doux, le soleil généreux. En fille du Nord, il me semblait, chaque matin, entrer dans un voile de lumière. Cette impression prenait fin sur le seuil du Grand Théâtre qui se dressait, avec ses douze colonnes aux neuf muses et aux trois déesses, comme une cathédrale récemment érigée. La première fois que je m'étais trouvée sur la place de la Comédie, j'en étais restée bouche bée. Une des plus prestigieuses scènes de France. La salle, avec ses sièges en velours bleu, était splendide.

Néanmoins, en 1800, la renommée de la scène bordelaise avait considérablement décliné. Ce n'était plus un théâtre mais un lupanar. Au prix de nombreuses malversations, Suzanne Latappy, chanteuse médiocre, cupide, malhonnête et méchante, en avait pris la direction depuis 1796. Après les représentations dont elle se fichait éperdument, la Latappy organisait des bals clandestins où, racontait-on, des filles de mauvaise vie dansaient avec les personnalités les plus en vue de la société bordelaise. Devant ces pratiques, la plupart des acteurs prenaient sans tarder leurs jambes à leur cou.

Bien entendu, j'étais loin d'imaginer dans quoi j'étais tombée et n'eus aucune peine à obtenir un engagement de « troisième amoureuse ».

Je fus rapidement au parfum. Chaque jour l'enfer s'ouvrait un peu plus sous mes pieds. De petites vexations, des humiliations continuelles. La brutalité de la Latappy me terrifiait. Je faisais tout pour l'éviter. Au bout de quelques mois, elle vint en personne me trouver dans les coulisses.

— Que tu es jeune ! Regardez-moi cette taille fine, cet air ingénu. Sais-tu que tu pourrais largement augmenter tes gages, mon petit ?

— Vraiment, madame ? Comment, madame ?

— Après le spectacle de ce soir, il y a une... Comment dirais-je ? Deuxième représentation. Tu vois de quoi je parle ?

— Non, madame.

— Petite sotte, cria-t-elle, es-tu donc si nigaude ?

— Je ne comprends pas. Que voulez-vous dire ?

Elle me tenaillait le bras, me fixait de son regard de furie.

— Écoute, ma jolie, soit tu viens ce soir après le spectacle t'amuser sur les genoux des messieurs importants de cette ville, soit tu peux aller chercher du travail ailleurs. C'est clair cette fois ?

Je courus jusqu'à la mansarde où nous nous entassions, ma mère, Saintenoy et moi, et qu'illuminait le soleil dans l'après-midi. Situé à l'angle des rues Sainte-Catherine et de la Merci, l'immeuble était vieux et en piteux état, mais il avait l'avantage d'être à deux pas du Grand Théâtre. Par ailleurs, la logeuse était peu regardante et disposée à croire aux fables de ses occupants. Tout aux perspectives de son voyage, ma mère, qui avait été embauchée comme ouvreuse, fermait les yeux sur l'immoralité du lieu. J'avais moi aussi fait mine d'ignorer ce qui se passait quand les loges philharmonique et municipale se vidaient de leurs occupants pour laisser place à des oiseaux de petite vertu.

— Jésus, Marie, Joseph ! s'écria ma mère en écoutant mon récit. Quelle abomination !

Ni une ni deux, elle m'entraîna dans l'église qui se trouvait juste derrière la place du Saint-Projet.

— Seigneur, indiquez-nous la voie, gémissait-elle.

Une fois sur le parvis, elle fut prise de tremblement. Son regard était extravagant. Elle me montra une maison, à deux pas de l'église.

— Regarde, Marceline, regarde ! C'est là qu'habitait ce comte de Tustal dont on dit qu'il a fait fortune à Saint-Domingue.

Abattue, je ne disais rien. Je songeais au loyer à payer, aux désertions de moins en moins secrètes de Saintenoy, à la douce folie de ma mère qu'il m'avait été donné d'accompagner jusqu'au bout. Où ? Je préférais ne pas le savoir. Sous la corniche de la fontaine de la place du Saint-Projet, mes yeux erraient parmi les sculptures de fleurs et de coquillages.

— Tes appointements ? s'enflamma la Latappy quand j'eus le courage de lui réclamer mon dû. Entendez-vous cela ! Petite pécore prétentieuse et désobéissante ! Pourquoi n'es-tu pas venue à la soirée où je t'avais conviée ?

— Mon... honneur...

Je bredouillais, tremblante de peur et de faim.

— Ton honneur ? répéta-t-elle avec une expression si méchante que je reculai instinctivement. Eh bien, paie-toi avec !

Et elle me donna une gifle.

Je ne m'étais jamais sentie aussi misérable, humiliée. Je n'avais pas mangé de vrai repas depuis plusieurs jours. Près de la rue de la Porte-Dijeaux, je m'effondrai. Une figurante qui me reconnut me fit transporter jusqu'à chez nous.

Mon histoire courut rapidement dans tout Bordeaux. On me témoigna beaucoup de sympathie. Je reçus la visite de deux grands comédiens de passage dans la ville, André et Anne-Justine Lanchantin, connus sous le nom de Valmore. Anne-Justine ne jouait déjà presque plus. Comme moi, André Valmore n'était monté sur les planches que par nécessité.

— Je n'ai pas eu le choix : j'étais incroyant et mon père faisait son possible pour me convertir. Une fois, il m'obligea même à manger de la terre qu'il était allé chercher dans un cimetière sous prétexte qu'elle était sacrée. Puis il me fit enfermer chez les bénédictins d'où je réussis à m'échapper. J'ai alors changé de nom et fait du théâtre pour m'en sortir.

André Valmore me plut immédiatement. Bien davantage que son épouse, déçue par un premier mariage, amère, insatisfaite. De leur histoire d'amour interdite et condamnée, rendue seulement possible une fois que la loi sur le divorce fut instituée, était né sur le tard un amour de petit garçon prénommé Prosper. Ce jour-là, dans un accès de bonne humeur, il m'embrassa fougueusement sur les lèvres et, rouge d'audace, disparut en courant. J'avais quinze ans, lui à peine huit.

Les Valmore quittèrent vite Bordeaux. Je pris la tête d'une troupe dissidente de comédiens révoltés comme moi par les procédés de la Latappy. Nous jouions dans une autre salle. Les scandales accumulés et les plaintes déposées contre elle finirent par avoir raison de l'horrible femme. Mais le mal était fait. Le Grand Théâtre mettrait des années à revenir au premier plan. Quant à moi, j'étais à jamais écœurée par la scène.

La chevelure de ma mère commençait à pâlir. Au printemps 1801, elle décida enfin de réaliser son rêve des îles. À Bayonne, prétendait-on, il était plus facile d'embarquer. Pendant des mois, dans l'attente de l'autorisation de partir, enrôlés tous trois, ma mère, Saintenoy et moi, dans la troupe tournante du Théâtre de Bayonne, ce ne fut que routes et villes nouvelles : Tarbes, Pau, Dax. Dans l'urgence, et par besoin, ma mère s'était également mise à faire l'actrice. Elle n'était plus à une dépravation près. Saintenoy jouait les souffleurs. Ma mère, j'ignore comment, finit par rassembler l'argent nécessaire pour effectuer la traversée. Lui, qui n'avait pas les ressources nécessaires pour faire partie des passagers, s'inscrivit sur le bateau comme maître d'hôtel.

Le moment était arrivé. Nous étions en novembre. Au matin du 28, incapable de retenir mes larmes, persuadée de ne jamais revoir la France, je montai avec ma mère à bord du brick *Le Mars* où Saintenoy devait nous rejoindre. Sur le pont, ma mère scrutait tous les côtés du quai. Digne, silencieuse. Elle attendit plusieurs minutes, ses mèches de cheveux blanchis soulevées par la brise. Puis ses lèvres tremblèrent un peu, ses épaules s'affaissèrent en un mouvement qui dura à peine quelques secondes. Relevant la tête, elle respira fort et me dit :

— Il ne viendra pas. Occupons-nous de nos affaires. Allons.

C'est ainsi que, seules au monde, nous nous sommes préparées à traverser l'océan.

7.

Décembre 1824. Mon nouveau recueil de poèmes, *Élégies et Poésies nouvelles*, vient de paraître. Sa publication me replonge brutalement dans une tristesse à laquelle je ne m'attendais pas. L'écriture, je m'en rends compte, emplit mes brèches, entrave mon désir de chute. Sans elle, je ne sais plus quoi faire de mes mains. Quelles vont être les réactions ? Je suis si loin de Paris. La petite gloire que j'ai gagnée à Bordeaux fausse ma vision. Il n'est pas difficile d'être une reine de province. Dans la capitale, en revanche, personne peut-être ne connaît mon nom en dehors d'un cercle minuscule. Et si mes vers maladroits ne suscitaient qu'indifférence ou mépris ? Me suis-je persuadée d'autre chose pour tenir bon face à la douleur de n'être que moi ? Et Henri qui sait tout et lira mes poèmes entre les lignes ? Soudain, j'ai peur. Je suis entrée en littérature dans mon propre rôle, me suis offerte, la chair à nu. Je crains à présent d'en avoir trop montré, ou trop peu. Il me semble guetter une sentence. Me voilà seule, entre deux temps, impuissante à dénicher des prises à mes journées redevenues lisses et glissantes. Ma vie à Bordeaux m'apparaît creuse, son conservatisme intolérable et le snobisme de ses habitants ridicule. Plus rien de ce qui m'a enchantée au début ne trouve grâce à mes yeux, pas même les processions de la semaine sainte dont j'avais loué à notre arrivée la poésie et que je considère désormais surfaites et hypocrites. L'odeur de l'encens me dégoûte. Je ne supporte plus le son des tambours et des cornets.

Je devrais sans attendre me remettre à écrire, mais je n'y parviens pas. Les Nairac ont quitté Bordeaux pour Paris. Leur départ précipité accentue le désœuvrement qui m'a envahie. Vidées désormais, mes heures ne me renvoient plus que l'écho des choses disparues. La nostalgie de la capitale m'a reprise, l'ennui m'aspire en moi-même. À certains moments, quand les enfants dorment et que j'appuie mon front contre les croisées des grandes fenêtres du salon, laissant mon regard errer sur les pavés, les murs luisants, trop propres, de l'immeuble d'en face, je finis presque par regretter le théâtre. À quoi me sert donc cette liberté pour laquelle je me suis tant battue ? Ma vie a passé. Je vais bientôt avoir quarante ans. Le silence qui m'encercle est celui d'un enterrement, le mien, en petites pompes, dans l'oubli misérable d'une ville de province.

Un jour mon oncle Constant m'envoie de Paris un article de presse qui fait l'éloge de mon recueil. Derrière le pseudonyme qui le signe, je reconnais sans mal la griffe de Latouche. Je suis prise de frissons. Sensation délicieuse et éprouvante. J'ai tant désiré cet instant. N'ai-je pas écrit pour lui, tous mes poèmes ne lui sont-ils pas destinés, n'ont-ils pas remplacé les lettres que je m'étais interdit de lui envoyer, n'est-il pas le seul à pouvoir les lire ? Sa réaction n'est pas une surprise. Publier ce livre, c'était à nouveau lui tendre la main. Ses compliments me bouleversent. Son avis littéraire m'est cher, mais je sens sa critique non dénuée de calcul et de rage. Et quand je regarde autour de moi Hippolyte bondir joyeusement et Hyacinthe amorcer ses premiers pas, cette violence me glace le sang. Désemparée, instinctive, je me frotte dans le noir à l'écorce de Prosper comme à un arbre millénaire.

Mais mon oncle insiste. Par son intermédiaire, je remercie Henri pour ses louanges. Une courtisane polie, distante, humiliée, se courbant au passage de la grandeur qui a daigné lui faire un signe. Je rougis de mon indignité. Après plus de trois ans, l'état de dépendance auquel Henri me ramènerait sans peine me fait frémir. Je connais sa puissance sur moi. Pour cette raison sans doute, avant le dépérissement inévitable, mon corps veut vivre un dernier printemps. Tout en luttant pour ne pas entendre l'appel du loup, je m'aperçois que je suis enceinte. La vie semble vouloir me rendre les trois petits qu'elle m'a arrachés dans le passé. Ce n'est que justice. Pour un temps, j'étouffe tout autre sentiment et laisse la nature fleurir en moi.

À la même époque, avec ses gros déliés de paysanne qui s'applique, ma sœur Eugénie m'écrit pour m'apprendre que Félix, sombrant chaque jour un peu plus dans l'alcool, s'est enfui de chez elle où il s'était tapi quelque temps. Malgré l'interdiction formelle de Valmore, elle craint qu'il ne tente de trouver refuge chez nous pour vivre à mes crochets. La perspective est terrifiante. Mes larmes n'y feraient rien, Prosper le mettrait dehors à coups de carabine. Pour lui, mon frère n'est qu'un ivrogne et un vagabond. Je ne le vois pas ainsi. L'armée, la guerre, la prison, l'ont démoli. Félix, tout comme moi, a été sacrifié. Sous ses loques, il est toujours le compagnon de mes jeux d'enfant. Le pauvre hère osera-t-il frapper à la porte de l'atelier de Constant devenu si pauvre qu'il ne mange plus qu'une fois par jour ? Où donc ira-t-il ? Sans doute pas à Rouen chez Cécile. Abandonnée par son compagnon et par ses fils, ma sœur aînée divague sans répit, le cheveu hirsute. Elle s'est mise à parler à ses chats et aux fleurs de son jardin.

La déchéance de ma famille m'empêche bien souvent de dormir.

— Sois plus distante, Marceline, oublie-les, me dit Prosper. Tu ne peux pas venir en aide à la terre entière.

— Ce sont les miens.

— Tu n'es pas responsable de leurs actes, me répète-t-il.

Je m'estime pourtant redevable à leur égard, comme si j'étais coupable d'être sortie de la fange sans eux. Comme si je devais payer à vie d'avoir suivi ma mère à l'âge de dix ans. Comme si j'avais été complice de sa trahison. C'est un fardeau sous lequel je ploie sans rien trouver à redire, un accord tacite entre eux et moi. Depuis des années, je me saigne à blanc pour les faire survivre. C'est ainsi. Il n'y a pas à revenir dessus. J'ai besoin de leur amour. J'ouvre les lettres d'Eugénie avec émotion, avide d'y retrouver le parfum des fleurs de carême. Et c'est systématiquement la même déception, à chacune d'elles je sens mourir un peu plus en moi la fillette de Douai qui courait en riant aux éclats parmi les tombes de l'église de Notre-Dame. Seule la poésie me permet encore de la rejoindre. Mais quand je n'écris pas, je désire seulement regarder devant moi. Peut-être me reste-t-il toujours de belles années ?

> *« J'avoue ne pas comprendre, ma nièce, le mépris que tu affiches pour monsieur de Latouche qui s'est montré si bon à ton égard et t'a défendue comme un tigre dans tout Paris. Depuis son duel manqué le mois dernier avec Nodier, cette belle âme avait choisi d'être discrète et s'était retirée de la scène publique pour aider, une fois n'est pas coutume, un jeune écrivain en herbe... un certain Balzac... quelque chose dans ce goût-là. Henri de Latouche n'est sorti de sa réserve que pour faire l'apologie de tes poèmes. Ton silence, dont il est venu se plaindre à moi plusieurs fois, l'y a fait à nouveau entrer. L'ingratitude ne te ressemble pas. La province t'aurait-elle à ce point changée ?... »*

Une lettre de Constant, au mois de mars. C'est le comble ! À son insu, mon vieil oncle me livre une nouvelle fois à Henri. Je vois déjà le hochement léger de sa tête, signe chez lui d'une contrariété passagère. Perdu dans ses gouaches et ses palettes, il est à cent lieues d'imaginer ce que nous avons vécu tous deux. Et ce que nous vivons toujours. Pour ne pas lui déplaire, et parce que je n'attends que ce prétexte pour briser mon vœu de silence, je reprends ma plume. Presque quatre ans ont passé depuis que j'ai rompu tout lien avec Latouche, depuis que je lui ai demandé de ne plus m'écrire. Je reviens aujourd'hui sur la résolution qui m'a le plus coûté dans ma vie, sur un ton que je veux réservé et détaché.

Le facteur se présente bientôt chez moi avec une lettre. Henri n'a pas traîné à me répondre. Je refuse tout d'abord de la lire, sursaut de défense animale qui me surprend. Mais c'est au-dessus de mes forces. Ravisée, je cours dans l'escalier après l'employé de la poste et remonte, essoufflée, jusqu'à chez moi où je m'imagine encore être en sûreté. Pourtant, je viens à nouveau d'y faire entrer mon amant.

Avec ménagement, notre correspondance reprend. Immobilisée par cette grossesse tardive plus éreintante que les précédentes, je peine à accomplir mes devoirs d'épouse et de mère auxquels se sont ajoutés les soins à donner au vieux Valmore. Retiré définitivement de la scène, le père de Prosper est venu vivre parmi nous. Je m'abandonne à l'ivresse des mots, perdant peu à peu toute retenue. À des centaines de lieues d'Henri, sans la moindre perspective de le revoir, j'ose lui écrire ce que je ne lui dirais pas. Peut-être même ce que je ne pense pas. J'aime l'amour. J'aime l'entendre, l'offrir, le recevoir, le contempler, le dénouer en de longues phrases qui dépassent mes sentiments peureux. De l'autre côté, la reconnaissance est telle, la compréhension si intelligente, qu'elles balaient d'un coup tout mon bon sens. Jamais je n'avais soupçonné un tel ravin en moi. Jamais personne n'avait su en extraire le minerai. Je me saoule de ma nouvelle richesse et de la célébration qu'en fait Latouche. Au quotidien, Prosper assouvit mes exigences profanes. Je devrais donc, tout le porte à croire, être pleinement satisfaite.

Pourtant, plus Henri m'écrit, plus j'attends qu'il m'écrive. Nos lettres sont devenues l'élément le plus important de ma vie. À peine ai-je reçu son courrier que je cours à mon écritoire pour lui répondre – un flux chaque fois plus violent. Le danger m'excite et me déconcerte. J'ai l'impression d'être une autre. Je reprends haleine quelque temps, dans un tournis croissant dont je n'ai pas conscience, persuadée d'avoir atteint une sorte d'équilibre parfait entre les deux vies que je désire mener et qu'au fond je rejette probablement en bloc. Henri m'habite totalement, locataire clandestin que je tente de dissimuler du mieux possible. Un observateur attentif, toutefois, devinerait sans peine sa cache. Et je surprends sur moi à certains moments le regard soupçonneux et inquiet de Prosper.

— Je vous cause bien du souci, n'est-ce pas, ma fille ?

La présence du vieux Valmore, que j'ai toujours aimé comme un père, me rattache au plancher familial et m'évite un face-à-face embarrassant avec

Prosper dont la conversation me semble tout à coup bien pauvre.

— Pas le moins du monde, beau-papa. Les enfants vous adorent et vous savez combien Prosper et moi tenons à vous.

— C'est tout de même un fardeau de plus pour vous, ma bonne Marceline.

— Pensez-vous. Au contraire, vous me tenez compagnie, me racontez des histoires, écoutez les miennes, appréciez ma cuisine. Prosper est toujours en répétition, alors... Sans vous, je tournerais parfois comme un lion en cage...

Je suis aussi cette femme-là, repue parfois de riens, simplette, avec ses robes grossières et ses mains fatiguées, qui sacrifierait tout art au baiser de son fils, au rire de sa fille. Je suis aussi, oui, cette mère nourricière qui goûte le confort de l'habitude, la compagnie des petites gens plus que celle des puissants, et le plaisir d'une soirée paisible, sans enjeu ni hasard, au côté d'un mari aimant. Sans peine, je peux virevolter parmi les titres et les blasons, soutenir avec aisance une discussion pointue, briller dans les salons et engendrer l'amour parfait. Mais peut-être qu'au fond je ne suis véritablement moi-même que dans les coulisses de ma vie où Prosper caresse mon visage sans fard.

Ainsi que dans les loges calfeutrées de mes poèmes où seul Henri sait me trouver.

Pauline et Latouche ont beau m'écrire chacun que Paris s'est entiché de mes vers, je ne les crois pas et pense qu'ils exagèrent. La petite Douaisienne, dont on raconte en plus hauts lieux, défigurées, les mésaventures, a le vent en poupe. On s'apitoie sur le mauvais sort dont a été victime mon père, ruiné par la Révolution. On sanctifie ma mère, partie chercher fortune au-delà des mers pour ses enfants, sur l'autel de la vertu et du courage. On applaudit les rimes de l'orpheline jetée au théâtre, rachetée par l'amour et par la poésie. Du fond de ma province, certaine d'être oubliée de tous, je n'imagine pas que mes poèmes provoquent un tel engouement, pas plus que ma discrète personne soulève de nombreuses interrogations et polémiques. Certains me disent débauchée, d'autres martyre. À l'origine de cette célébrité se trouve évidemment Latouche. Non content de défendre mes intérêts, il parle tout bonnement en mon nom. De cette manière, il réussit à obtenir pour moi, grâce à l'entremise de Mme Récamier, qu'il a connue lors de son séjour en Italie il y a quelques années, l'octroi d'une bourse royale. Comme il s'y attend, car je n'ai jamais caché mes sympathies bonapartistes, je la refuse. Henri fait un raffut de tous les diables. Prosper, lui, approuve ma décision.

Cette fois, les douleurs sont effroyables. J'ai presque quarante ans. Le 29 novembre 1825, je donne naissance à mon dernier enfant. Une petite fille aussi brune que la précédente était blonde et qui n'est pas, elle non plus, baptisée. Athée farouche, Valmore s'y oppose. Pour ma part, j'accorde peu d'importance aux apparences, préfère la religion au religieux, le sacré au sacrement. Éprise de tout ce qui touche à l'Espagne depuis que j'ai rencontré Goya et que je me suis mise à l'espagnol, je choisis d'appeler ma fille Inès. C'est aussi le prénom de l'héroïne d'un roman de Latouche, mais qui le remarquera ? Mon obsession, j'ose le croire, est invisible.

J'ai du mal à me rétablir. Mon corps, qui a supporté six accouchements, se rend, dévasté, au temps ennemi, avec la conscience aiguë de subir là sa capitulation définitive. À mon cœur défendant, il me semble avoir subitement changé de génération. Je ne fais plus partie de la catégorie des femmes mais des vieillardes. Avec effroi, je me rends compte que j'ai atteint l'âge de la mort de ma mère. Cette pensée me terrorise. Et Prosper ? Encore si jeune, si beau ! Je le regarde comme s'il était mon fils, les yeux exorbités par l'orgueil et par la peur.

Pendant plus d'une année, effaçant peu à peu de mon corps les marques de ma dernière grossesse, je persiste à ajourner le moment où il me faudra assumer mon âge. Un regain de coquetterie me possède. Je cours soudain la ville en quête de chapeaux, de drapés soyeux, de bottines élégantes, essaie de masquer par divers artifices la grisaille apparue, persistante, dans mes cheveux. Peut-être n'est-il pas trop tard ? Mes dépenses inconsidérées viennent bien mal à propos. Depuis la naissance d'Inès, la présence permanente d'une servante à mes côtés, ajoutée à celle du vieux Valmore, a rendu notre situation à nouveau précaire. L'engagement de Prosper avec le Grand Théâtre de Bordeaux prendra fin au printemps 1827 et ne sera pas renouvelé. Au terme de quatre ans, on a fait comprendre à Valmore qu'il était temps pour lui d'aller jouer les jeunes premiers ailleurs. À nouveau, je ne rêve que de Paris. C'est de la folie. Je crains mais brûle aussi de retrouver Henri dont le courrier me tient à la gorge nuit et jour. Pourtant nos lettres, j'en ai conscience, nous placent dans un espace et dans un temps qui ne sont pas ceux du quotidien, qui n'existent pas vraiment. Je ne peux m'empêcher de penser que l'absence, la distance et le manque sont en réalité notre seul terrain d'élection.

Mais j'ai beau multiplier encore une fois les démarches, en appeler à toutes mes relations, impossible d'obtenir un contrat à Valmore dans la capitale. Prise de court et pressée par mon oncle, par Latouche et par d'autres, à lever mes scrupules envers la monarchie, je suis contrainte de revenir sur ma résolution et d'accepter la bourse royale qui m'a été concédée. À mon grand désespoir, Prosper signe pour deux ans avec le Théâtre de Lyon. Même si elle me rapproche de Paris, aucune ville ne me fait horreur comme celle-là. La perspective d'y retourner me rend malade. J'ai de la fièvre, un œdème sur le visage, des crises de larmes subites. Tant et si bien que Valmore me suggère un matin d'aller passer trois semaines dans la capitale au printemps avant de le rejoindre à Lyon.

— Tu iras chez Pauline, reverras tes amis. Je m'occuperai, moi, du déménagement. Tu en fais déjà trop. Va t'amuser un peu. Tu le mérites.

Le 29 mars 1827, emmenant avec moi Hippolyte et Hyacinthe, je quitte donc Prosper et Bordeaux avec déchirement. Peut-être ne les reverrais-je ni l'un ni l'autre ? Après six ans de séparation, je vais enfin retrouver Paris. Et Henri.

8.

Depuis que nous avions levé l'ancre, ma mère n'était plus qu'une ombre. Elle parlait à peine, mangeait à contrecœur, ne dormait qu'à regret. À présent qu'il avait pris forme, son rêve des Antilles cessait soudain d'exister, d'être ce but inaccessible qui écourtait ses journées et embellissait ses nuits. Elle n'évoquait jamais la trahison de Saintenoy, et je sentais bien qu'il aurait été inutile et douloureux de lui en parler. C'était désormais une vieille femme, abusée, abandonnée.

— J'ai le mal de mer, cette humidité m'étouffe, gémissait-elle. Et ce sel qui me colle à la peau.

Elle se grattait jusqu'au sang. Sa chair si délicate, translucide.

— Regarde comme nos vêtements sont lourds, raides. Quel fardeau. Je n'en peux plus.

Épuisée par la vie. Elle sentait, ma silencieuse mère, qu'elle voguait vers le trépas. Et chaque embardée semblait un pas supplémentaire, déjà, en direction de la fin.

Partout, rats, cancrelats, blattes et charançons

surgissaient pour nous chatouiller les chevilles et nous faire mourir de frayeur. Comme nous étions les seules femmes à bord, le capitaine nous permit d'utiliser les poulaines, ces lieux d'aisances habituellement réservés aux officiers, de chaque côté de la proue. Les sept autres passagers qui avaient embarqué avec nous durent se contenter, eux, à la poupe, de simples latrines. Ce fut la seule faveur dont nous avons bénéficié. Pour le reste, le traitement fut le même que pour les membres de l'équipage. Tout le monde se plaignait :

— Encore des biscuits ! Vous verrez, dans quelques jours, ils auront plus de vers que de farine.

— J'aurais bien envie d'aller jeter un œil à la cambuse.

— Fermée à double tour. Ce n'est pas compliqué, il faut vous y faire. À midi : bœuf, lard et morue. À souper : haricots, fèves et pois. Rien d'autre. Ce sera comme ça jusqu'à Basse-Terre.

À cause de cette alimentation, ma mère vivait dans la terreur du scorbut. Elle était de toute façon épouvantée à l'idée des maladies ou des blessures qui pouvaient survenir sur le bateau et prendre des proportions épouvantables. Le spectre de la gangrène et de l'amputation planait nuit et jour au-dessus de notre vaisseau.

Au milieu de l'océan, j'avais au contraire retrouvé mon entrain et mes espérances. Je me trouvais bien, moi, loin de tout rivage. Devant le fait accompli, je savourais à présent l'aventure avec un ludisme d'enfant. Plus de théâtre, de mensonges, de sornettes. J'essayais d'envisager l'avenir dont ma mère semblait faire peu de cas, m'autorisant à nouveau à rêver. Pour la première fois, je me surpris même à songer revoir mon père, mon frère et mes sœurs. Et puis il y avait le mirage de Louis. Ma mère laissait derrière elle un homme, j'allais, moi, en direction d'un autre. Mais Louis Lacour se trouvait en principe à Saint-Domingue, alors que nous nous rendions en Guadeloupe, car ma mère disait qu'un cousin à elle vivait là-bas et nous viendrait en aide. Peu importait, ma géographie était floue.

Riche de mon temps, je griffonnais mes impressions et tuais les heures en versifiant. *« Un soir que le vaisseau, bondissant sous ses voiles / formait un long sentier tout scintillant d'étoiles / en regardant s'ouvrir ce sillage éclatant / je disais : conduit-il au bonheur qui m'attend ? »* Je m'étais vite habituée aux lois de la vie à bord. Je les aimais. Elles me rassuraient. Les règles absolues à respecter sur un navire trouvaient en ma nature, par contrainte débridée, une terre avide d'obéissance. La liberté, pour une enfant, est un poids trop lourd à porter. On m'avait livrée à elle, sans repère ni borne. J'avais besoin d'encadrement.

Chaque jour, la sonnerie des cloches sur le pont indiquait l'heure fixe des repas et de la messe. Cette cadence me réconfortait. Nous étions si loin de notre ancienne vie d'acteurs ! Rien, depuis cinq ans, ne me paraissait aussi stable que le sol tanguant du *Mars*. Je n'avais jamais le mal de mer. Ma mère, au contraire, était terrifiée par le tapage du vent dans la toile de chanvre des voiles. Comme la plupart des autres voyageurs, les tempêtes la mettaient à l'agonie. Pas moi. La peur des pirates ne m'indisposait pas davantage. J'avais la conviction intime que ma vie allait durer longtemps. Depuis le cabestan, je suivais les manœuvres des marins, écoutais les charivaris que le capitaine leur autorisait à chanter en fin de journée, ou les regardais jouer aux dés et aux cartes pendant les relâches. J'adorais les entendre.

— Je fumerais bien une chiroute !

— Tu sais ce qui t'attend si tu es pris !

J'entrais alors en scène, faussement ingénue. En réalité, je m'étais vite familiarisée à leur langage :

— De quoi parlez-vous ?

C'était à qui me répondrait avec le plus d'empressement.

— De l'envie de fumer...

— Ce qui, jeune fille, est formellement interdit...

— Formellement !...

— Et passible d'une punition sévère...

— Laquelle ?

— Des mèches enflammées entre les doigts de la main et se consumant à petit feu...

— Quelle horreur !

— N'allez pas blasphémer surtout, ou l'on vous percerait la langue...

Au milieu des supplices décrits par les matelots surgissaient aussi de jolis contes. Le soir, assis en cercle, les passagers se précipitaient pour les écouter et oublier le temps qui passait lentement, la terre quittée ci ou là, le cœur brisé quelque part, dans une pénombre favorable à l'épanchement.

Parmi les sept passagers se trouvait un jeune homme étrange. Triste et pâle, il ne disait jamais rien. Personne n'osait l'approcher. Était-il muet ? Désespéré ? Fou ? Contagieux ? Les murmures allaient bon train. Aussi superstitieux que les comédiens, les marins voyaient d'un mauvais œil ce voyageur taciturne.

— Il aura quelque crime sur la conscience...

— Séduit une innocente...

— Entretenu commerce avec le diable pour fuir ainsi celui des hommes...

— Et s'il avait tout bonnement la langue coupée ?...

Des batteries au beaupré, de l'artimon aux sabords, des légendes improbables couraient à son sujet. Mais comme nous allions l'apprendre, le malheureux n'était en prise qu'avec lui-même. Inquiets un jour de ne plus le voir traîner à l'arrière du gaillard, plusieurs mousses se lancèrent à sa recherche, redoutant quelque diablerie. C'est moi qui découvris, cloué au grand mât, le billet qu'il avait laissé avant de plonger. « *Je ne peux vivre sans elle* », avait-il simplement écrit.

Il existait donc des êtres qui plaçaient l'amour avant tout, avant la peur de perdre ou de souffrir, avant leur souffle même ! Des âmes admirables, éprises d'idéal. Soudain le monde me semblait différent. J'avais envie moi aussi de perdre la raison. Vivre, c'était aimer. Le regard qui se prend, le baiser qui se vole. Un don total et meurtrier. Rien d'autre, je le devinais, ne valait la peine.

Le suicide du jeune homme bilieux jeta un froid à bord. Ma mère s'affaissa un peu plus encore. Passagers et matelots s'impatientaient d'arriver.

Enfin notre navire atteignit le courant des Canaries, la mer des Sargasses, domaine des thons. C'était le passage de la ligne, avec ses brimades d'usage.

— À cet endroit, tous les marins sont jetés dans une baille pleine d'eau, me dit l'un des mousses. C'est la coutume.

« *L'entrée du Royaume des Tropiques est franchie,* avait écrit Colomb. *Le ciel devient plus aimable, les nuits lumineuses. Des constellations inconnues apparaissent, des étoiles filantes traversent la nue, merveilleuses branches de feu.* » L'eau, moins profonde, avait en effet changé de couleur. Il y flottait des goémons, du bois. De petits oiseaux venaient s'agripper aux mâts. Des poissons volants tournoyaient dans les voiles. Les vents alizés amenaient une odeur de sucre et de vanille. Tout le monde reprenait espoir, se sentait revivre.

— On nous interdit d'accoster en Guadeloupe, nous apprit le capitaine, coupant court à nos illusions. L'île est en quarantaine, les esclaves se sont révoltés. On nous recommande de rejoindre l'archipel des Saintes. Je vous informerai de ma décision.

Quelle déception. Qu'allait-on faire ? Passer outre, comme le faisaient d'autres, ou biaiser pour ne pas perdre les bénéfices de la cargaison ? Seul le strict nécessaire avait été prévu. L'eau douce commençait à manquer. Je traînais d'un bout à l'autre du brick.

Le chirurgien de bord me proposa un jour de m'administrer la vaccine contre la fièvre jaune. Tous les autres passagers avaient refusé. En haussant les épaules, j'acceptais.

— N'oublie pas de boire du camphre et du rhum tous les jours, me recommanda-t-il.

Nous étions partis de Bordeaux depuis quarante jours. Les réserves étaient épuisées. Le capitaine opta finalement pour l'île de Saint-Barthélemy, port franc où il pourrait décharger son fret. Il était grand temps de mettre à terre le sucre brut, la viande salée, les jambons, les clous de fer, la toile batiste et le linon, la quincaillerie, la mercerie, la porcelaine et le soufre en canons amassés dans les cales. La perspective de retrouver enfin la terre ferme ravissait aussi bien l'équipage que les passagers. Tant pis si nous ne débarquions pas à l'endroit prévu. Indifférente, abattue par le périple, les contretemps, ma mère demeurait dans un état d'ahurissement qui ne la quittait plus.

Puis, par moments, animée soudain d'une lueur combative, elle évoquait Pointe-à-Pitre. Je la laissais dire, connaissant l'importance pour elle de garder toujours une destination vierge à son horizon, sorte de territoire en friche, de nom aux sonorités étrangères, porteur de rêves, échappatoire chantante.

Sur l'île où une famille nous accueillit avec chaleur, ma mère, avec ses cheveux d'or cendré, son regard toujours perdu dans le lointain, l'âme divagante, fit forte impression sur les habitants. Une sorte de divinité étrangère. Mais à l'ombre d'un flamboyant, quand je l'obligeais à se soustraire aux morsures du soleil, je sentais alors, impuissante, qu'elle n'était déjà plus de ce monde. Sa main, que je saisissais dans une tentative désespérée pour la ramener à moi, était glacée. Le sang l'avait quittée. On aurait dit une ancienne pécheresse, repentante à l'extrême, qui se préparait au martyre. Et c'était à moi de l'accompagner dans son calvaire interminable ! En aurais-je la force ?

— Viens avec nous, nous te raconterons ce que disent les séanciers et les quimboiseurs quand ils voient un fromager...

Avec leurs grandes jupes de couleur, leurs jupons brodés, leurs corsages en dentelle et leurs coiffes pointues en madras, les filles du coin raffolaient de moi comme d'un fruit exotique.

— Surtout, quand il pleut, ne t'abrite pas sous un mancenillier. L'eau le rend acide et dangereux.

Elles me parlaient de caramboles, d'arbres à pain, m'entraînant en riant parmi les bananiers et les champs de canne à sucre, altières et sculpturales.

Nous logions dans une maison créole traditionnelle, tout en bois, d'un étage, avec un grand balcon qui en faisait le tour. Les premières nuits, le concert nocturne des grenouilles, des merles et des grillons m'effraya. L'inclinaison de la lune me tint éveillée pendant des heures. Quelques semaines plus tard, je parvenais à suivre une conversation en créole et participais à la vie du foyer. Nomade depuis presque cinq ans, j'avais appris à m'adapter très vite aux lieux, aux circonstances, à la nourriture même, si épicée aux

Antilles. Ma mère, au contraire, était toujours malade et ne s'habituait pas à la badiane, à la cardamome et à la coriandre, aux viandes que l'on faisait griller à la sciure de sucre de canne, ainsi qu'aux fruits, igname, goyave, papaye.

Je me faisais à tout. Au cours des veillées funèbres auxquelles j'assistais, on contait des anecdotes sur le défunt en buvant du rhum dont on versait une goutte à terre. À l'attention du mort. Rien ne m'étonnait.

Trois mois après notre débarquement à Saint-Barthélemy, l'accès à la Guadeloupe fut rouvert. Quand ma mère l'apprit, elle décida de gagner Pointe-à-Pitre à la recherche de son prétendu cousin. Elle avait sans doute conscience du peu de force qui lui restait et souhaitait me remettre entre les mains de personnes qui pourraient me prendre en charge. J'étais triste de quitter mes petites sœurs antillaises. C'était ça mon existence. Rencontrer des gens, m'en faire aimer, m'attacher à eux, et leur dire adieu pour toujours. Seules me restaient des mélodies. Je les écrivais. *« Non, non ! toi plus dormir, partager vive flamme, baisers toi semblé miel cueilli sur bouquet fleurs. Cœur à toi soupirer, veni chercher mon âme. Prends-li sur bouche à moi, li courir dans mes pleurs. Moi mourir sous des fleurs. »* La poésie refaisait mon histoire. Elle détournait le cours des événements, amoindrissait la douleur.

Ainsi, je m'habituais déjà à redire ma vie.

Saint-Barthélemy était une sorte de petit éden vert. Au mois de mai, la Guadeloupe nous présenta à l'inverse un paysage brûlé. Incendies, assassinats, tortures et viols avaient ravagé l'île papillon. Révoltés, les esclaves avaient chassé leurs anciens maîtres et occupé leurs maisons. La terrible répression qui avait suivi écrasa l'insurrection dans une violence démesurée. Dans plusieurs endroits stratégiques de Pointe-à-Pitre, de pauvres Noirs étaient exposés comme des animaux sauvages. À titre d'exemple. Bêtes gémissantes, leurs corps nus se serraient les uns contre les autres. Leurs bras tendus nous imploraient entre les barreaux.

— Comment peut-on infliger de telles souffrances ? pleurait ma mère.

Le gouverneur qui nous accueillit dans sa maison était un gros bonhomme tout en sueur, qui passait son temps à s'éponger le front avec un mouchoir blanc. Il en avait des piles entières sur son bureau. Lui et sa femme, une petite teigne vicieuse et cruelle, avaient les yeux enfoncés dans les orbites. Des yeux froids et méchants, cerclés de noir. Ils maltraitaient leurs esclaves. Nous venions à peine d'arriver, encore horrifiées par ce que nous avions vu au-dehors, quand le gouverneur jeta par la fenêtre du premier étage de sa villa un jeune garçon dont il était mécontent. Ma mère s'évanouit sur-le-champ.

— Ce doit être l'hivernage. Quand on n'est pas habitué, c'est une chaleur difficile à supporter, dit l'épouse du gouverneur en lui tapotant les joues.

— Cet enfant..., murmura ma mère, une fois revenue à elle.

— Qui donc ? demanda l'horrible femme. Ah ! lui..., comprit-elle soudain. Il faut se faire craindre, vous savez ? Vous l'apprendrez vite ici. On voit bien que vous débarquez.

Dès qu'elle fut remise, ma mère m'entraîna dans la rue.

— Je veux retrouver ce petit, dit-elle avec une détermination sincère.

L'enfant noir était encore à l'endroit où il était tombé, son père à ses côtés.

— Il n'a rien, Dieu soit loué ! soupira ma mère.

— Jambe cassée, plusieurs morceaux, finie, murmura le père du jeune esclave, les yeux rivés au sol.

— Quel malheur ! s'écria ma mère.

— En reste une. Elle sera libre. Mieux vaut une libre que deux enchaînées, ajouta-t-il, sans nous regarder.

Et il s'éloigna, bien droit, son fils dans les bras.

Le coup de grâce pour ma mère. À partir de là, elle s'enferma dans un mutisme dont elle ne sortit plus et tout se précipita. Elle vomissait, frissonnait. La jeune veuve qui nous avait prises sous son toit, grâce à la recommandation de la femme du gouverneur, ne me laissa aucune illusion : c'était la fièvre jaune. La fin. La fin du voyage pour ma pauvre mère, trop affaiblie pour se rendre compte de l'absurdité de notre traversée, de son inutilité pitoyable, risible à pleurer. Le cousin dont elle avait tant espéré avait quitté Basse-Terre depuis deux ans pour rentrer en métropole et s'établir à son aise. À Bordeaux. Précisément dans cette ville. Le riche parent des rêves de ma mère était peut-être l'un des messieurs invités aux bals sulfureux de la Latappy et qui, avec condescendance, nous avait parfois accordé la charité !

Mais il était trop tard pour se lamenter sur une vie

pleine de malentendus, de frustrations et de contretemps. Ma mère rendait à Dieu une âme trop pleine d'un bonheur qui l'avait toujours fuie. Dans d'atroces douleurs, des convulsions dont je garderais longtemps la vision épouvantée, elle expira le péché d'avoir suivi son cœur, en dépit de toute raison, de tout devoir, crachant dans son sang le désir qu'elle avait eu d'être libre, et qu'elle me léguait à moi, sa seule compagne fidèle depuis six ans, comme unique héritage.

Le chagrin me submergeait. Je vis descendre son beau corps blanc dans un grand caveau sombre. L'île tout entière, à cet instant le monde, n'était plus pour moi qu'une immense fosse commune.

J'allais avoir seize ans. L'esclavage venait d'être rétabli, parjurant ainsi le serment prêté à la liberté. Désespérés, trois cents prisonniers se firent sauter du fort Saint-Charles. Dans une ville à feu et à sang, épouvantée par tout et moi-même atteinte par la fièvre, au milieu des Caraïbes, j'étais orpheline. Je pensais que j'allais mourir aussi, et si je survécus, ce fut uniquement grâce à la vaccine que le chirurgien du *Mars* m'avait administrée. Autour de moi, tout le monde expirait. Au cours de ces journées terribles, certains trépassaient même en éternuant. Je n'avais plus qu'un but : quitter cet enfer, ce mouroir tremblant, rentrer à Douai et retrouver mon père.

— Il n'y a actuellement dans le port de Pointe-à-Pitre qu'un navire de commerce, me répondit le gouverneur quand je lui fis part de mon intention.

Vous savez comme moi le danger que court ce genre de vaisseau. Et puis vous êtes fragile, fiévreuse.

— Je veux partir.

— Sa cargaison risque de susciter sur la route bien des convoitises. Certes, on ne vous dépouillera pas, vous n'avez rien. Mais vous serez enlevée par des pirates et vendue aux Barbaresques ! De plus, il n'y a rien à bord comme nourriture : du bœuf salé et des biscuits à rompre à la hache...

— Je veux partir, répétai-je.

J'étais si déterminée que rien n'aurait pu m'arrêter, ni l'évocation de la dépouille de ma mère, ni le péril que représentait une telle traversée pour une jeune fille. Encore moins les prières ou les menaces. J'avais rempli ma tâche et accompagné ma mère jusqu'au bout. Maintenant, je souhaitais rejoindre les miens. Lassés, au fond indifférents, le gouverneur et sa femme se résolurent à m'abandonner à mon destin qu'ils pressentaient fatal. C'était la première fois que j'en décidais moi-même et je m'en remettais à Dieu, n'ayant plus d'autre maître que lui. La jeune veuve qui avait partagé à mes côtés les derniers instants de ma mère remua ciel et terre pour me faire embarquer, à la dernière minute, sur un navire de guerre. Depuis la paix d'Amiens, il n'y avait plus rien à redouter des Anglais. C'était le moyen le plus sûr de voyager. Ramenant des familles blanches récemment endeuillées dans les colonies, les bateaux de la marine de guerre étaient alors nombreux aux Antilles.

Je partis début juillet. Le capitaine du bateau était vaniteux et violent, puait l'alcool, le pétun et le goudron, et ne craignait pas de poursuivre de ses assauts assidus et déplacés des passagères déjà affligées. Après avoir harcelé la veuve du gouverneur de Saint-Domingue qui avait succombé à l'épidémie, le sale bonhomme me trouva à son goût. Il s'en prit à moi de telle manière que l'équipage se révolta et menaça de le dénoncer au ministre de la Marine. La traversée fut terrible. Chaque jour les gens mouraient en nombre et il fallait à la hâte jeter toutes leurs hardes à la mer. Le temps était épouvantable. Les unes après les autres, les tempêtes nous assaillaient, ôtant aux pauvres passagers le peu de force que la maladie n'avait pas encore emporté.

Une nuit d'orage apocalyptique, alors qu'on distribuait des vivres à la grâce de Dieu, j'ai demandé aux marins de me lier aux cordages du grand mât. Je voulais voir les flots déchaînés, la révolte de la mer, sentir la mort m'étreindre sans me prendre, mourir, s'il le fallait, sans bandeau sur les yeux. Je ne craignais plus rien, me savais désormais indestructible. Les matelots refusèrent d'abord, puis finirent par céder à mon désir. Après tout, m'avoueraient-ils plus tard, pas un d'entre eux ne pensait sortir vivant de cette tempête. Ils prirent ma prière pour une dernière volonté. Mais, contre toute attente, le fier rafiot tint sa ligne de flottaison. Moi, j'avais tout vu, tout entendu, le chant des sirènes, les ténèbres. J'avais revu passer ma jeune vie et m'étais fait des serments, défiant le ciel de m'empêcher dorénavant de vivre l'existence que je choisirais.

J'avais quitté Douai depuis six ans. Au terme d'un voyage meurtrier, je revenais seule. Tous les passagers du *Mars* étaient morts. La vie tenait à moi. Pour quelle raison ? Qui m'attendait encore au port où j'arriverais ? Comment m'accueillerait ma famille ? Qu'était-il advenu d'elle ? J'avais tout perdu, sauf l'honneur. Pour combien de temps encore ? En rentrant en métropole, je m'éloignais définitivement de ma mère et de Louis Lacour qui se trouvait quelque part dans les Antilles. Je ne l'avais pas revu.

Ma mère, aucune vaccine n'aurait pu la soigner. Je la laissais donc là-bas, sous les filaos. Je regagnerais souvent, je le savais, la rive où elle reposait, pleurerais en silence son sort et puis le mien. Elle était entrée dans la paix infinie. Moi, dans le chagrin. Il me faudrait désormais payer son crime, je le pressentais. Elle avait choisi de partir. Mais la véritable exilée, c'était moi.

Pour longtemps.

9.

Ce soir d'avril 1827, c'est la première de *La Muette de Portici*, le nouvel opéra d'Auber. Au côté de Pauline, si belle encore et pourtant de dix ans mon aînée, je respire à peine. Mon nouveau corset me serre à m'étouffer, une folie de l'après-midi qui m'a prise d'un coup. Depuis douze jours que je suis à Paris, je n'ai pas encore vu Latouche qui semble m'éviter. Interdite par son attitude, je passe des heures à échafauder mille hypothèses, effondrée, énervée. Les premiers temps, clouée dans l'appartement de Pauline rue Saint-Lazare, je lui trouve toute sorte d'excuses, n'ose sortir. J'ai peur qu'il ne m'écrive pendant mon absence pour me donner un rendez-vous que je manquerais.

— C'est ridicule, dit Pauline. Tu ne vas pas rester enfermée toute la durée de ton séjour. Les gens qui t'aiment veulent te voir.

— Quelle déception...

— Que croyais-tu, Marceline ? Qu'il allait accourir comme un jeune chiot ? Ce n'est pas son genre, voyons !

— J'imaginais plus d'empressement. Que signifie son silence ? Peur ? Perversité ? Dédain ? Indifférence ?

— Méprise-le. Si tu l'ignores, il reviendra. C'est toujours ainsi.

— Être stratège. Faire croire à Henri ce que je ne suis pas, ce que je ne pense pas. Me taire alors que je désire précisément être débâillonnée. Mon temps est compté, Pauline. Je devrai bientôt repartir pour Lyon. Quel gâchis, encore une fois, que de rencontres perdues entre nous !

— Sa dernière imposture, tu sais, l'a beaucoup accaparé, argumente Pauline pour me réconforter. *Clément XIV et Carlo Bertinazzi. Correspondance inédite* en est déjà à sa troisième réédition.

— J'espérais bien que ce livre était de lui. Je lui avais même écrit pour le féliciter. Mais ça n'explique pas tout. J'ai traversé la France entière dans l'espoir de le voir. Il ne franchit pas même la Seine avec la certitude de me trouver.

— Il est terrifié. Le temps a passé. L'image que vous avez conservée l'un de l'autre et nourrie dans vos lettres ne correspond pas à ce que vous êtes aujourd'hui. Latouche redoute de perdre ton estime et la place qu'il occupe dans tes poèmes. Le manque, il le sait, tourne à son avantage. C'est un rapport de force entre vous deux. Ne cède pas.

— Et pourquoi pas ? Je suis là, je brûle de le voir. Pourquoi devrais-je feindre le contraire ? Je me fiche bien de tous ces calculs...

Je ne crains ni mes rides, ni mes cheveux blancs, ni les taches brunâtres apparues sur ma peau. Rien ne peut me faire faillir au rendez-vous d'Henri. Tant pis s'il ne m'attend plus, s'il m'a menti, trahie, emprisonnée pendant tant d'années dans un amour auquel il ne croit plus depuis belle lurette, auquel il n'a peut-être jamais cru. Un amour qui n'a pour lui qu'une saveur flatteuse, toute littéraire, encombrante soudain plus proche. La passion m'aspire et je n'ai plus d'âge. Revivifiée, je cours dans Paris, rue des Saints-Pères de mon éternel printemps, me heurte à une porte close.

— M. de Latouche n'est pas à Paris, bougonne la logeuse.

Ce n'est pas grave, je ne l'entends pas. L'élan seul ôte ma peine, séquestre mon chagrin. Ai-je réellement songé à me vautrer dans les bras d'Henri comme une de ces filles qu'il prend tout habillée, debout, la nuit, sous un porche, dans l'effroi et l'excitation d'être découvert ? Ne suis-je pas condamnée à rester la petite pureté préservée, un joyau enserré dans son écrin ? Je marche à nouveau dans Paris. Longtemps. Mes jambes me font mal. C'est bon. Notre-Dame, pont de la Tournelle, île Saint-Louis. Henri, où qu'il soit, n'imagine pas mon désir d'être cambriolée, ravie dans la nef d'une cathédrale où il m'entraînerait, me servirait, m'assouvirait. Au lieu de trôner, poussiéreuse, dans l'une de ces niches perchées. Je n'aspire qu'à être déboulonnée. Mais j'ai forgé moi-même le socle de mon culte. Je suis prisonnière de mon propre sacre.

Le Tout-Paris se presse à l'Opéra-Comique. Pâles comme des spectres, Pauline et moi, agrippées l'une à l'autre pour garder le front haut, arrivons salle Favart après une longue journée à passer des robes et des chapeaux, mécontentes et stupides. Maîtresses dédaignées, vieillissantes, nous avons conscience toutes deux d'affronter ce soir un public au fait de notre disgrâce. Auber n'aime plus Pauline et j'ai perdu Latouche. Les gens riront sous cape en nous voyant. Pourtant, nous voilà prêtes l'une et l'autre à subir cette humiliation dans le seul but d'apercevoir dans la foule, elle son compositeur, moi mon écrivain. Nous frôlons le grotesque. Malgré nos tentatives d'élégance, parmi la jeunesse ravageuse, nous avons l'air de deux duègnes espagnoles grimées en vain. La fin de la liaison de Pauline avec Auber est un secret de polichinelle. De mon côté, je ne sais pas à quoi m'en tenir.

Pauline m'a prévenue, on m'adore. À peine sommes-nous entrées dans le hall de l'Opéra, qu'on m'entoure. De jeunes gens, Hugo, Lamartine, me présentent leurs hommages. Théophile Gautier fait des pieds et des mains pour être introduit auprès de moi. D'autres encore, directeurs de journaux, de keepsakes, libraires. Voilà Scribe, qui écrit les livrets d'Auber et que tous les compositeurs s'arrachent. Un véritable attroupement. La tête me tourne un peu. Est-ce vraiment moi qu'on salue ainsi ? Comme ils sont faux et cruels, me dis-je en songeant honteuse à Valmore, à son caractère si franc, si intègre. Quel plaisir pourrais-je donc bien trouver dans ce tourbillon de figures poudrées ? Et cet homme qui me complimente ne raillera-t-il pas dans quelques instants mon visage séché, mes manières frustes ?

Inquiète, traquée, je m'appuie sur Pauline qui nous fraye, grandiose, un passage jusqu'à notre loge. En quête d'Henri, mes yeux balaient l'ensemble du parterre, survolent les coiffes et scrutent chaque silhouette. Étourdie, je finis par me retrouver assise. À l'oreille, Pauline me révèle les noms des personnes qui apparaissent dans le cercle de ses jumelles.

— Sophie Gay, là-bas, avec la robe bleue. Cette vipère passe son temps à dénigrer Latouche... Tiens, Bra, ton cousin. Vous êtes toujours en froid toi et lui ? Dans la rangée de devant, en blanc, avec le petit béret, c'est Mélanie Waldor, l'ancienne maîtresse de Dumas. Elle veut à tout prix faire ta connaissance.

Je l'écoute à peine. J'ai toujours aimé le frémissement qui précède une représentation, le froufrou des robes, les rires fusant ci et là, tendus comme des violons qui s'accordent, ce grand brasier sonore qui brutalement s'éteint à l'arrivée de la note. Quand soudain je le vois. Je le vois, et Pauline et toute la salle l'aperçoivent en même temps que moi. Des regards se tournent dans ma direction. On murmure. Mais moi je n'entends rien à part peut-être ce quelque chose qui se fracasse à terre, à mes pieds, et qui ressemble à mon cœur.

Henri de Latouche vient de faire son entrée à l'orchestre au bras d'une somptueuse créature.

— Mme Noblet, une cantatrice, me souffle Pauline pendant l'ouverture qui emporte tous les suffrages. Une passade, sans aucun doute, ajoute-t-elle.

Sans aucun doute. Une ravissante pouliche dénichée dans une écurie des portes de Paris, croupe bombée, gorge jaillissante. Un véritable pur-sang, le teint brun un peu sale, certes, mais de la jeunesse, il faut bien le reconnaître, de la jeunesse effroyable qui s'exhibe et enorgueillit le palefrenier qui la tient en bride tel un vieux paon déploie sa roue usée. Latouche arbore sa dernière conquête comme on porte un nouveau jabot, raide, amidonné. À côté, je dois avoir l'air d'un linge fripé. Henri a toujours veillé à être irréprochable. Ses tenues impeccables, ses belles accrochées à ses plastrons comme des médailles de guerre, pieds de nez à ses déceptions d'enfant, dédommagent son œil crevé. Le petit borgne prend sa revanche sur une société qui l'a frappé en pleine figure dans une cour d'école quand, gamin prometteur, il courait vers la vie à grandes enjambées. Pauvre Henri ! Il a le goût du triomphe cinglant. Il s'agit pour lui de crier à la tête de tous une réussite dérisoire dont il n'est pas dupe. Au fond de lui l'échec cuisant de son existence entière lui ronge le foie. Sous les gausseries des autres, la pierre qui l'a privé d'un œil lui reperce chaque jour la rétine, tandis qu'il s'écroule au sol en appelant sa mère qui ne l'aime pas.

Moi je sais tout ça, la morve séchée d'un gosse mal souffert, ses écorchures aux genoux, son habit déchiré. Je suis la seule à ne pas voir Henri de Latouche en toilette de gala au milieu de ces mâchoires acérées, de ces bouches pimpantes, mais l'enfant qu'il a été. Son nez coule. Je voudrais pousser tous ces gens et, mon mouchoir à la main, venir essuyer son visage. Des larmes roulent à présent sur mes joues. Quel affront, doit-on penser. Ce n'est pourtant que de l'amour. Henri et moi parlons un langage d'ailleurs et il ne passe plus par la chair.

Ce soir, les cinq actes de *La Muette de Portici* éveillent les cœurs rebelles. Une révolution se prépare. J'ai cessé, moi, à jamais d'être femme.

Désormais, entre Latouche et moi, c'est une question d'âmes. Le reste n'a aucune importance, je veux m'en persuader. Je consacre les derniers jours de mon séjour parisien à amasser des cailloux, des feuilles, chaque déchet, détail, débris de rue, des morceaux de Paris à emporter qui m'accompagneront dans mon exil à venir. Je saisis les airs, les mines des visages de ceux que j'aime, collecte sans vergogne la matière de ma poésie. C'est tout ce que je possède à présent. J'ai un peu mal d'admettre n'être plus qu'un esprit. Car mon corps sent encore, frémit au passage du vent, au contact de la houle humaine des grands boulevards. Je passe devant les théâtres où personne ne veut engager Prosper, avec le poing si fermé que les jointures en sont blanches. Je retraverse les lieux que nous aimions Henri et moi, devenus des pays lointains, des terres à la fois familières et perdues.

La ferveur dont je suis l'objet au sein du cénacle littéraire me laisse de marbre. Je persiste à ne pas la croire sincère, voire moqueuse. Marie d'Agoult m'écrit. Liszt lui aurait parlé de moi ! Les coteries m'ouvrent leurs portes. Paris me fête.

— Marie Dorval m'ordonne de vous conduire chez elle, me dit Vigny que j'ai connu à Bordeaux.

Je n'irai pas. Les actrices me font peur. Attifée

n'importe comment, je ne me sens pas à l'aise dans les salons. Je crains aussi d'y croiser Latouche en compagnie flatteuse.

— Différente. Tu es différente. C'est précisément ce qui fait ton charme, ta singularité, prétend Pauline. Ce qu'Henri aimait. Ton esprit l'emporte sur tous, tu brilles, on ne voit que toi.

Cette liesse que je ne comprends pas m'amuse peu. Je continue à préférer aux réceptions qui me fatiguent l'atelier de mon oncle Constant où je dépoussière, comme dans un grenier familial, les esquisses de ma vie et mes tableaux délaissés. J'y redécouvre les repères qui sont les miens au-delà des modes, une pérennité inscrite en couleurs sur des toiles à jamais humides. J'entends les pas de mon petit garçon rieur que la mort m'a pris, et la voix d'Henri, le jour où nous nous sommes reconnus. « Madame Valmore ? – Oui... »

Mon oncle a tant vieilli qu'il paraît, pour la première fois de son existence, son âge. Pour moi qui l'ai toujours connu identique, j'ai soudain l'impression de me trouver devant son portrait craquelé par le temps, me sens flouée par la fragilité d'une œuvre que je supposais éternelle. C'est comme voir mourir une seconde fois mon père dont Constant a pris la démarche tassée et le tremblotement des derniers mois. Devenu presque sourd, il me regarde, les yeux gonflés, humectés, et tient un discours incohérent où se confondent des scènes du passé, resurgies par miracle sous ses pinceaux, et des bribes d'un présent au contour imprécis.

— Si vous le voulez bien, Catherine, je vous rendrai visite la prochaine fois en compagnie de ce Nicolas Saintenoy dont on prédit le meilleur avenir politique. On dit qu'il a des relations... Enfin, il est plaisant de conversation, vous verrez, cela vous distraira...

— Je ne suis pas Catherine, mon oncle, mais Marceline, sa fille. Vous ne me reconnaissez plus ?

— Mais oui, voyons, je le sais bien. Ma petite Marceline, ma *gripette* aux allumettes. Ne t'ai-je pas présenté ici même ce jeune homme si bien élevé qui aime tant Canova ?

— M. de Latouche...

— C'est cela même... Tu vois bien que j'ai toute ma tête. Un drôle de bougre au final. Si j'avais su, ma pauvre Catherine, où je vous conduisais...

Constant vogue sur les époques, me contraignant à le suivre. Épuisée, je sors de la Childeberte comme au terme d'un impossible voyage.

— Il n'y a rien à faire, madame Valmore, me dit la servante qui lui tient compagnie. Il s'éteint lentement, c'est tout. Il peint encore une à deux heures par jour, guère plus, et assis, car il est fatigué... C'est un grand malheur de voir ainsi Monsieur qui était si vif, si entraînant... Mais c'est la vie. Qu'est-ce qu'on peut faire ?

Après ce pèlerinage de trois semaines sur les traces de celle que je fus, cette incursion désespérée dans la vie d'une femme qui ne m'attend plus, je rejoins Prosper et la petite Inès à Lyon, que j'espère secrètement quitter au plus vite.

— La censure nous a refusé *Hernani*, ma chère Marceline. Malgré vos efforts et les miens... Pas plus que la capitale nous ne bénéficions d'un traitement de faveur. Il nous faut retourner à l'ancien répertoire...

Desroches se prend la tête dans les mains. Cet ami, devenu directeur du Grand Théâtre de Lyon, avait cédé à ma requête. Hugo en personne m'avait chaleureusement donné l'autorisation de faire jouer son dernier drame qui venait de faire scandale à Paris.

— C'était couru. Hugo m'avait avertie. Quelle pitié. Mais nous continuerons, Desroches, nous continuerons.

Pâques 1829. Je suis bien loin de la retraite où j'ai pensé m'enfermer à mon retour de Paris il y a deux ans. Lyon la rebelle m'a laissé percer ses secrets, m'a avoué ses trésors. Mieux vaut tard que jamais. J'ai fini par en devenir reine, chérie de tous les cercles, passage obligé des voyageurs, sorte de madone locale et d'emblème qu'on s'empresse de brandir à toutes les causes perdues. Au sein de mon foyer, aimée de mes trois enfants et de Prosper dont le succès au Grand Théâtre a été, la première saison, considérable, j'ai éteint en moi les dernières mèches de mon désir de femme pour Henri, pour le corps d'Henri. Je le sublime dans ma poésie, ignore le goût amer que m'a laissé mon dernier séjour à Paris. Admettre ma déception serait comme signer la confession d'une erreur. Je repousse catégoriquement cette éventualité. J'ai trop souffert dans ma vie, contemplé trop de laideurs pour refuser cette flamme que

Latouche entretient lui aussi. Nous en avons besoin l'un et l'autre. Notre correspondance a repris, avec davantage de fièvre. Comme une course concentrique qui s'accélère sans cesse, bien que ne menant nulle part. Après chaque boucle, notre histoire repart de plus belle, indifférente aux clameurs extérieures. Mes lettres tranchent les villes et les révoltes, cachetées à la cire de l'aveu : « rien avant toi, rien après toi ».

J'ai songé à m'isoler, à ne plus vivre que dans la mémoire, à l'abri des secousses du cœur et des tremblements de la chair. Mais, une fois de plus, l'appel de l'ailleurs l'emporte en moi sur l'instinct de conservation. Alors que je m'émerveille de la douceur de Valmore, de sa tendresse admirative, et qu'un regain d'effusions l'un pour l'autre nous submerge, j'écris dans le même temps à Latouche combien je regrette de ne pas l'avoir épousé. Suis-je un monstre de duplicité ? Quel mystère pour moi-même. Le plus généreux des hommes m'adore de tout son être, se voue corps et âme à mon bonheur, m'entoure de sa protection, de son invincible foi en moi. Sans lui, je m'écroulerais, ne pourrais vivre. Mais, la nuit, sur la couche commune, quand il pose sa main sur la mienne, je me rêve femme d'un autre qui ne m'a rien promis. Et tout me semble normal. Cette ivresse, si vaine pourtant, à présent que la neige a recouvert mes cheveux, je le sais désormais, ne me quittera plus. Chaque jour, sous mes yeux, il y a Hyacinthe, notre enfant. Je n'ai jamais rien dit à Henri. Ni à quiconque. Pas même à Pauline. Prosper l'adore. La petite est précoce. Son intelligence est vive, sa curiosité et sa maturité graves. Rien à voir avec Hippolyte qui est si paresseux, et Inès, si sombre. Hyacinthe est la préférée de Valmore, sa fierté, il s'en cache à peine. Ironie du sort. Et moi, qu'un lourd secret mure comme une dalle, il m'arrive souvent, devant l'orgueil confiant de mon époux, de haïr cette preuve éclatante de ma faute, ce témoignage écrasant de ma culpabilité. Puis, au souvenir des baisers d'Henri, de ce que nous aurions été si l'un et l'autre l'avaient osé, j'adule ma fille comme la seule réussite de ma vie. Je suis pour moi-même une énigme.

La défaite du romantisme sur la scène lyonnaise diminue lourdement les appointements des comédiens. Le public boude le répertoire. Valmore n'échappe pas à la règle. Nous voilà obligés de quitter la place Saint-Clair et d'emménager dans un trois pièces rue de la Monnaie. J'apprends alors la mort de mon oncle. Constant ! J'ai traversé avec lui tant d'épreuves et connu, dans son atelier, de si nombreuses existences ! Je n'accepte pas sa disparition. Depuis toujours, je me plais à détourner les vérités qui ne me conviennent pas. Au fond, je ne suis pas très douée pour la réalité. Je continue à écrire à Constant comme si de rien n'était. Je ne poste plus mes lettres, c'est tout. Au-dehors, l'Histoire a décidé de donner sans prévenir un joli coup de collier. L'émeute gronde dans les rues. En moi, elle prend la forme de poèmes, de lettres, de dialogues aux défunts, de traversées océaniques, de diligences chaotiques, de préludes, d'enfantements. L'Histoire, oui, se refait sans cesse et me laisse parfois, à l'ombre des étrangers qui m'entourent, exsangue et hébétée sur le carreau.

Quelque chose va, doit éclater.

10.

En mars 1805, moins de deux ans après mon retour des Antilles, j'étais devenue la première actrice de l'Opéra-Comique de Paris. J'allais avoir dix-neuf ans. Je triomphais et des auteurs à la mode, comme Jars ou Grétry, composaient des rôles spécialement pour moi. Sollicitée, choyée, j'enchaînais les créations, m'étonnant à peine de me trouver, moi, pas même jolie de figure, sur une des scènes les plus prestigieuses de France, adulée du public quand deux ans auparavant j'avais accosté sur la terre de Bretagne, après une quarantaine en rade de Brest, orpheline, crasseuse, les frusques rongées par la vermine. Passant sur les faiblesses de mon chant, me reprochant parfois un « excès de sensibilité », les journalistes louaient mon jeu et ma diction. « *Mademoiselle Desbordes incarne à merveille la vertu persécutée, la victime éternelle du vice* », écrivaient-ils. C'était l'époque des tragédies larmoyantes dont raffolaient les spectateurs. Ça tombait bien. Pour pleurer, supplier, gémir, il n'y avait pas mieux que moi. Je faisais mon travail consciencieusement. J'avais appris la musique, le pas de deux. Au fond cependant, je détestais le théâtre. J'en avais honte. Ma mère m'avait poussée sur scène quand j'avais tout juste douze ans. Je lui avais obéi. D'une certaine manière, je continuais à le faire. Les gens me trouvaient du talent, une sincérité poignante. À moi, il me semblait seulement dire sur les planches ce que la vie au-dehors ne m'autorisait pas à exprimer. Une sorte de fièvre, d'exagération. Je pouvais crier, tomber à genoux, implorer. Le reste m'importait peu. Les compliments m'effleuraient sans accroc et les critiques ne m'écorchaient qu'un temps. Le théâtre était pour moi une planche pourrie sur une mer démontée. J'estimais avoir le pied aguerri. Parmi les vaniteux et les débauchés, je faisais figure d'intruse, d'usurpatrice. Et je l'étais. Mais à mon retour de Guadeloupe deux ans auparavant, je n'avais pas eu le choix. Qu'aurais-je pu faire d'autre ? J'étais alors en piteux état : une traîne-misère avec pustules, escarres, furoncles, affamée comme une louve.

Si mon père me reconnut sous mes loques quand je me suis alors présentée à lui sans prévenir, c'est sans doute parce que mes yeux, semblables à ceux de la femme qu'il avait répudiée six ans plus tôt, réveillèrent en lui un monde qu'il avait cru disparu à jamais.

Mon père et mes deux sœurs vivaient à Lille. Plus exactement ils s'y terraient, ayant fui Douai à cause des dettes et de l'humiliation. Le débit de vins de mon père avait dévoré tout ce qui lui restait de dignité et de pécule. À l'arraché, il avait réussi à se faire octroyer un poste de fonctionnaire municipal dans le nouveau chef-lieu du Nord. Un leurre, une fois de plus. Séduite par un homme marié, Cécile venait d'accoucher d'une fillette que je connus le jour de son enterrement car elle expira au moment même où je franchissais à nouveau le seuil de la maison paternelle. Couturière de temps à autre, Eugénie était enceinte sans savoir de qui. Mes deux sœurs avaient d'ores et déjà renoncé au mariage. Qui aurait voulu d'elles ? Par faiblesse, par médiocrité, elles cédaient à la première poigne un peu ferme qui enserrait leur cou déjà lourd. Quant à mon frère Félix, mon fidèle compagnon de jeu, mon père l'avait vendu à l'armée pour remplacer un conscrit afin de payer un de ses créanciers. Il était d'usage qu'un pauvre prît la place, moyennant finance, d'un riche que le tirage au sort avait désigné. En apprenant la destinée de mon frère chéri, j'ai pleuré pendant des semaines. Félix soldat ! Il en sortirait laminé, éventré, me disais-je avec horreur. Je ne me trompais pas.

Quelle gifle ! Un havre de paix ! Cette famille que dans l'exil j'avais appelée et pleurée de toutes mes forces, était devenue un champ de bataille sordide. Et une bataille que je n'avais nulle envie de mener, une cause à laquelle je ne croyais pas. À tort, j'avais pensé que mon chemin de croix était terminé. Mais, en réalité, il commençait à peine. Me retrouvant entre un ivrogne et deux bougresses égarées, il me fallut au plus vite prendre la situation en main, trouver une activité, subvenir aux besoins de mes brebis malades. « Maman n'est plus », les avais-je informés sans l'intention d'assumer, moi la cadette, son rôle. La nouvelle les enfonça un peu plus dans la fange où ils trempaient depuis notre départ. Je n'aurais jamais imaginé quel croupissement celui-ci avait provoqué chez les miens. Coupable par procuration, je me sentais tenue de stopper sans attendre leur déchéance. C'est pourquoi, une semaine après mon retour, je cherchais déjà du travail. Et la première porte où je vins frapper fut évidemment celle du théâtre.

Deux mois plus tard, en novembre 1803, je faisais mes débuts dans le rôle de Pauline des *Deux amis* de Beaumarchais. Mal en point, la troupe de Lille tournait dans toute la région. De scène en scène, je finis même par jouer à Douai. Mon père profita de l'aubaine pour m'accompagner. L'occasion pour lui de revoir ses anciennes relations auprès desquelles il se prétendit peintre alors qu'il ne vivait déjà plus qu'à mes crochets et buvait une bonne partie de mes appointements dérisoires. Ma ville natale avait bien changé. Elle me fit l'effet d'une ville de morts, une fosse de province encore visitée de temps à autre par les charognards. La Douai que j'aimais et continuerais de vénérer ma vie durant n'était pas celle-ci. Je pensais l'avoir égarée définitivement sans savoir que je lui remettrais la main dessus grâce à l'écriture. Alors, elle m'appartiendrait totalement. Pour l'heure, je n'avais aucune envie de demeurer dans cette triste copie des lieux de mon enfance où la puanteur de l'haleine paternelle, infestée de vin et de bêtise, avait remplacé l'odeur des loées du dimanche après-midi.

Quand le directeur du Théâtre de Lille – qui

m'affectionnait tant qu'il avait fait donner une représentation à mon bénéfice – se proposa de me recommander à celui de Rouen, je n'hésitai pas une seconde.

— Vous jouerez les « jeunes premières, fortes secondes, ingénuités comiques, secondes et troisièmes amoureuses dans les opéras », me dit-il.

Une gageure. Mais j'aurais accepté n'importe quoi pour me libérer de ma famille. À n'importe quel prix.

J'ai débuté sur la scène du Théâtre des Arts de Rouen en mai 1804, dans deux ouvrages en cinq actes. Quelques jours plus tard, j'étais la coqueluche du public et de la critique. La ville me semblait belle, sereine. J'y respirais avec plaisir, me surprenais à rêver à nouveau, imaginant que Louis Lacour, de retour de voyage, viendrait m'enlever à l'ignominie et me prendre pour épouse. Période de tranquillité et de songes qui dura peu. Incapables de se maintenir à Lille, malgré ce que nous leur adressions Félix et moi chacun de notre côté, mon père et mes deux sœurs menaçaient d'arriver d'un moment à l'autre. Pendant un temps, mon oncle Constant écopa du fardeau et hébergea dans son atelier parisien mon père qui s'était chargé de son éducation quand des années plus tôt mon grand-père, le voleur de montres, avait disparu sans crier gare. Mon père avait gaspillé et bu une bonne partie de leur héritage. Le reste, c'est vrai, il l'avait consacré à Constant. Du coup, mon oncle se sentait obligé envers lui et plaçait mon père au-dessus de tout raisonnement. Il l'adorait. Il le reçut à bras ouverts tandis que j'ouvrais ma porte à Eugénie et lui procurais des travaux de couture commandités par le théâtre. J'avais sans cesse besoin de robes. À peu près bonne à rien, ma sœur avait au moins appris à raccommoder et à repriser chez les dames ursulines de Douai. C'était toujours ça.

Cécile rejoignit Rouen elle aussi, mais plus tard. Surprise dans une maison honteuse en compagnie de son amant, un dénommé Bigo, elle s'était retrouvée en prison où elle passa quinze jours avant que je ne vienne l'en tirer, lui promettant que notre père n'apprendrait jamais sa mésaventure. La leçon fut de courte durée. Au printemps 1804, enceinte jusqu'aux yeux, Cécile vint habiter non loin de chez moi, place Saint-Sever, flanquée de César Bigo qui s'était décidé à abandonner son épouse et ses quatre enfants légitimes. Avant elle, Eugénie donna naissance au mois d'avril à un enfant qui mourut peu après et dont elle ne sut jamais de qui il était.

Dans cette ambiance de langes et de râles, mon père, las des plaisirs de la capitale, débarqua à son tour. Ployant, effarée, sous les obligations, contrainte de faire vivre tout ce monde dans mon petit logis, j'étais reconnaissante d'une certaine manière aux progénitures de mes sœurs de débarrasser sans trop d'insistance un plancher déjà bien encombré et où l'on ne désirait pas vraiment les voir s'attarder.

À l'automne, quand la nouvelle tomba, j'eus peine à la croire vraie : j'avais reçu un « ordre de début » de l'Opéra-Comique de Paris, une convocation officielle. Pour la première fois depuis des années, la surprise que me réservait la vie n'était pas malheureuse. Sans y penser davantage, j'empaquetai mes quelques affaires et pris, seule, le chemin de la capitale. Pas question de traîner avec moi ma horde pouilleuse comme une besace de linge indécrottable. Je me faisais tout un monde de Paris, ville de tous les possibles, des anonymes, des revanchards, qui effacerait mon passé. Paris, ville des rencontres exaspérées. Mon oncle m'en avait bien souvent évoqué la splendeur envoûtante. J'étais on ne peut plus disposée à succomber à sa sorcellerie.

En novembre 1804 j'étais dans la capitale et un mois plus tard sur scène. Moins complaisante que celle de province, la critique parisienne m'accueillit pourtant favorablement.

— Je vais t'expliquer, mon petit, me dit un jour Délia, une actrice qui m'avait prise en sympathie. En réalité, si on t'a appelée salle Favart, c'est pour nuire à la Saint-Aubin. Pour lui imposer une rivale. Depuis des années, personne n'arrive à la détrôner. Dans un sens, c'est un compliment pour toi. Le problème, c'est que cette dernière a encore un bon nombre de partisans. Les vieilles actrices ne cèdent pas leur place facilement.

— Mais je ne veux pas me trouver au centre d'une querelle !

— Tu es pourtant en plein dedans, ma jolie. Les critiques qui te flattent le font pour déboulonner la Saint-Aubin. Les autres ont un intérêt quelconque à rester dans sa cour. Ce sont tous des méchants. Ce qui n'empêche pas que tu aies du talent, et tu en as. Mais personne n'en a cure, voilà la vérité.

— Que dois-je faire alors ?

— Être plus maligne que tout le monde, savoir qui sont tes ennemis. Te méfier tout autant, sinon davantage, de ceux qui se prétendent tes amis. N'avoir aucun état d'âme. Aucun.

La révélation de Délia me stupéfia et me fit encore plus exécrer le théâtre et la presse. Pour tenir dans cette sournoiserie ambiante, il fallait être rapace ou très ambitieux. Je n'étais ni l'un ni l'autre. Heureusement, Mme de Saint-Aubin le sentit. Pour mettre un terme à la fausse concurrence qu'on avait fait naître entre nous, elle m'imposa sur scène à ses côtés jusqu'au mois de juillet. Au moment des saluts, elle me prenait la main. L'incident était clos. L'Opéra-Comique ferma alors ses portes pour rénovation.

À ce moment-là, j'aurais dû me préoccuper de ma situation. J'avais beau avoir survécu à ma première saison parisienne, le crédit s'y épuisait encore plus vite qu'en province. La férocité était implacable. J'aurais eu plutôt intérêt à m'armer, à affûter mes lames. Ou tout bonnement à me tapir dans mes retranchements. À la place, je me suis avancée à découvert, de la même façon que je riais petite entre les tombes. C'est peut-être parce que mon terrain de jeu préféré avait été un cimetière que celui de mes amours fut un sépulcre.

J'étais amoureuse.

Au cœur de la dispute Saint-Aubin, Jars avait créé pour moi une pièce, *Julie ou le Pot aux fleurs,* où j'avais triomphé chaque soir. Au sortir d'une représentation, encore hérissée par les applaudissements, j'aperçus à la porte de ma loge un bel officier de marine qui m'attendait de pied ferme. Un sourire carnassier lui mangeait le visage. Sa peau sentait le manioc et le safran. Ses yeux étaient de la couleur de la terre où j'avais abandonné ma mère. C'était Louis Lacour. Toutes les nuits, j'avais rêvé de sa présence, de son retour improbable qui m'aurait permis de régler mes comptes avec une histoire dont j'avais subi jusque-là, sans y trouver à redire, tous les aléas. Il était grand temps pour moi, avais-je décidé, de la récrire. Et mon éducation commençait sur les lèvres de Louis.

Émue de plaire, avide d'aimer, je vis en lui l'occasion de prendre ma revanche sur le sort. En même temps, paradoxalement, Louis m'apparaissait comme une sorte de fatalité, une redite de ce qu'avait été ma mère, de ce qu'étaient mes sœurs, de tout ce que je m'étais juré ne pas être. Dix-neuf ans. Dans le monde des actrices, j'étais bien la seule, sans doute, à posséder encore toute ma vertu. Si je finis par la perdre ces jours-là, par croire aux faux baisers créoles, aux récits du jeune marin où brillaient l'océan, les volcans, les Caraïbes cannibales, je l'offris sans gage de retour, quand mes compagnes de scène vendaient la leur au plus offrant. Louis faisait revivre ma mère et l'assassinait une seconde fois. J'aimais peut-être ce trouble-là, ce mélange de culpabilité et de libération, le désir d'être pure, de me donner par amour seulement, et l'envie de souillure qui brûlait en mon sang et perpétuait ma lignée. J'aimais l'amour qui me faisait courber et nouait mon ventre d'une frayeur que je n'éprouvais pas au théâtre. L'amour qui m'empêchait de dormir ou m'éveillait à l'aube la tête farcie de songes et de tunnels, me coupait l'appétit ou la parole, m'assujettissait à lui tout en rompant mes chaînes. J'aimais les mensonges de l'amour, plus poétiques que la vraie laideur de la réalité, la finitude d'un baiser, l'infini de son souvenir.

Bien loin de s'en douter, jouissant seulement de cette escale plaisante au cours du voyage qu'il effectuait à la gloire de lui-même, de sa carrière, de son ambition, Louis Lacour me donnait tout cela. Et ni son égoïsme forcené ni son arrivisme cruel ne me le reprendraient.

Au cours de l'été 1805, je le suivis partout. Jusqu'à Boulogne et même jusqu'à Lille, où je donnai cinq représentations exceptionnelles. En étoile parisienne. J'évitai juste Rouen qui s'était peuplé puis dépeuplé aussitôt des nouvelles créatures de chacune de mes sœurs. Comme mon frère Félix, lui aussi prostitué au ratage paternel, je me contentais de verser à ma famille une partie de mes gages. Je n'éprouvais nul besoin d'en faire davantage et me passais aisément de la présence des miens.

Début septembre j'étais à nouveau à l'Opéra-Comique transféré momentanément salle Feydeau. La bataille de la presse reprit avec plus d'acharnement. Une fois écartée Mme de Saint-Aubin, on me dénicha une autre rivale. Persuadée de m'en tirer une nouvelle fois, je n'y prêtais aucune attention.

— Tu as tort, Marceline, m'avertit Délia. Personne n'est au-dessus de tout. Ils finiront par t'avoir.

Elle avait raison. Sans que je m'en aperçoive, ces affrontements ridicules me desservaient beaucoup. En dépit de la protection de Grétry ou de Jars, je n'allais guère tarder à être désacralisée à mon tour. Il faut avouer qu'un autre argument pesait dans la balance de mon impopularité : j'étais enceinte.

Ma première grossesse fut difficile et me tint en permanence entre vertige et euphorie. Épuisée, malade, je tentais d'ignorer mon état et de le dissimuler en suivant les conseils des autres actrices. Ma période de grâce avait cependant passé. Je disparaissais doucement des représentations. On en avait assez de ma tête. À bout, je finis par démissionner au mois d'avril en invoquant « l'intérêt de mon père ». J'avais le vague projet de gagner le Théâtre de Lille où je bénéficiais encore, je le croyais, de quelques amis. Mais à vrai dire j'étais mortifiée, épouvantée à l'idée de donner naissance, seule, dans des conditions misérables, à un petit être qui n'aurait aucune chance de connaître son père. Repu de sa petite comédienne au succès fléchissant, Louis, qui aimait les honneurs, m'avait en effet quittée en début d'année.

— Je dois rejoindre l'Empereur, m'avait-il dit. Je t'écrirai. Et puis je reviendrai pour t'épouser. Tu n'as qu'à m'attendre.

Naïve, j'avais pensé échapper à l'atavisme, cette corde à laquelle tôt ou tard on retourne se pendre. Ma mère nous avait légué, à mes sœurs et à moi, un bel héritage... Alors que je m'étais crue, voulue différente, plus forte, je me préparais à mon tour, soumise par l'amour et insurgée à cause de lui, à devenir fille-mère.

Le 9 septembre 1806, dans l'appartement de Cécile et de Bigo qui venaient encore une fois d'avoir puis de perdre un enfant, j'ai accouché d'une petite fille. Abandonnée, malade, j'avais trouvé refuge chez ma sœur aînée à Rouen. Mon père, qui vivait avec Eugénie et les grossesses de celle-ci, avait fini tant bien que mal par accepter le déshonneur public de deux de ses filles. Mais il avait hurlé en apprenant le mien, m'avait renvoyée comme une malpropre. Mon père m'était-il plus attaché qu'il n'y paraissait ? m'étais-je demandé dans les larmes. Avait-il prié pour que la malédiction familiale ne frappe pas sa cadette ? Ou bien voyait-il uniquement avec ma décadence la fin pour lui d'une source de revenus ? Rongée par le doute, saoulée par la douleur de l'enfantement, abrutie, à peine ai-je eu le temps de serrer dans mes bras ma petite Louisa qu'on remit aux soins d'une nourrice des environs de la ville. Trois semaines plus tard, elle ne vivait plus. Je n'étais pas encore tout à fait remise de mon accouchement.

Vainement, j'attendais toujours une lettre de ce garçon qui m'avait confusément un jour promis le mariage et ignorait qu'il avait été père.

L'année 1806 s'acheva dans la tristesse. Eugénie venait d'enterrer son troisième petit. Comme si nous ne savions, nous, les filles Desbordes, porter que des promesses. La vie si prompte à s'accrocher en nous se fracassait au premier virage. Nous avions été des enfants sans mère. Nous étions à présent des mères sans enfants. Dans les cartes qu'on nous distribuait, il semblait toujours, pour une raison inexpliquée, y avoir maldonne. Qui trichait, là, quelque part ? Qui se cachait dans l'ombre pour fausser la partie et nous faire perdre à coup sûr ? Pourtant, inconscientes ou audacieuses, nous remettions la mise à chaque fois, jouant la martingale jusqu'à l'épuisement de nos deniers. Autour de nous les tombes poussaient au rythme des certificats de baptême. Cécile s'était mise à parler dans le vide. De vraies conversations, des questions, des ordres, lancés à la tête de sa nombreuse marmaille fantôme. Mon délire à moi était tout autre : je composais des romances que j'envoyais comme de petits papiers à la mer à mes amis restés dans la capitale.

M'estimant incapable d'affronter à nouveau les clans et les cabales, je n'osais retourner à Paris.

— Tu as plutôt intérêt, m'avait conseillé Délia, à te faire oublier quelque temps. Les disgrâces, tu verras, disparaissent aussi vite que les faveurs.

Je songeai alors à m'éloigner pour de bon et à choisir une ville vierge de toute trace d'histoire familiale. Tout recommencer de zéro. Était-ce possible ? J'avais du mal, cependant, à surmonter mon abattement. Retourner au théâtre me faisait horreur. Mais comment me sortir de ce bourbier autrement ? Après ma grossesse, ma voix avait encore faibli. Je ne pourrais plus chanter, c'était évident. Qu'allais-je devenir ?

Délia m'écrivit alors : une de mes romances avait été mise en musique et imprimée à Paris. Revigorée par cet infime succès, je me résolus, jusqu'à nouvel ordre, à reprendre le chemin des planches. Bruxelles engageait du monde, m'avait-on dit. Pourquoi pas ?

Mais à l'heure du départ, au printemps 1807, je n'étais plus très sûre de vouloir fuir Rouen et son lot de petits cercueils. Je venais de faire une rencontre qui me cramponnait furieusement du côté de la vie. Un homme. Il s'appelait Eugène Debonne.

11.

— Nous partons pour Rouen, décide finalement Prosper après de longues hésitations.

1832. Je frémis. Nous étions à Lyon depuis cinq ans. J'avais fini par m'y faire. Rouen, la guigne. N'importe quelle ville, mais pas celle-là ! Ma vie semble tourner comme une promenade de bagnards, le même cercle sans cesse recommencé, un boulet à la cheville, à la queue leu leu. Comme un châtiment qui ne prendra jamais fin. L'ironie du sort, c'est que Valmore a choisi cette destination par rapport à moi, supposant à tort combien je serai heureuse de retrouver mes sœurs. Il est à mille lieues d'imaginer qu'il ne pourrait me causer davantage de déplaisir. Comme toujours, il croit bien faire. Brandissant sa bonne foi, ses meilleures intentions, il s'offusquerait de constater chez moi une réticence. Je préférerais parfois qu'il soit moins généreux et oublie de penser d'abord à mon bonheur. Sa magnanimité le rend irréprochable. Ses qualités l'exemptent de tout blâme et m'exaspèrent, je l'avoue, à certaines périodes plus qu'à d'autres. Je dois me taire et remercier. Le ménager aussi. En quinze ans de mariage, j'ai sans cesse pris garde d'effacer tout ce qui dans mon passé aurait pu nous nuire, et évité les références à de nombreuses zones sombres. Autant que possible. Difficile néanmoins de cacher l'avilissement de Félix, la déchéance de Cécile. Et Valmore est un homme aux principes élémentaires. Parce qu'elle est femme, et parce qu'elle est victime, il trouve des excuses à ma sœur. Mais il condamne mon frère sans appel.

— C'est un ivrogne, cupide, malhonnête. Tu as la mémoire courte, Marceline, souviens-toi qu'il profite sans cesse de ton nom, de ta célébrité. Il est même allé jusqu'à vendre tes propres lettres !

— Il a tellement souffert ! Sa vie est un martyre. L'armée, la prison, le supplice des pontons en Écosse... C'est un homme brisé.

— Un moins-que-rien.

Prosper n'a aucune tolérance pour les faiblesses humaines. J'ai tendance au contraire à les glorifier.

Par prudence, j'ai donc poli, poncé, ôté toute rugosité à mon histoire et à celle des miens. Valmore ignore ce qui s'est passé à Rouen, les amours d'Eugénie, les beuveries de mon père, tous ces bébés vomis et oubliés. Et moi. Moi qui ai vécu là aussi, et pire encore. Beaucoup de gens en ville s'en souviendront sans se faire prier. Cette perspective me fait trembler comme une feuille. Je peste en secret contre les généreux desseins de mon mari.

J'écris à Eugénie. Il ne faut à aucun prix que nous ayons le moindre contact avec la famille Debonne. Prosper ne doit rien savoir. Jamais. À quelques jours de notre départ de Lyon, je me tords d'angoisse. J'ai peur des fautes qu'on n'en finit pas de payer, des blessures qui ne cessent de se rouvrir.

À partir d'un certain âge, le temps s'emballe. En regardant grandir mes enfants, je ne me vois pas vieillir. Les années ont de toute façon interrompu pour moi leur décompte un certain printemps. Une des femmes que je suis aura toujours trente et quelques années et s'élancera l'après-midi en direction du pont de la Tournelle ou de la rue des Saints-Pères, les lèvres par avance rougies d'un trop-plein de baisers, la peau bleuie comme un parchemin pincé. C'est cette femme-là que je récris sans cesse. Mais quand je sors de la poésie, je me replie sur les êtres qui m'entourent, les causes à défendre, les espoirs à nourrir. De ce côté, l'Histoire, ces derniers temps, me sert bien. Comme autant de passions différentes, j'ai vécu la révolution de Juillet, le soulèvement des Bruxellois, l'insurrection de Varsovie ou la révolte des canuts. La misère des insurgés polonais m'a indignée. Pour eux, j'ai puisé dans les réserves de notre garde-manger et pris publiquement leur défense à la demande du journal d'opposition local où je collabore de temps à autre.

J'ai toujours haï la Restauration. Les discours d'Henri m'ont donné la nostalgie de l'épopée impériale.

— Louis XVIII et Charles X n'étaient que les derniers avatars d'une lignée sur le déclin. Ils n'avaient pas la grandeur de l'Empereur !

— Tu t'emportes, Marceline, dit Prosper. Ils ne valent pas mieux les uns que les autres.

— Tu ne crois jamais en rien.

— Disons que je suis plus réservé que toi...

— En 1821, j'ai pleuré lors du retour des cendres. Il y avait quelque chose qui nous dépassait tous, poétique...

— Tu as pleuré aussi, je te le rappelle, quand le drapeau tricolore a été hissé à l'hôtel de ville ici même en juillet 1830.

Prosper pointe mes contradictions et s'amuse à se faire l'avocat du diable. Je me défends bec et ongles :

— Je pensais alors que Louis-Philippe représentait une solution pacifique. J'en avais assez de toute cette violence. Et puis les Orléans me semblaient moins dégénérés que les Bourbons. Souviens-toi, l'abolition totale de la liberté de la presse en juin 1830. J'étais abasourdie par tant d'incohérence. Comment un peuple qui applaudissait le répertoire révolutionnaire pouvait-il tolérer ce genre de mesures ?

— Comment une fervente bonapartiste pouvait-elle accepter une bourse royale ? Heureusement, Louis-Philippe a supprimé ta pension. Tu peux désormais te vanter de ne rien devoir à la monarchie.

— Ce n'est pas grâce à tes seuls appointements que nous aurions vécu alors...

Les discussions entre Valmore et moi virent régulièrement à la dispute. Petits règlements de comptes, rancœurs minuscules. Nous nous provoquons. Son cynisme m'agace et je pense que mes inconséquences l'énervent souvent. Nous nous réconcilions aussitôt. C'est notre manière de faire table rase, de balayer d'un bloc l'accumulation des irritations quotidiennes. Une vie de couple comme une autre.

Octobre 1831. Les hommes tombent à nouveau sous nos fenêtres.

— Tous à terre ! crie Prosper.

— On va mourir ? Dis, maman, on va mourir ? me demande Hyacinthe avec fièvre.

Je serre mes enfants contre moi. Nous sommes allongés sur le parquet de notre appartement. Un fleuve de sang, d'horreur, roule à nos pieds. Une balle traverse le carreau d'une des fenêtres du salon. Les ouvriers de la soie ont envahi les rues de Lyon pour crier leur détresse. La répression meurtrière de Casimir-Perier me révulse. Les hurlements des veuves m'éveillent en pleine nuit. Pendant longtemps, j'ai des insomnies, crois voir leurs yeux épouvantés tournés, en une plainte muette, vers moi. « Et toi tu nous regardes et tu ne dis rien, tu n'écris rien », semblent-elles gémir. Alors j'écris, évadée pour une fois de moi-même et de ma propre célébration. Je rejoins toutes ces femmes qui pleurent et comprends qu'il me faut chanter au nom de toutes. J'aime venir en aide aux démunis, aux opprimés de tous bords. Je rends visite aux filles des rues, aux prisonniers. Au fil des années, c'est devenu une véritable vocation. Mon sacerdoce est connu. Les âmes flétries se bousculent à ma porte. Mais mon poème sur les canuts n'est pas publié.

Les derniers mois que nous passons à Lyon sont difficiles. Prosper gagne moins et un éditeur vient de m'escroquer. Dans le monde des lettres, depuis que Latouche ne me protège plus, je suis sans défense. Je l'ai voulu ainsi. Au fil de notre correspondance, je me suis peu à peu libérée de l'influence littéraire d'Henri. Réaction d'orgueil. Je lui dois beaucoup, je le sais. Ses conseils, au demeurant si pertinents, maintenaient cependant entre nous un rapport de subordination. Maître, élève. J'estime aujourd'hui que dans le seul lien qui nous unit, épistolaire, amoureux et poétique, nous devons être à égalité. Latouche ne fait plus partie de ma réalité. Il est entré dans ma mythologie. Il en est même le centre. Pour les affaires courantes, j'ai choisi un autre directeur littéraire. Henri, de toute façon, s'est déniché une nouvelle petite perle de province. *« Une payse à lui,* m'a écrit Pauline, *une madame Sandeau qu'il a rebaptisée, nourrie, corrigée et dont il encourage, amoureusement dit-on, les tâtonnements de plume. Latouche a offert à George Sand une colonne dans* Le Figaro, *sa gazette satirique. Mais elle s'est révélée être une bien mauvaise journaliste. Il est le seul à croire en son talent d'écrivain. Elle divorce. On murmure que le borgne berrichon, qui vient de connaître son plus grand succès romanesque avec* Fragoletta *et a déclenché une seconde bataille d'*Hernani *avec sa pièce* La Reine d'Espagne, *n'y est pas étranger. »*

Mon Henri se situe dans une autre sphère. Je conserve en moi son profil comme un médaillon en bronze, figé, inaltérable.

Jusqu'à notre départ de Lyon, les rues ont pour moi la couleur du sang que j'ai vu verser, impuissante, à mes pieds. Ni la pluie ni les larmes des veuves, des orphelins, ne sont parvenues à le charrier. Ce ruisseau rouge dans lequel nous sommes contraints de patauger me fait horreur. À cause de l'épidémie de choléra qui sévit dans la capitale, je renonce à la dernière minute au séjour que j'avais envisagé. Nous venons déjà d'échapper à la scarlatine. J'ai du mal à surmonter ma hantise de la maladie. Même au prix de Paris. Il ne me reste donc que Rouen et ses fléaux d'un autre genre. Devant Valmore, je feins de me réjouir de ce déménagement. Mais en moi je tremble pour Félix, mon frère, qui s'est échappé de l'asile lyonnais où je l'avais fait interner pendant quelques mois à l'insu de Prosper. À l'heure de notre départ, j'ignore ses intentions, où et dans quel état de santé mentale et physique il se trouve.

Le choléra ravage aussi Rouen. On s'y tord de crampes, de selles et de vomissements. En y arrivant, fourbue et bilieuse, le 28 avril 1832, je me dis que cet accueil putride ne peut pas être de pire augure. Il a en même temps le mérite d'être franc. Nous ne nous cachons pas, la ville et moi, notre aversion mutuelle. L'épidémie, cependant, passe vite. Emplie de sombres pressentiments, je passe l'été cloîtrée dans le bel appartement que nous louons aux abords du théâtre, cherchant à me faire le plus discrète possible, m'accrochant éperdument à mes enfants, sortant à peine pour visiter mes sœurs. Je vois surtout Eugénie qui, auprès de son mari et de ses petits, a réussi à faire oublier son passé. Elle vit dans la mesure, le tact, une humilité proche de la pauvreté. Ne fait pas d'envieux ni d'ombre à quiconque. Comme elle l'a toujours été, ma sœur est bonne et simple, mais à présent du côté honorable de la misère. Tel n'est pas le cas de Cécile, abandonnée depuis longtemps par l'homme qu'elle aime et par ses deux fils. Elle parle à ses fleurs, à ses chats, vit de la charité et de quignons de pain, se consumant sans espoir au fond d'une sorte de bouge. Seule Eugénie y pénètre une fois par semaine avec un panier de provisions et le linge qu'elle a décrassé pour elle à la cendre. Je m'en abstiens avec culpabilité. Pour ne pas faire jaser et à cause de Valmore. Le dénuement où se trouve Cécile est plus épouvantable que ne me l'ont décrit les lettres d'Eugénie. Sa décrépitude rejaillit sur moi, entache mon droit au bonheur et à la réussite. Face à elle, la gloire est répugnante, vulgaire. À moi elle me fait mal. Et elle en agace plus d'un.

Je ne suis pas heureuse. J'ai peur de tout, n'assiste à aucune représentation. Le passé me saisit à la gorge, le fantôme de mon petit garçon mort il y a si longtemps, avant mon mariage, me poursuit. Prosper ne comprend pas mon attitude, pressent qu'il ne sait pas tout et évite de me poser des questions. Mes enfants constituent mon seul bonheur. Je les laisse m'entourer comme de petites haies épineuses.

— Hippolyte a douze ans, me dit Prosper un jour. Il est largement en âge de rejoindre un internat pour y suivre une éducation sérieuse.

— Je ne suis pas d'accord. Il est trop tôt. C'est encore un enfant. Je souffrirai beaucoup d'en être séparée. Et lui aussi. Vois comme il a besoin de moi.

— Précisément. Tu l'étouffes. Il ne fait rien.

Regarde-le. J'ai bien peur qu'il ne fasse jamais rien. Il est apathique, mou. C'est pour son bien, Marceline, tu le sais au fond de toi : il partira en septembre dans une institution à Grenoble. Le directeur est une vieille connaissance. Il nous fait la faveur d'accueillir Hippolyte à des conditions raisonnables. Allons, c'est décidé.

Prosper n'a sans doute pas tout à fait tort. Mon instinct maternel, tant de fois foudroyé, couve à l'excès mon premier fils vivant. Hippolyte est le plus gentil des garçons, mais il ne manifeste aucun désir, aucune autre ambition que celle d'être à mes côtés. Cette attitude rend Valmore fou. Je dois plier. J'obtiens quand même d'accompagner mon fils jusqu'à Grenoble.

Le voyage est éprouvant, déchirant. Cependant, je ne suis pas fâchée d'abandonner un temps la Normandie et de prendre le large. Rouen a commencé à jaser. Ses grondements sourds sont parvenus aux oreilles de Prosper qui fait pourtant de son mieux pour ne pas les entendre. Avec terreur, j'ai vu chaque jour monter sur son visage l'orage, tout disposé à éclater. Des questions, des soupçons, une amertume enfouie, je le sens, s'entrechoquent dans son cœur amoureux, maladivement jaloux. J'ai préparé à la hâte les effets d'Hippolyte et nous sommes partis comme des larrons après un mauvais coup. Je voyage de plus en plus mal. Avec l'âge, les longs trajets me deviennent insupportables. Je me blesse pour un rien. Vite indisposée, j'ai besoin de nombreuses haltes. Ne pouvant me résoudre à laisser Hippolyte, je reste presque deux mois à Grenoble. Enfin on m'arrache mon fils. J'ai tant redouté cet instant que finalement je suis presque soulagée une fois le fait accompli. Désormais chaque minute me rapproche de nos retrouvailles. Mais je suis épuisée et peu pressée de rentrer à Rouen où Valmore s'est mis à relire avec soin et sous un angle nouveau l'ensemble de mes poèmes publiés.

À la poste restante de Lyon où je fais escale, une lettre d'Henri m'attend. « *Comment ?* m'écrit-il. *Vous osez regagner Rouen sans faire un crochet par la capitale ?* » Il est las, avoue-t-il, des batailles de clan entre les romantiques et les classiques. Comme il refuse d'appartenir à un groupe, on l'accuse tantôt de suivre Lamartine, tantôt Chateaubriand. Personne ne sait où le classer. « *J'ai choisi de me retirer à la campagne comme une femme qui a été jolie et qui s'efface du monde, en vieillissant, par coquetterie. Une bonne raison, toutefois, m'y conduit. J'ai enfin pu réaliser ce rêve qui me taraudait depuis toujours, et j'ai acheté l'Ermitage de la Vallée aux Loups qui fut, comme vous le savez, la demeure de mon cher Chénier et, plus récemment, celle du père de* René. *C'est là qu'au temps de sa splendeur il recevait madame Récamier... À propos ! Celle-ci vous réclame et je lui ai promis que je vous amènerais à l'Abbaye aux Bois dès que vous daignerez vous montrer un peu par ici. Presque aveugle et ruinée, elle est encore bien belle, vous verrez, de cette noblesse qui lui fait farouchement refuser de vendre les lettres de Benjamin Constant dont toute l'édition cherche à s'emparer. Royalistes ou libéraux sont tous les mêmes rongeurs. Les opinions littéraires et politiques divergent mais s'accordent uniformément sur la cupidité. C'est une calamité. Si vous êtes éclectique, tout le monde est contre vous... J'en sais quelque chose, je ne vous le fais pas dire. Telle n'est pas votre situation, vous, étrangère à toute tricherie, à tout calcul, et que Paris aime sans condition. Si vous nous faites la faveur d'une visite, vous constaterez combien vous nous dépassez tous. Votre présence, peut-être, égaiera le dépit où je me trouve, malgré le sol sablonneux, les collines pourprées, les plaines fauves et les arbres fruitiers de mon repaire étonnamment toscan...* » Latouche a besoin de moi. C'est bien la première fois. Prétextant plusieurs arguments littéraires, j'informe Prosper que je m'arrêterai quelques jours dans la capitale.

En courant au rendez-vous que j'ai donné à Henri dans la galerie Montpensier du Palais-Royal, je me sens gagnée par l'émotion des premières fois. C'est stupide. Nous sommes bien laids, bien fatigués tous deux. Henri, qui n'avait pas voulu me voir il y a plus de cinq ans, me réclame aujourd'hui. Seulement pour passer un moment à causer, comme un frère et une sœur ? Henri, mon frère ? Il ne l'est pas, ne le sera jamais ! Je n'y peux rien, mais j'ai l'estomac renversé, les mains moites que je ne cesse de frotter l'une contre l'autre. Je me demande si mes jambes vont me porter jusqu'au bout. Mon corps est si affaibli que je tiens à peine debout. Des coups tambourinent dans ma poitrine. Je ne suis plus qu'un corps sans âge, et j'aime ça. Je m'imagine déjà ce que sera notre nouvelle rencontre, tant d'années après cette nuit de Seine et d'orage, cette aube d'avril crêpée de noir où nous nous sommes quittés. Oui, j'aperçois déjà la démarche sans hâte de Latouche au loin dans la galerie, un sourire sur les lèvres, masquant son trouble, son contentement, la brume qui voile les jardins en demi-teinte, agrafe le temps au-dessus de nos têtes tandis que le monde d'à côté ne nous prête plus attention. Ce n'est qu'une trêve, j'en ai parfaitement conscience, dans cette course de toute façon perdue contre le temps, mais je la chéris ainsi qu'un soldat célèbre la levée temporaire des armes. D'une certaine manière, l'amour est un armistice. En même temps qu'une guérilla sans merci dans les montagnes du temps. C'est à n'y rien comprendre.

Il y a comme un silence affolé. Chacun de nous s'est arrangé pour arriver légèrement en retard, ne pas être le premier, embarrassé, à faire les cent pas dans la longue galerie Montpensier. Au bout du compte nous arrivons en même temps, lui du côté du Français, moi à l'opposé, du côté de la rue du Beaujolais, car je viens directement de chez Pauline. Je commence à avancer dans la galerie, tente de prendre mon temps, de soigner un peu ma démarche, lourde et provinciale j'en ai peur. Surtout, reprendre haleine. Une coquetterie inquiète me taraude. Je suis si vieille, si vilaine. C'est absurde, évidemment, je n'ai jamais eu la grâce des grandes actrices comme Mlle Mars ou Mlle George. Ce n'est pas à quarante-six ans qu'elle va venir me surprendre. Henri m'a aimée précisément parce que je ne ressemblais à personne. Cependant, je suis secouée d'angoisse. J'ai passé la matinée à scruter mon visage, à estomper ceci, à raffermir cela, à me traiter d'imbécile, amusée, secrètement heureuse, haussant les épaules, abandonnant la lutte puis bondissant à nouveau, prise d'inspiration, devant mon miroir. Les heures ont passé lentement. Les dernières ont été aussi interminables que nos années séparées. Plus de dix. L'épisode de l'Opéra qui a eu lieu cinq ans auparavant ne compte pas. Je l'ai retranché de notre légende. Mais aujourd'hui, en cette fin de novembre 1832, n'est-ce pas une erreur que de chercher à nous revoir alors que nos lettres constituent notre seul miroir et que sur nos visages respectifs de nombreuses rides, où l'autre ne lit pas son nom, sont apparues ? Tant de chemins se tracent, se creusent, autour des yeux, près des lèvres. Des livres ouverts qui blessent quand on ne s'y voit pas ou quand on s'y voit trop. Ne valait-il pas mieux s'en tenir à notre correspondance ? Et si tout s'effondre à présent, tout ce sur quoi ma vie, ma poésie, s'élèvent ?

Mais il est trop tard pour reculer. J'ai voulu ce rendez-vous, peut-être avec moi-même. Le vertige en est si délicieux que pas une seconde je n'ai de pensée pour mes enfants. Je ne suis qu'à mon étourdissement, qu'à moi. Au bout de la galerie Montpensier, derrière ce groupe de badauds attardés devant la vitrine d'un antiquaire, je viens de reconnaître, spectrale, la silhouette d'Henri.

12.

Eugène Debonne avait quarante-quatre ans. Moi, vingt et un. Clairsemés par endroits, ses cheveux cendrés étaient lissés d'un côté en une tentative d'élégance qui sentait la province. La peau de son visage et de son cou rougeoyait. L'homme s'essoufflait vite. Fatigue ou découragement, il avait toujours l'air de reprendre haleine et l'on ne comprenait pas vraiment pour quelle raison la vie semblait exiger de lui tant d'efforts. Sa silhouette était loin d'avoir la superbe de celle d'un Louis Lacour tout en jambes. Elle accusait au contraire l'inaction et la lassitude, mais elle était grande et charpentée, imposante et rassurante à la fois. Paternelle, en quelque sorte. Dans la détresse où je me trouvais alors, c'est évidemment ce qui me plut. Mon père était trapu, fléchi, et saoul tous les jours à partir de midi. De toute façon, depuis que j'avais arrêté le théâtre, il ne s'intéressait plus à moi. À peine avait-il su que j'avais eu un enfant qui était mort. Ça ne le concernait pas. Il m'en voulait plus qu'aux autres.

— Elle m'a trahi, avait-il affirmé à Cécile.

Et moi, qui persistais à voir en lui le merveilleux conteur des histoires de mon enfance, l'homme qui venait m'embrasser sur le front chaque nuit, sauvait les saints mutilés des églises, le rêveur aux mille projets farfelus, moi qui repoussais de toutes mes forces l'image de ce ramassis de mensonges et de beuveries, de médiocrité impardonnable, je pleurais à chaudes larmes parce que mon père ne m'aimait plus. Car affalé dans sa pisse et son vomi, dans son aigreur, cette loque geignarde et haineuse, c'était encore mon père. Je m'en rendais compte avec épouvante. J'aurais rampé à ses pieds pour qu'il me prenne sur ses genoux et me berce comme à l'époque des loées. « *Adieu min Douay, bell'vill' sans tache, d'vos gardins où qu'min cœur s'rattache, onia toudi quet cos' qui me rincache.* » Ainsi chantait-il, à la brune, souvent poignant, vite insouciant. Sa voix grise dorlotait mon sommeil de petite fille. Je fermais mes yeux rassurés. Le doux refrain me cajolait jusqu'au matin.

La voix d'Eugène Debonne avait des accents similaires à celle de mon père. Elle se distinguait des autres comme un homme timide donne des coudes dans la foule et saute en l'air pour qu'on lui prête attention. Eugène m'avait été présenté par une connaissance de Cécile et de Bigo. Il détonnait par la douceur de ses manières, la bonté de son regard. Je n'étais pas habituée à la gentillesse. Au départ, elle me heurta, bouscula ma position instinctive de défense. Je ne concevais pas que son comportement pût être naturel. Je n'y voyais que du calcul, m'en défiais. Derrière les yeux limpides d'Eugène, je croyais discerner ceux, menteurs, de Louis. J'avais pensé Louis différent des autres hommes ; je m'étais trompée. Eugène, lui, l'était, mais je refusais de l'admettre. Son cœur, comme le mien, était sincère. Au fil des jours, je reconnaissais dans ses accents des échos semblables aux miens. La vie l'avait désabusé, lui aussi. Il s'en sentait victime, n'aspirais qu'à s'en soustraire le plus vite possible, sans vague, à mener une existence paisible et discrète, stable, auprès d'une épouse qu'il chérirait dans ses bras solides, et d'un enfant, sa faiblesse, sa récompense, qui justifierait les années désolées qu'il avait connues. Très vite, Eugène me parla mariage. C'était trop beau pour être vrai. Et pourtant j'y croyais, j'y crus de toute mon âme, parce que je pensais qu'il était temps pour moi d'avoir un peu de chance. À cette main qui se tendait vers moi, je brûlais de joindre la mienne.

Mais il me fallait vivre. Pas question de rester aux crochets de Bigo qui le ferait payer un jour ou l'autre à ma sœur lors d'un des revirements spectaculaires dont il était coutumier. Je ne voulais dépendre de personne. Au mois d'avril 1807, je quittai donc Rouen pour rejoindre Bruxelles où je venais d'être engagée par le Théâtre de la Monnaie. Attentif, empressé, Eugène tint à m'accompagner et m'aida à m'installer sur place. Incapable de se résoudre à m'abandonner seule dans cette ville inconnue, alors chef-lieu du département de la Dyle, il resta quelque temps avec moi. C'était la bonté incarnée. Il finit néanmoins par partir. Son frère aîné l'attendait à Rouen. La famille Debonne était riche et puissante. Très tôt orphelins, les deux gamins avaient grandi écrasés l'un par l'autre. Eugène était celui du dessous. Depuis toujours, il obéissait au doigt et à l'œil à Jacques qui dirigeait les affaires familiales comme la vie des autres avec une poigne de fer. La liaison de son frère cadet avec une actrice fille-mère l'irritait sans commune mesure. Eugène avait dû prétexter un rendez-vous à Lille pour faire avec moi le chemin de Bruxelles.

— Avec le temps, me disait-il, tout s'arrangera. Jacques s'amadouera. Il sera contraint d'accepter la situation. Ce n'est pas un homme sans cœur.

Mais, pour l'heure, Eugène préférait ne pas s'attarder davantage et filer à Rouen. Son frère n'aimait pas qu'il s'absente.

Le 4 mai, je débutai à la Monnaie. Malgré mes résolutions farouches et la médiocrité de mon chant, je renouai aussitôt avec l'opéra-comique. Avec succès. Portée par l'amour tranquille d'Eugène qui m'écrivait de longues lettres sentimentales et naïves, je me surprenais, sereine, à rêver d'un avenir doux et respectable, loin des planches. Fortifiée par ces pensées, j'enfilais mon costume et entrais en scène avec le réconfort secret que mes jours d'actrice étaient comptés.

— Je n'en ai plus pour longtemps, me répétais-je chaque soir.

À Bruxelles, j'avais retrouvé, mariée et malheureuse, Albertine, mon amie d'enfance de Douai. Sur les remparts ou dans le cimetière où nous jouions aux osselets, nous étions inséparables. Nous nous adorions. Dans nos histoires respectives, le temps et la séparation avaient creusé des brèches et des rides au coin de nos yeux. Nous discutions pendant des heures à bâtons rompus. Mais une fois sa vie sue, une fois la mienne dite, nos conversations se tarirent peu à peu. J'adorais cependant sentir sur moi son regard calme et sans question, son amitié immuable, silencieuse. Sans âge. Le passé nous rassemblait toujours. Nous courions, Albertine et moi, entre les tombes de Notre-Dame.

Je ne l'aurais pas cru mais Eugène me manquait. Je m'étais glissée sans grande résistance dans l'engourdissement de son amour et me laissais gagner par la torpeur. Il m'invitait à rentrer à Rouen. « *Vous n'avez pas à vous soucier des questions matérielles* », m'écrivait-il. Il se chargeait de tout. En d'autres termes : être la maîtresse qu'il entretiendrait dans un appartement coquet et discret. Une situation que j'avais toujours refusée chaque fois qu'elle s'était présentée à moi comme à toute actrice. Je ne comptais que sur moi-même. M'aliéner à ce point à quelqu'un me faisait peur. Et honte. La fierté, le besoin d'agir, m'empêchaient de céder à cet appel qui éveillait en moi dans le même temps un désir de repli et de soumission stupéfiant. Ma véritable nature se trouvait-elle là ? « *Il ne s'agit que d'une solution temporaire en attendant l'autorisation de Jacques* », affirmait Eugène. « Madame Debonne », murmurais-je en remontant la rue Neuve jusqu'à la place de la Monnaie, « madame Marceline Debonne. » À peu de chose près, c'était déjà mon nom, des sonorités assez proches.

Alors, après une saison triomphale, à la stupeur du

directeur du théâtre et de tous les comédiens, malgré le chagrin d'Albertine, je choisis en plein succès de rompre mon engagement et de préférer à mes appointements très confortables la tendre cage d'Eugène. Je misais tout sur sa promesse de mariage. Il y avait bien de la déraison dans ma décision – mon père s'en étranglerait en l'apprenant –, mais je ne pouvais pas, décemment, laisser passer cette petite chance.

Le joli trois pièces où Eugène m'installa à Rouen se trouvait rue de la Chaîne : j'aurais dû prendre l'avertissement au sérieux. Et pourtant, quand on appelle ardemment son bonheur, on se persuade qu'il a entendu. Je ne voulus voir dans cette adresse qu'un présage aimable, le premier lien vers l'union légitime à laquelle j'aspirais. C'était, ce fut une époque de ma vie où tout me ravissait. Pour la première fois, l'horizon s'était dépeuplé de ses masques, de ses menteries. Comme par enchantement, la tempête s'apaisait autour de moi. On me souriait, me dorlotait. J'avais hésité un long moment, mais à présent qu'il était effectué, mon choix ne connaissait plus de doutes. Ma volonté, ferme et tapageuse, n'accordait aucune place au regret. Je n'étais pas la seule à connaître une trêve. Ma famille aussi semblait enfin atteindre au repos. Une nouvelle fois enceinte, la si frivole Eugénie avait pris le cœur d'un brave homme, Désiré Drapier, qui attendit, à sa demande, mon retour pour l'épouser.

Eugénie mariée ! L'émotion me fit pleurer toute la cérémonie. La joie gonflait ma poitrine, balayant les anciennes souillures, la malédiction qui semblait peser sur mes sœurs et moi. La rédemption était donc possible. La pauvresse avait eu droit à son expiation. Pourquoi pas moi ? Cécile, elle, venait d'accoucher d'un cinquième enfant qui, visiblement, était en bonne santé et regardait du côté des vivants. Rendu nauséeux par les langes et les cris de bébé, notre père avait préféré décamper pendant un temps chez Constant, à Paris, dans son atelier de l'ancien couvent des Capucines. En ce printemps 1808, l'air de Rouen était devenu soudain fort respirable. J'étais bien.

Ma priorité, avant tout, était de faire oublier mon passé d'actrice. N'ayant plus à rougir des miens, je devais moi aussi me ranger du côté acceptable de la société pour que celle-ci m'ouvre enfin ses grandes portes, celles de devant, et non plus l'infâme portillon de derrière que l'on passe en courbant la tête, les épaules rentrées, hâtant le pas. J'étais désireuse de plaire par tous les moyens à la famille Debonne. Sans me forcer, je jouais à la perfection le rôle d'épouse modèle et de femme cultivée. Je cousais, reprisais, prenais des cours de harpe et de guitare, posais pour des peintres, composais des vers qu'on lisait ensuite en comité restreint, recevais chez moi une société choisie d'où étaient bien entendu exclus les gens de théâtre. Je fuyais ces derniers comme la peste, et s'il advenait que l'un d'eux croise mon chemin je lui tournais le dos. Ce n'était pas l'arrivisme qui me faisait agir ainsi. C'était la peur. Mais tout le monde ne l'entendait pas ainsi. En fuyant la lumière je m'attirais aussi la foudre.

Au fil des jours, me débarrassant de mon identité,

je devins la « compagne d'Eugène Debonne ». Nous ne vivions pas, bien entendu, sous le même toit. Eugène rentrait dormir chez son frère chaque soir. L'honneur et les apparences étaient saufs. Très amoureux, il me gâtait, m'offrait tout, bravant de plus en plus la colère fraternelle en s'affichant avec moi. Je goûtais son adoration, l'aspirais sans satiété, ayant tant manqué d'amour qu'il me semblait impossible d'en être repue. Après une brève étreinte qui lui coûtait à lui bien des efforts et à moi un peu d'imagination, il s'endormait placide entre mes bras. Eugénie m'avait enseigné quelques tours. J'avais donc pensé qu'il en était toujours ainsi. Pas d'éblouissement, pas de bousculade non plus. Une ligne sage et droite, et les ronflements sonores d'un homme fatigué.

« *Constant exposera pour la première fois au Salon de 1808* », nous écrivit mon père. C'était un événement, la reconnaissance des parias, un pied de nez aux sceptiques, aux faux juges. La lettre de mon père avait d'ailleurs un côté revanchard. La nécessité seule, me disais-je (me persuadais-je), l'avait acculé à vendre son fils, à mendier à ses filles. Mais combien de souffrances, quel déchirement ! Mon père ! Vous nous aimiez donc !... J'étais prête à tout pardonner. Eugène me conduisit alors à Paris pour assister à l'intronisation de mon oncle et revoir les connaissances qui m'étaient chères. Constant et lui se plurent immédiatement. Ils avaient tous deux un goût identique pour l'isolement songeur dans un monde qu'ils avaient bâti à côté de celui où ils ne se sentaient pas en mesure de combattre. Constant, au moins, peignait. Mais à part m'aimer Eugène, lui, ne faisait rien. Ils n'étaient ni aigris ni amers, juste ailleurs. Et dans cet ailleurs ils s'étaient de suite trouvés.

Mes rêves de mariage commençaient à se voiler quelque peu, mais je refusais encore de l'admettre. D'autant plus que mon père s'était mis à les partager avec moi. Réconciliés, nous nous étions promenés en nous tenant le bras rue Royale, non loin de l'atelier de Constant qui se situait alors place Vendôme, sans nous parler beaucoup, mais sa main posée sur la mienne.

— Eugène est un brave homme, m'avait-il dit.

— Je suis heureuse que vous approuviez mon choix.

À dire vrai, ce n'était sans doute pas mon choix. Mais il plaisait à mon père. Je cherchais à ne pas le contrarier et à recevoir de l'amour. À n'importe quel prix.

À notre retour à Rouen, encore ivre de l'effervescence de la capitale, de l'amitié de Constant et du consentement tacite de mon père à notre union, Eugène débordait d'enthousiasme.

— Je voudrais un enfant, Marceline. Un petit à moi, qui courrait entre mes jambes et passerait ses bras autour de mon cou... À qui j'apprendrais à lire, et toutes ces choses que je sais, moi, inutilement puisque je ne les transmets à personne. Ma vie n'a pas grand sens sans enfant.

Eugène rêvait d'un petit comme d'un jouet. Il se voyait déjà, loin de la compagnie des adultes et des rapports de force, cloisonné dans cet enclos chimérique où son fils sauterait sur ses genoux en riant aux éclats. Eugène ne l'aurait jamais reconnu mais au fond il brûlait de jouer à la poupée. Je ne partageais que très modérément son emballement. J'aurais préféré sortir une fois pour toutes de l'amour buissonnière.

— Un enfant obligera mon frère à prendre sans plus attendre une décision en notre faveur.

J'ai voulu penser qu'il avait raison. À l'automne 1809, j'étais enceinte.

Quand mon état fut trop visible, il fallut me cacher.

— Pas moyen de trouver le bon moment pour parler à Jacques, s'excusait Eugène. J'ai peur qu'une simple maladresse ne fiche tout par terre.

M'efforçant de me concentrer sur la vie qui triomphait à l'intérieur de moi, je repoussais la déception. La grossesse m'épuisait. J'enrageais de subir cette réclusion forcée quand j'aurais tant eu besoin d'une promenade en bord de Seine, au bras d'Eugène ou de ma sœur. Encore une fois, mon état n'était pas source de joie. C'était au contraire une sorte de châtiment qu'il fallait purger le plus silencieusement possible, un opprobre jeté sur un ventre de femme qui se serait fécondé tout seul. Une désobéissance, une irrévérence. Informé, Jacques Debonne, évidemment, prenait la chose comme un défi ouvert à son autorité. Le calcul d'Eugène produisait exactement l'effet inverse de celui escompté. Toute la faute m'incombait.

Attristée par ce bannissement sourd dont j'étais victime, je choisis de ne pas accoucher à Rouen où ma présence de jour en jour devenait indésirable. La brave Eugénie m'accompagna dans mon exil à Paris et demeura tout le temps à mes côtés. Nous n'avions prévenu personne. Mon père et Constant ne furent mis au courant qu'après. Eugène s'était prudemment plié aux directives de son frère qui lui avait interdit de me suivre.

Quand je revins à Rouen quelques mois plus tard avec le petit Marie-Eugène dans mes bras, il reconnut néanmoins l'enfant.

— C'est une question de temps, prétendait-il. Jacques commence à s'attendrir.

Trois années filèrent. Au début, mes sentiments à l'égard du petit être vagissant étaient si confus que je me tordais de honte et de chagrin sans parvenir à démêler si je voulais qu'il vive, qu'il meure, si je l'aimais ou non. La terreur sans doute de m'attacher trop tôt à lui et de le perdre en une nuit. J'assistais sans y prendre part aux effusions d'Eugène, entiché du garçon à en devenir bêta. Après les tristes précédents des années passées qui avaient décimé les progénitures de mes sœurs et ma petite Louisa, j'avais refusé de confier mon bébé à une nourrice et décidé de l'allaiter moi-même. L'amour vint, peu à peu. La vie l'emporta sur toute peur et sur tout questionnement. Marie-Eugène était une merveille. Sa présence avait le don d'apaiser mes conflits intérieurs. J'écrasais mon scepticisme pour sourire à l'existence avec confiance. Dans tout cela, il y avait une logique irréductible : conserver ma foi en Eugène et en la possibilité de notre mariage m'exemptait pour l'heure d'une autre décision. La lutte que je menais malgré moi contre la famille Debonne s'était muée en une hostilité froide et tue. Sans affrontement aucun. Marie-Eugène faisait partie de ma vie et je ne voulais plus le cacher. Il était mon orgueil, ma joie. Je fréquentais mes sœurs, m'affichais dans les lieux publics, le front haut. J'avais compris qu'en rougissant la première de ma condition j'appelais moi-même à ma propre condamnation. C'était hors de question.

À cette époque, je remis donc les pieds au théâtre, mais en spectatrice, savourant la sensation délicieuse et incommode de me trouver du côté des censeurs, des honnêtes gens venus applaudir du bout des doigts au divertissement des saltimbanques. Un soir, j'assistai même aux débuts tragiques du gamin qui m'avait, par bravade, embrassée un jour d'audace à Bordeaux : le fils des Valmore, le jeune Prosper. Mais après la représentation, je me gardai d'aller saluer les parents de ce garçon sublime pas tout à fait homme encore. Je ne tenais pas à m'aventurer derrière le rideau, dans les coulisses où mon loup respectable n'aurait dupé personne. Je me contentai de contempler de loin sa fine silhouette. Sa mère pouvait en être fière. Prosper Valmore s'était départi de son air de poupon. Il était beau à damner un saint.

Rien ne changerait jamais. Je l'entendis un jour distinctement dans mon cœur atterré. Mon blond petit courait avec entrain autour de moi. Eugène s'était absenté pour affaires familiales. Je ne serais jamais son épouse. C'était l'évidence même. Elle crevait tant les yeux qu'il était à peine concevable que j'aie pu imaginer autre chose. Eugène par lâcheté, moi par patience, nous avions toléré que la situation en reste là et s'installe, immuable, dans les combles de l'amour. Mes ambitions pourtant n'avaient pas été immodestes. Je ne rêvais pas de la maison tout entière. D'un étage seulement. Mais ce grenier prépayé par Eugène m'était devenu insupportable. Ma décision était prise. Je partirais. Avec mon fils, contre tous, je gagnerais Paris et retournerais au théâtre récolter de quoi vivre pour nous deux dans une mansarde sans barreaux. Constant qui adorait Eugène me traiterait d'insensée. Mes sœurs, mon père, blâmeraient ma conduite qu'ils ne comprendraient pas et mettraient sur le compte de mon caractère impulsif et instable. Eugène en mourrait peut-être de chagrin. Seul mon frère Félix, prisonnier quelque part en Écosse et dont je venais enfin de recevoir des nouvelles après des mois de silence, envierait secrètement mon sort. Je m'évadais des pontons de la complaisance et achetais ma liberté à un prix qui n'était peut-être pas à ma portée. Mais je l'achetais. Et Félix, qui croupissait dans un destin moisi qu'il n'avait pas choisi, aurait été prêt à payer lui aussi s'il n'avait été trop tard. Il avait déjà, hélas, renoncé à lutter. Moi en revanche, plus rien n'aurait pu me retenir.

En février 1813, tenant fermement mon fils par la main, je quittai Rouen avec la hargne au cœur d'avoir tant espéré en vain. Deux jours plus tard, j'étais fixée à Paris. J'aurais voulu manger la capitale. Je ne savais pas encore comment. Remuant ciel et terre, je décrochai en une semaine un engagement pour deux ans à l'Odéon.

Je ne tolérais plus aucune opposition à ma volonté.

13.

Les années ont boursouflé mes traits, pioché mes joues sans pitié ; elles se sont aplaties sur le front d'Henri et autour de ses yeux, exorbitant davantage sa pupille morte. Avec mon filet sur la tête, mes mèches grisonnantes, l'arthrite qui déforme déjà mes mains, j'ai l'air encore plus rustaude qu'avant. Son dandysme un peu las donne à Latouche des allures de vieux beau. On ne verrait couple mieux assorti : nous sommes tous deux aussi repoussants que grotesques.

Au Palais-Royal, Henri n'est pas venu seul. Je suis atrocement déçue. L'homme qui l'accompagne est David d'Angers, le sculpteur.

— Il tient tant, chère madame Valmore, à vous faire figurer dans sa collection de médaillons des contemporains célèbres, me dit Latouche.

— Allons donc ! Il doit y avoir erreur sur la personne. Je doute, en effet, d'appartenir à cette époque, et je suis certainement plus contemporaine de Beaumarchais que de votre amie George Sand qui, raconte-t-on, fume le cigare en public et s'affiche sans cesse avec de nouveaux galants.

Pique bien placée. Henri reçoit le coup sans sourciller, pince légèrement les lèvres et pâlit.

— Votre poésie, madame Valmore, est sans âge, tente David d'Angers.

— Pourvu que, modelé par vos mains, mon profil le soit également.

Je ris. Eux aussi. L'incident est passé, comme mon amertume. Je suis heureuse de revoir Latouche, émue par sa laideur, son embarras. La jalousie fait partie de notre complicité. Sand, sa petite protégée, vient juste de faire paraître grâce à lui un roman, *Indiana,* dont on parle autant que de ses tenues extravagantes ou de ses apparitions scandaleuses.

— Je n'aurais pas imaginé, j'ajoute, que le tabac pouvait faire vendre des livres.

Latouche sourit franchement tandis que je feins de soupirer.

— Vous qui m'avez toujours si intelligemment conseillée, monsieur de Latouche, soyez franc avec moi : dois-je oui ou non me mettre au cigare ?

— À la pipe, madame Valmore, à la pipe.

Pendant une semaine entière, Henri me traîne partout, comme on brandit un passe-droit ou un bouclier.

— L'Arsenal de Nodier est démodé, m'apprend-il. C'est chez Hugo, rue Notre-Dame-des-Champs, que ça se passe désormais. Ils veulent tous vous voir. Le « cénacle ». C'est là qu'a été préparée la bataille d'*Hernani,* vous savez. Vous y rencontrerez Dumas,

Mérimée, Sainte-Beuve, Nerval, vous retrouverez Gautier et Vigny. Je vous présenterai aussi Balzac dont je vous avais promis beaucoup. Voyez comme j'avais raison.

— N'étiez-vous pas en froid avec certains d'entre eux ?

— C'est-à-dire, Marceline, qu'à ses balbutiements le mouvement romantique penchait plutôt du côté de la monarchie, et tous ces freluquets qui prônaient la révolution en littérature se trouvaient en politique être paradoxalement royalistes. Moi, comme vous ne l'ignorez pas, je suis franchement libéral.

— Et aujourd'hui ? Qu'en est-il ?

— Maintenant eux aussi. Comment pourrait-on soutenir Louis-Philippe ? Mais nous ne sommes pas de la même génération eux et moi. Je n'ai pas leur énergie, leur foi. Ils ont la gloire et même pas trente ans, ce qui leur donne une arrogance qui vous fera rougir.

— Doit-on vraiment y aller, Henri ?

— Vos poésies ne se vendent plus, Marceline. Hugo a fait paraître coup sur coup *Les Orientales* et *Les Feuilles d'automne.* Le monde littéraire est en crise. Soit vous en faites partie, soit vous disparaîtrez.

— C'est terrifiant.

— À qui le dites-vous !

Au bout de quelques jours, je dois reconnaître que Latouche a raison. Les éditeurs sont réticents à mon égard, refusent mes poèmes. Dans le même temps, on me réclame partout. Je reçois de toutes les actrices en vogue des invitations pressantes que je décline, prétextant des raisons de santé. Henri me présente

Charpentier, jeune éditeur emballé par mes dernières poésies. Il envisage déjà, me dit-il, une préface d'Alexandre Dumas. Sceptique, je me tourne vers Latouche :

— Dumas ferait cela ?

— Sans aucun doute, répond-il.

— Vous m'avez dit qu'il ne lisait jamais de poésies !

— Et il ne lira pas les vôtres non plus. Mais je vous garantis d'ores et déjà l'excellence de sa préface.

Je suis choquée, je l'avoue. Repliée dans mon foyer, affairée à mes vers et à mes charités, j'étais loin d'imaginer la façon dont on faisait désormais les livres dans la capitale.

— Monsieur de Latouche prétend que vous consacrez une grande partie de votre temps aux détenus dans les prisons, que vous leur rendez visite, ainsi qu'aux malheureux de tout acabit. Est-ce vrai, madame Valmore ? me demande Charpentier.

— Oui, mais quel rapport avec mes poèmes ?

— À quel titre avez-vous songé pour l'ensemble du recueil ?

— *Les Pleurs.*

Il fait la moue.

— Ce n'est pas mal, mais *Mes pleurs* serait mieux. Plus autobiographique. Plus fort. On pourrait jouer sur cette idée, le dénuement extrême, votre dévouement, l'art comme seul rempart contre la détresse...

— Hors de question. Je m'y refuse catégoriquement.

Henri vient à ma rescousse. Il aime l'imposture, pas le mensonge ni la machination sordide.

— Mme Valmore est le seul esprit pur de ce

temps, plaide-t-il. Préservons-la de ces calculs vulgaires. Dites oui pour Dumas, ajoute-t-il à mon attention. Ça ne mange pas de pain et ça vous sera utile. Pour le reste, restez fidèle à vous-même et n'entrez pas dans ces stratégies mercantiles. On aime ici la légende que vous vivez recluse dans un grenier avec votre marmaille et votre saltimbanque de mari. Laissez dire. Vous ne pouvez plus, de toute façon, vous y opposer.

— Je vois.

J'écris à Prosper. « *Paris m'étouffe. On y crie partout, on y gesticule. Je ne trouve pas ma place. Les gens ont décidé pour moi ce que j'étais. Il n'y a rien à faire. Mon médaillon par David d'Angers est d'ailleurs assez représentatif : le visage d'une rustaude, triste, en voie de béatification. Une sorte de vieille provinciale à gros sabots, toujours en quête d'aumône, près de ses sous, pitoyable.* » Une femme adultère et hypocrite qui joue les bigotes. Mais aussi une ancienne actrice de petite vertu, au passé trouble et aux amants nombreux. Voilà mon image ! Et mes poésies cautionnent cette thèse. Mon amour pour Henri est un secret de polichinelle. Tous s'imaginent que notre liaison n'a jamais cessé. Je ne suis pas toujours là pour me défendre, et Latouche, dépassé par les événements, est de plus en plus mis au ban, retranché déjà dans un monde où plus personne, pas même moi, ne l'atteint. On commence à sourire de mes larmes. On les dit forcées, complaisantes. J'exècre cette célébrité.

Je quitte Paris, consternée. Sur le chemin de retour à Rouen, je ne parviens pas à me défaire de mon angoisse. À l'avenir, il me faudra redoubler de vigilance. Mes poèmes peuvent être mal interprétés. Leur lecture engendre des commérages ravageurs, des conclusions hâtives. Comment Prosper, qui les a tous relus, m'accueillira-t-il ?

La séparation, et peut-être la crainte que je ne revienne pas, ont au contraire raffermi les sentiments de mon époux.

— Tes poèmes, je l'ai compris, m'affirme-t-il, sont le reflet de sentiments généraux, universels.

— Je te l'ai toujours dit. J'ai pris beaucoup à mes amies, emprunté à de multiples femmes.

— Oui. Je préfère en tout cas ne rien y voir de personnel. N'en parlons plus.

Leçon de maîtrise absolue. En réalité, Valmore est dévoré par la jalousie et par la suspicion. Mais, estimant la première stupide et la seconde indigne, il dépasse ses propres abîmes pour ne pas nous y entraîner tous deux. Aussi me laisse-t-il m'atteler en toute liberté à la préparation de mon nouveau recueil. Minutieuse, craintive, je me méfie de tout. Anticipant les réactions de mes futurs lecteurs, je me censure moi-même et ça me rend agressive. Nous ne sommes heureux ni Prosper ni moi. Quelque chose gronde au-dedans comme au-dehors.

Dans Rouen monte à notre encontre une hostilité que nous percevons sans qu'elle soit encore palpable. Le passé me rattrape. Des réflexions fusent çà et là. Des remarques déplaisantes dans les journaux locaux. L'envie et l'aigreur constituent la plaie de la province. Ceux qui m'ont connue dans ma jeunesse ici même n'aiment pas celle que je suis aujourd'hui. Mon statut de femme de lettres, la respectabilité intellectuelle gagnée au cours des années, mettent hors d'eux des gens comme Jacques Debonne qui n'a jamais cessé de me haïr et qui ourdit contre nous une cabale dans le but de nous faire décamper au plus vite. Ma présence à Rouen l'a toujours gêné. À l'époque où son frère rêvait de m'épouser comme à présent où mon petit prestige lui fait du tort, je suis pour lui le trublion de service. Ne se débarrassera-t-il jamais de moi ?

Sous mon influence, Valmore se rend quelques jours à Paris dans l'espoir, infructueux, de décrocher un engagement.

À son retour sur scène, c'est le drame. Prosper peut à peine poser le pied sur les planches du Théâtre des Arts. Personne n'entend le début de sa tirade. Effaré, il regagne les coulisses sous les quolibets, les sifflets. La moitié du parterre est debout, tout en insultes. C'est une véritable mise à mort :

— Alors, ils ne veulent pas de toi au Français ?

— C'est par dépit que tu es revenu ?

Pressentant, par une sorte de sixième sens, le massacre, je n'ai pas assisté à la représentation. Ce n'était pas Valmore qui était visé, mais moi.

Moins d'une semaine plus tard, nous plions bagage. Rouen, coupable et versatile, nous fête du mieux qu'elle peut. Une partie des spectateurs a refusé de suivre la faction Debonne. Mais le mal est fait. Hébété, mon mari ne comprend toujours pas ce qui s'est passé. Quant à moi qui ne le sais que trop bien, je souhaite ne jamais remettre les pieds dans cette ville. Pas une fois je n'ai revu Eugène Debonne, le malheureux, que j'imagine enfermé dans la maison de son frère, recroquevillé sur son impuissance lâche, ses grandes mains inutiles plaquées sur les oreilles.

Et dire que j'ai aimé cet homme.

Je suis prête à tout, cette fois, pour revenir à Paris. Entre l'étroitesse mesquine de la province et la duplicité de la capitale, j'ai choisi. Valmore lui-même, disposé à signer à nouveau avec Lyon, se plie à ma détermination et court les théâtres parisiens en quête d'un contrat. L'énergie que m'a insufflée la rage ne me laisse pas en reste. Je suis piquée à vif. Pendant la journée, je bondis d'un éditeur à un autre, d'un créancier à un mécène. La nuit, l'écriture dévore mon sommeil. Je m'essaie au roman, genre plus facile à placer, me dis-je, et dont les revenus sont plus intéressants que ceux de la poésie. J'ai peut-être envie, également, de rivaliser avec George Sand, de faire un peu d'ombre à sa gloire encombrante. Henri s'est brouillé avec elle.

— Par dépit sentimental, n'en doutez pas, affirme Balzac avec qui j'ai lié connaissance et qui s'est fâché lui aussi avec Latouche.

En deux ans à peine, le génie de Balzac, révélé par Henri, a explosé : *La Peau de chagrin, La Femme de trente ans, Gobseck* et *Louis Lambert* l'ont consacré le plus grand romancier du moment.

— Henri de Latouche, madame Valmore, n'est

que ressentiment, jalousie. C'est un médiocre, et son malheur est d'être si intelligent qu'il ne l'ignore pas.

— Vous semblez oublier ce que vous lui devez. Sans lui, pas de *Chouans* ! le coupe ma fille aînée du haut de ses douze ans.

— Hyacinthe !

— Laissez-la dire ! Elle a raison, du reste. Mais est-ce suffisant, jeune fille, pour que je lui reste redevable toute ma vie ?

Dans son appartement de la rue Cassini, l'écrivain nous accueille ma fille et moi deux jours durant. Il prétend situer l'action de ses prochains textes dans les Flandres où il n'a aucunement l'intention de mettre les pieds et me fait donc parler. Je ne demande que ça, n'ai qu'à ouvrir la petite barrière au fond du jardin pour pénétrer à nouveau dans le domaine des tombes et des saints, des seringas, du chèvrefeuille et des osselets, pour sentir l'odeur des loées et la pipe de mon père, du cacao brûlant, du poêle, tandis qu'au-dehors le carillon de Notre-Dame s'en donne à cœur joie. En récitant le Nord, j'efface le temps passé. La compagnie de Balzac est aussi pour moi une façon, tordue mais évidente, d'atteindre Henri, une partie énigmatique de la vie d'Henri qui m'est étrangère et que je peux ainsi chaparder avec un peu de couardise et de dégoût.

En quête de protecteurs, j'étale à qui veut l'entendre notre détresse, l'injustice dont nous sommes victimes. Suis-je en train de me vendre ? Coller à ma réputation de mégère provinciale, aumônière à la main ? Je cherche surtout à m'entourer de bruits et de voix. Ne pas m'entendre me consumer. En apparence, je n'ai aucune honte. Il est de toute façon trop tard pour changer. Je suis prisonnière de ma notoriété.

Par pitié pour moi, on finit par engager Valmore à la Porte Saint-Martin. Ses appointements sont dérisoires, ses rôles inconsistants. Le pauvre homme étouffe du mieux qu'il peut son humiliation, ses frustrations de toute sorte, son mépris des cabotinages de coulisses. À l'exception de Hyacinthe, plus mesurée, les enfants sont de mon côté. Prosper tempête en silence, la vexation prête à bondir hors de sa cage, parfois malgré lui. Même à la maison, « foyer de bonapartistes » d'après lui, il se sent seul.

— Seule l'admiration que j'ai pour toi, Marceline, m'aide à supporter mon ratage abominable, mon absence de talent, le minable que je suis...

L'amertume de Valmore me met au désespoir. De toutes mes forces je ne veux y voir qu'un abattement momentané qui finira par passer. Je suis trop occupée à écrire et à me laisser envahir à nouveau par la fièvre de Paris. Coup sur coup je réussis à faire publier deux romans, *Une raillerie de l'amour* et *L'Atelier d'un peintre*. J'ai besoin de reconnaissance. Et d'argent. Mon écriture s'en ressent. Mes ouvrages ne sont pas très bons et révèlent, sans le voile de la poésie, des haillons de ma vie. Il n'y a plus de distance. L'histoire d'Ondine, héroïne de *L'Atelier d'un peintre*, est celle de ma rencontre avec Henri à la Childeberte. Par rapport à Prosper, je vais peut-être trop loin. Je ne m'en rends pas compte.

Lors de cette saison dans la capitale, je revois très peu Latouche. La présence de mon mari m'embarrasse. Plus exactement, la coexistence dans la même ville de ces deux hommes me plonge dans un trouble impossible à surmonter. Paris est comme une maîtresse que je me refuse de partager avec l'un et l'autre. Le Paris d'Henri n'est pas celui de Prosper et *vice versa.* Au côté de Latouche, j'ai célébré chaque jour le corps de la ville, ses courbes, ses ravins. Me retrouver face à sa nudité en compagnie de Valmore qui n'en perçoit pas la beauté, pire, l'abomine, me place dans une position intolérable. Il y a aussi une autre explication. La prudence, tout bonnement, m'impose de tenir Henri à distance de mon foyer, des enfants que je lui cache pour des tas de raisons. Je ne veux pas qu'il me voie mère, préférant situer ailleurs mes liens avec lui. Et je ménage Valmore, déjà passablement irrité. Le prétexte littéraire ne peut pas en permanence tout justifier.

Latouche, de toute façon, se terre de plus en plus souvent à la Vallée aux Loups. L'obsession dont je fais preuve à son égard, et dont *L'Atelier d'un peintre* constitue encore un exemple accablant, l'exaspère sans doute autant qu'elle le flatte. Malgré mes démentis, mes yeux le couvent toujours d'admiration amoureuse. Parfois, ça doit lui être odieux. Sa misanthropie s'est aggravée. La solitude où il s'est replié le rend de plus en plus hargneux. Je crains ses réactions. Plus que tout, j'ai peur de certains démons. C'est pourquoi peu à peu, prétendant qu'elle m'a servi de modèle, je commence à donner à ma fille Hyacinthe le prénom d'Ondine, l'héroïne de *L'Atelier d'un peintre.* Tout le monde fait d'ailleurs de même. Elle s'en amuse, ne dit rien. Je souffle. J'ai, me semble-t-il, effacé, la dernière trace de ma faute.

Nous habitons alors, après un énième déménagement, rue de Lancry, excentrés, non loin de la gare de l'Est, les deux filles, mon beau-père, une servante, Valmore et moi. Ma santé s'affaiblit nettement. Je me démène beaucoup à l'extérieur, poursuivant mes œuvres de charité dans les hôtels-Dieu, les prisons, écrivant comme une brute. Mes crises de nerfs sont plus fréquentes, mes œdèmes nombreux. Je perds régulièrement la vue, délire. Hippolyte, venu nous retrouver pour quelques jours, panique, Inès rit. Ondine et Prosper contiennent à peine leur agacement. Le vieux Valmore, qui agonise dans un coin, ne saisit pas toujours ce qui se passe.

— C'est Madame Marceline, lui dit la servante. Elle n'y voit goutte. Alors elle crie, la tête renversée, les yeux en l'air. Peut-être bien qu'elle appelle le ciel. On sait pas. À moi, elle me fiche une de ces peurs...

Accusant Paris de tous les maux, Valmore devient fou, menace de repartir sur-le-champ pour Lyon. Les enfants sont hystériques. Une maison d'insensés. En transe, je me remets à la poésie, une poésie combative, engagée et anticléricale. Il me semble être hors de mes gonds. J'éprouve une urgence irrépressible à vivre, tout avaler, tout dire, comme dans une dernière virée nocturne vers tout ce qui me rattacherait du côté des vivants. Avec la préface de Dumas, je me décide enfin à faire paraître *Les Pleurs,* recueil que je dédie à Balzac. Ce dernier publie bientôt

La Recherche de l'absolu dont le drame se situe à Douai, plus exactement dans ma Douai, celle que je lui ai ouverte et montrée en poussant les portes anodines des maisons où se jouent des tragédies sourdes. À son tour, il me dédicace une nouvelle inspirée d'une légende que je lui ai contée, *Jésus en Flandres.* Échange de bons procédés. Nous sommes entre gens extrêmement bien élevés.

Pourtant, malgré toutes mes démarches et les efforts de Prosper, notre situation financière demeure très précaire. Nul ne l'ignore. À ce sujet, je reçois les visites des uns et des autres, moitié par soutien, moitié par curiosité. Un jour où j'attends Dumas, on frappe à la porte. Je cours. Mme Waldor ! Femme d'un capitaine, ancienne maîtresse notoire de Dumas, brouillée à mort avec lui depuis la publication d'*Antony* où elle est dépeinte en termes peu flatteurs.

— Mon dieu, Mélanie, savez-vous qui j'attends ? lui dis-je. M. Dumas !

Elle s'assied imperturbable, décidée à braver l'émotion.

— J'espère du moins qu'il ne sera pas accompagné de cette Krelsamer qui m'a supplantée dans son cœur.

On refrappe. C'est Dumas lui-même avec Charpentier. Dumas, grand comme Achille, bon comme le pain, et qui se baisse en deux pour arriver à me baiser la main. Il demeure courbé ainsi dans son étonnement de trouver sous le chapeau qu'il salue Mme Waldor, pâle comme un papier. Je mets tout le monde à l'aise en parlant à tort et à travers pour leur donner le temps de se ressaisir.

Discret dans la mort comme il l'a été dans la vie, le vieux Valmore nous quitte. Je sens alors que plus rien ne retiendra Prosper à Paris où sa fierté se meurtrit de jour en jour, et je fais tout ce qui est en mon pouvoir pour le faire entrer à la Comédie-Française. Je lui écris même des poèmes d'amour. Sincères. Peine perdue. Après une année de menues avanies, d'affronts endurés sur l'autel de mon bon plaisir, mon époux esquisse sa meilleure révérence aux boulevards et reprend le chemin de la vallée du Rhône. Je n'ai d'autre choix que de le suivre. Mes revenus sont maigres, mon avenir encore plus incertain que le sien. En mars 1834 je prends à mon tour la route de Lyon en compagnie des filles. Prosper nous a précédées de quelques jours et Hippolyte est retourné à Grenoble.

C'est à peine croyable. Nous voilà à nouveau place des Terreaux où nous avons habité lors de notre premier séjour à Lyon. À peine sommes-nous installés au quatrième étage de l'immeuble de la rue de Clermont, à l'angle de la place, qu'éclate l'insurrection ouvrière d'avril, plus terrible que celle de 1830. Comme si elle nous avait attendus. Encore une fois, tout se passe sous nos yeux. En pire. Les balles fusent. Nous vivons dans les angles les plus reculés de chaque pièce, rampant la plupart du temps, apeurés, menacés au sein même de notre foyer. Les pelotons d'exécution se trouvent juste en bas de chez nous. La violence de l'armée royale m'ulcère.

— Les deux camps sont responsables, soutient Prosper, plus sceptique que moi.

Ne décolérant pas, j'écris mon poème le plus virulent, « Dans la rue », que personne n'ose publier. « *Le meurtre se fait roi / Le vainqueur siffle et passe / Où va-t-il ? / Au Trésor, toucher le prix du sang.* » De chez moi, j'entends, la nuit, chanter les prisonniers. Fragile avant même qu'aient lieu tous ces massacres, ma santé en prend encore un coup. Je deviens versatile à l'extrême, encense soudain Valmore puis le méprise, le trouve le meilleur des hommes ou le plus ennuyeux. Au désespoir, irascible, rancunière, je maudis Lyon et cette errance perpétuelle qui m'arrache toujours à Paris et à tout ce que j'aime pour me contraindre à vivre en permanence sur une poudrière. Mon visage enfle à nouveau, je souffre régulièrement d'étourdissements. Hippolyte, si doux, si soumis, me manque. Tout m'insupporte.

À cause des événements, le théâtre doit momentanément fermer ses portes. Le spectacle est ailleurs et nous occupons sans l'avoir voulu les premières loges. Mais sans les appointements de Prosper, le joli quatre pièces où nous n'avons pas encore eu le temps d'installer des rideaux se révèle hors de nos moyens. Il nous faut grimper à l'étage au-dessus, rejoindre les domestiques et les combles où ma réputation m'a déjà précédée. La réalité de ma vie dépasse la fantaisie où m'ont projetée les cercles littéraires parisiens. J'en rirais si j'avais encore de l'humour. Mais c'est loin d'être le cas. Affreusement triste, je consacre mes journées à écrire des lettres de plusieurs pages aux uns et aux autres. « *Nous sommes en vie, au sortir de toutes les terreurs de cette guerre civile, qui nous a maintenus prisonniers dans nos maisons pendant six jours... Logés à l'hôtel de ville nous y voyions tout... Que de sang ! Que de courage partout ! La mort était de tous côtés, sur les toits, dans les rues, elle entrait par les caves, et les maisons sautaient avec leurs habitants consumés. Six nuits et six jours et demi le canon, les balles, le tocsin, l'incendie...* » Amis de longues dates, nouvelles rencontres, j'écris à tous, cherchant par tous les moyens à me rassurer, car chaque heure me rapproche du terme, et je n'ai encore rien fait. Rien vécu. Pas assez. Ce que j'ai rêvé de faire, d'être, j'en suis si loin. Je me suis aimée sans retour, mais avec un espoir bafoué, écrasé au sol. Mon existence, non, n'est pas celle que j'aurais voulue, ni mes écrits ni mes amours.

Derrière les croisées des mansardes où j'entends la pluie s'épandre, passent, furieuses, toutes les vies que je ne connaîtrai pas. Je tambourine au carreau.

Je tambourine comme une folle.

14.

Après cinq ans d'interruption, je suis remontée sur les planches le 29 avril 1813. À l'Odéon. On m'avait donné le rôle d'une jeune fille séduite, contrainte de faire face, avec son enfant, au déshonneur public et à la réprobation de la société. Comme par hasard. Claudine était un personnage à ma mesure. J'y mis tant de larmes vraies et d'accents sincères que mon succès fut immédiat. En un rien de temps, j'étais redevenue à Paris l'actrice à la mode, l'enfant prodigue. Mon bannissement avait assez duré pour qu'on me pardonne tout et délaisse mon passé. Le triomphe ne consolait pas mon cœur brisé, mais il me permettait de tenir fermement ma résolution et de ne souffrir aucune objection. Je n'avais de toute façon pas grand-chose à craindre. Eugène Debonne me suppliait, de loin seulement, n'osant défier son frère. Il jouait l'argument de notre fils comme son dernier atout, odieux, dans une partie que je refusais d'engager. Marie-Eugène était toute ma vie, ma seule réussite. Je n'interdisais d'ailleurs pas à son père de venir lui rendre visite. Libre à lui. Mais il aurait fallu que son amour paternel l'emporte sur son obéissance fraternelle. Ce n'était pas de mon ressort et ne m'intéressait plus.

Dès qu'il apprit ma nouvelle situation, mon père, qui pendant un temps s'était installé aux Andelys où habitaient à présent Eugénie et son mari, revint rapidement à Paris vivre sous mon toit. Ma sœur et mon beau-frère connaissaient de grosses difficultés financières. De leur côté, Cécile et Bigo, qui venaient d'avoir leur sixième enfant, souffraient eux aussi de la crise du textile. En bref, et contre toute attente, c'était encore moi qui m'en sortais le mieux. J'étais la seule à écrire à mon pauvre frère, sergent de l'Empire, toujours prisonnier de guerre en Écosse. Sans l'avoir imaginé un instant, moi la petite dernière, j'étais à présent le chef de cette famille éclatée.

J'en faisais trop sans doute. Je voulais que mon petit garçon ne manque de rien. Il me fallait payer mon logement de la rue de l'Odéon ainsi que la servante qui veillait sur Marie-Eugène. Au mois de mai, en me jetant à genoux lors d'une scène pathétique, la douleur me cloua la rotule. Pourtant je devais continuer, tenir ma position jusqu'au rideau. Un véritable calvaire. Au sortir des planches, hurlant la souffrance que j'avais contenue par miracle, je m'écroulai. On me transporta jusqu'à mon appartement où je reçus bientôt la visite du docteur Alibert qui sauva mon genou et s'enticha des écrits que j'osai lui montrer. Amateur de poésie, ce médecin recevait chez lui, rue de Varenne, une société littéraire choisie. M'encourageant à continuer, il se proclama le plus naturellement du monde mon conseiller.

C'était un homme d'un âge déjà avancé mais qui ne manquait pas de séduction. Il pouvait passer pour frivole, on le disait même intrigant. Il aimait, c'est vrai, les mondanités, et ne rechignait pas à recourir au besoin à la fourberie. Néanmoins, c'est grâce à lui si je ne suis pas devenue boiteuse et si j'ai publié régulièrement à partir de là des pièces dans des keepsakes.

Certains jours, la décision que j'avais prise de quitter Rouen me coûtait. Je me sentais seule, sans force. Ne m'étais-je pas trompée ? N'aurais-je pas dû céder à la facilité et rester la maîtresse gâtée d'Eugène Debonne ? Mon avenir, et celui du petit, était assuré. Mais aussitôt, la conviction qu'une autre vie m'attendait me rattrapait. J'avais trop d'exigence pour endurer un tel accommodement. Même s'il est bon de pouvoir reposer sa tête de temps à autre sur l'épaule charpentée d'un homme. L'ennui, à la longue, m'aurait broyée. J'aurais fini par me mépriser moi-même.

Mon oncle adoré désapprouvait violemment mon choix. Eugène l'avait appelé à la rescousse en gémissant, invoquant ma cruauté à son égard. Constant lui prêtait main-forte. Par un retournement de situation invraisemblable, Debonne passait pour la victime et moi pour son bourreau.

— Tu as arraché un fils à son père. Le brave Eugène qui t'adore en dépit de tout et souffre le martyre m'écrit des lettres déchirantes. Ton attitude, ma nièce, est inqualifiable !

— Je suis étonnée et blessée, mon oncle, que vous, qui avez toujours prôné la liberté et le refus de toute compromission, ne me défendiez pas dans ce combat que je mène, avec chagrin, contre une servitude si dégradante.

— Faire l'actrice te semble donc plus noble que tenir un foyer ? Eugène aurait peut-être fini par t'épouser...

— Eugène, hélas, ne décide de rien...

— Mais à quoi donc prétends-tu ? Plus rien jamais ne s'offrira à toi ! Tu as vingt-sept ans, Marceline ! Le succès t'a tourné la tête. Pense à ton fils ! J'ai bien peur que tu n'aies hérité de ce caractère instable qu'avait ta mère et qui...

— Mon oncle ! Ça suffit. Qu'on laisse ma mère en paix et moi avec. Comme elle, en effet, je n'ai sans doute aucun goût pour la médiocrité.

J'avais planté là Constant, échevelé, au milieu du capharnaüm de son atelier, brandissant à la main les lettres geignardes d'Eugène comme des pinceaux dégoulinants. La colère me guidait. J'avais mal de constater combien la solidarité masculine l'emportait sur la logique et sur les affinités qui auraient dû, sans une hésitation, mettre mon oncle de mon côté. La vie et la mentalité d'Eugène étaient si dissemblables des siennes ! Constant et moi avions tant en commun. Il était mon père spirituel. J'étais la fille qu'il n'aurait jamais. Toutefois, malgré son ouverture d'esprit, il n'entendait dans cette affaire que les plaintes d'un homme abandonné par la femme qu'il vénère, ce qui sans doute réveillait en lui un drame qu'il avait connu et ne supportait pas de voir reproduire. Son identification à Eugène était flagrante. Elle le poussait, de cette façon inattendue, à sortir de sa réserve habituelle.

C'est ainsi que, stupidement, le silence s'installa entre lui et moi. Mon isolement n'en fut que plus dur, le sien plus amer.

Je me laissais entraîner par le tourbillon du succès. Après avoir connu le rejet et la honte, il ne me déplaisait pas d'être grisée d'attentions. Les applaudissements me redonnaient doucement chaque soir confiance en moi. J'avais encore un peu de jeunesse, suffisamment pour tenir ma partie dans la valse des plaisirs, mais plus assez pour me laisser happer sans résistance par la futilité. Je restais très différente des autres, plus mûre, lucide quant aux revers de fortune et décidée à jouir pour l'heure d'une liberté chèrement achetée. Un esprit observateur m'aurait immédiatement distinguée dans le lot des actrices parmi lesquelles je me fondais aisément. Un rôle de pure composition. Les froufrous, la coquetterie, les coteries, les amours, tout au fond m'amusait sans m'atteindre. J'en avais assimilé les règles avec rapidité et j'attendais l'heure propice où je pourrais déjouer leurs lois. Je me pensais plus forte qu'elles. Discrète, secrète, je composais entre deux représentations mes petites romances. Ceux qui les lisaient louaient leur vérité et leur simplicité qu'ils pensaient être le résultat d'un travail ou d'un calcul forcenés. Le docteur Alibert m'aidait à publier dans les keepsakes, me donnait des conseils, aiguillait mes tâtonnements littéraires. Je participais régulièrement aux déjeuners dominicaux qu'il organisait chez lui avec des écrivains et d'autres actrices.

Dans la troupe, j'avais retrouvé Délia qui avait encore embelli et s'était donné pour mission de faire mon éducation amoureuse. Tout Paris perdait la tête pour sa peau braisée, sa croupe voluptueuse. J'aimais le contraste que nous formions elle et moi. Nous n'aurions pu être plus différentes. Sombre, enflammée, Délia avait l'insolence et l'assurance de ces femmes habituées à plaire. Il y avait toujours, quelque part, quelqu'un pour l'aimer. Il lui suffisait de soulever légèrement un de ses sourcils noirs et fins pour voir accourir sur-le-champ la moitié de la rive gauche. Elle en jouait à l'infini, parfois cruellement. Maintenant que je la connaissais mieux, je perçais sa coquille de mondaine et saisissais combien son attitude n'était alors, anticipée, qu'une revanche sur ce que serait sa vie par la suite.

— Tant que je suis belle, me répétait-elle en clignant l'un de ses yeux somptueux, j'en profite. Je me fais des souvenirs.

Après, ce serait sans miracle, les protecteurs déserteraient la place et s'enticheraient d'une nouvelle pouliche pour lisser leur moustache. Délia le savait ; elle assurait ses arrières. Ce qui ne l'empêchait pas de se divertir par la même occasion. Elle aimait trop l'ivresse qu'elle voyait envahir le regard des hommes qui la couvaient, l'instant où ils perdaient toute pudeur et s'assujettissaient entièrement à sa volonté. Délia était la plus irrésistible des garces.

À ses côtés, j'avais parfois la tentation de m'encanailler, mais j'étais trop prude. Je rêvais autant de la bouche carmin de Délia que d'un intérieur bourgeois avec un mari ventripotent et des marmots glapissants. Pourtant, je n'ouvrais plus les lettres d'Eugène. Les premiers temps, j'avais trop espéré y trouver l'annonce de ce mariage dont je ne savais plus très bien au fond si je le souhaitais ou non. La langueur mortelle d'un foyer. J'avais frôlé de près le désastre, la répétition malencontreuse du malheur maternel. Il est des héritages qu'il vaut mieux ne pas accepter. Toutefois, certains soirs où j'assistais aux débauches de Délia, et où je rentrais, mi-honteuse mi-étourdie, me blottir auprès de mon petit garçon endormi, j'aurais donné n'importe quoi pour qu'un homme sans histoire m'épouse, pour ne plus éprouver la certitude épouvantable que j'allais finir mes jours seule, toujours seule. M'aimerait-on encore ? N'avais-je pas commis l'erreur de ma vie ?

Mais l'amour, je le pressentais bien, ce n'était ni la hâte fébrile d'un Louis Lacour, dont j'appris à cette période sans l'avoir revu le mariage avec une fille de bonne famille, ni la maladresse essoufflée d'un Eugène Debonne. Il existait une autre bouffée, une ampleur différente.

C'est alors que je rencontrai Olivier.

En réalité, il ne s'appelait pas Olivier. C'était entre nous une convention littéraire, à la fois jeu et discrétion, car je me mis à rimer aussitôt sur notre belle romance. Dès que j'aimais, il fallait que j'écrive. Il aurait été inconvenant, et moins poétique, de chanter publiquement les louanges de Louis-François-Hilarion Audibert. Son véritable nom. Originaire de Marseille, il composait comme moi des vers, davantage par gymnastique, que par la nécessité dévorante de dire. J'avais besoin, moi, d'écrire, de me mettre en péril. Ce qu'il visait, c'était le théâtre, le genre noble par excellence. Devenir un auteur en vogue, acclamé. Audibert cherchait la gloire à tout prix et louvoyait dans les coulisses parisiennes à l'affût de toute personne susceptible de l'y conduire.

J'avais fait sa connaissance grâce à Délia qu'il avait aimée auparavant comme tout un chacun et qu'il continuait à fréquenter assidûment, partant du principe qu'on ne doit jamais fermer une porte. Au pire, elle peut encore faire office de sortie de secours. Audibert était un personnage plutôt vil. Bien entendu, sa personnalité bruyante me subjugua. Son ambition même me toucha. J'y percevais l'acharnement d'un pauvre gosse de province à effacer les torgnoles prises dans la figure des années durant, son enfance volée, des parents qui ne l'aimaient pas ou ne s'intéressaient pas à lui, la risée du quartier, le petit gros. Il m'avait semblé lire dans son histoire le pendant de la mienne, la rage de vaincre, de faire entendre son nom haut et fort. D'un physique peu gracieux, il faisait oublier la lourdeur de ses traits par sa présence, sa voix forte et grave, ses gestes grandiloquents. Quelque chose de fascinant de prime abord, d'exaspérant ensuite. Audibert aurait sans doute fait un excellent comédien. Il était en représentation permanente, n'oubliait jamais le spectateur hypothétique pour qui il persistait à jouer, même seul, à la lueur d'une chandelle, dans sa mansarde. Ce spectateur, la plupart du temps, n'était d'ailleurs autre que lui-même.

Notre liaison me transforma. Je buvais les paroles d'Audibert comme on tète un sein. J'avais tant attendu que je mordillais le téton brun de cet amour, le pressais jusqu'à la dernière goutte, inassouvie, impatiente. Je pensais à ma mère, à l'aliénation à l'odeur d'un homme, aux mains d'un homme. Le sevrage était impossible. Tout me tournait la tête, les acclamations du public, les publications de mes poésies, la révélation du langage des corps. J'étais libérée, me semblait-il, à l'instar de mon frère Félix qui, avec la chute de l'Empire, était sorti de sa geôle et s'installa tout naturellement chez moi, sous ma dépendance. J'étais même heureuse de ça, de faire vivre les uns et les autres, fils, père, frère, sœurs. Je m'étais toujours demandé pour quelle raison j'avais échappé à la fièvre et à l'océan. Je tenais enfin l'explication : j'étais en charge de plusieurs destins. J'en avais la force. L'amour me rendait invulnérable. Les roucoulements d'Audibert me cadenassaient dans une armure à mes yeux infaillible.

En réalité, son intransigeance m'écrasait sans que je m'en aperçoive. Sa volonté faisait ployer la mienne comme un arbrisseau. Délia m'avait prévenue, mais je croyais ses avertissements liés à une jalousie antérieure.

— Il t'utilise, mon petit. Parce que tu es l'actrice la plus en vue du moment et que tu peux lui ouvrir les théâtres qu'il convoite. Le jour où tu déclineras, adieu le galant !...

Je ne l'écoutais pas, lui en voulais même de dénigrer ma belle histoire.

— Vous n'avez rien en commun, Marceline, ouvre les yeux, bon sang ! Il est royaliste, tu ne jures que par l'Empereur. Il est calculateur, inconstant, tu es le cœur le plus pur et le plus fidèle qui soit...

Délia insistait et je lui souriais, les joues en feu. Ma peau avait décidé pour moi, je n'y pouvais rien. J'étais sous l'emprise du premier homme qui me faisait gémir et répondait à mes exigences intellectuelles. Peut-être n'était-il qu'un fieffé coquin. Tant pis. Je volais et rien ne pouvait m'atteindre. J'écrivais l'amour, me livrais à lui, pardonnais à ma mère, comprenais, oubliais dans les bras d'Audibert les responsabilités multiples qui m'avaient échu. Je me sentais célébrée. Même si j'étais en réalité l'auteur, aveuglée à l'extrême, de mes propres louanges.

— Viens, m'ordonna un soir Délia en m'attrapant par le bras après la représentation. Je voudrais te présenter quelqu'un de passage à Paris ces jours-ci.

Sans attendre, elle m'entraîna jusqu'à sa loge. Je maugréai. Je ne raffolais pas, au sortir de scène, des ronds de jambe et autres révérences, sorte de sixième acte inévitable. J'étais un peu lasse ces temps-ci. Mon genou me faisait toujours un peu souffrir et je dormais trop peu à cause de ma dépendance à Audibert.

— Encore un journaliste ? soupirai-je à l'attention de Délia qui ne me lâchait pas.

Son joli museau fit la moue.

— Oui et non, répondit-elle.

— Un auteur alors ?

À quelques mètres de sa loge qu'on pressentait déjà pleine comme un œuf, Délia s'arrêta.

— Henri de Latouche. Ce nom ne t'évoque rien ? me demanda-t-elle.

— Je ne crois pas.

— C'est vrai qu'il avait disparu de la circulation depuis quelques années. Toi aussi d'ailleurs. Il revient d'Italie et s'apprête à regagner ses terres berrichonnes. Il avait placé une pièce, il y a un moment maintenant. Ici même, à l'Odéon. À dire vrai, c'est un touche-à-tout, un esprit brillant. D'une séduction effroyable, ajouta Délia avec des sous-entendus dans le regard.

— Tu dis ça de tous les hommes que tu as eus, lui fis-je remarquer.

— Celui-ci est vraiment différent. Tu verras. Un cas unique.

Je ne prêtai pas vraiment attention aux paroles de Délia. Elle intriguait, pensai-je avec tendresse, pour me sortir coûte que coûte des griffes d'Audibert contre qui elle avait une dent. Enfin. Avec résignation, je suivis docilement sa croupe dandinante, bruyamment acclamée dès son entrée dans la loge. Après tout, personne ne m'attendait particulièrement ce soir-là. Audibert était pris ailleurs et je n'étais pas pressée de retrouver chez moi Félix et mon père déjà passablement avinés, comme c'était prévisible. Indifférent aux deux ivrognes, mon petit garçon serait endormi, retourné sur le ventre, avec sa petite bouche en cœur et ses cheveux ébouriffés. Mon ange.

J'irais l'embrasser de suite, une fois les présentations faites avec cet énième ancien amoureux de Délia. Quelqu'un qui allait probablement me débiter des fadaises convenues que j'écouterais d'une oreille en songeant combien je faisais pâle figure à côté de la ténébreuse Délia. Se servait-elle de moi comme d'un repoussoir ? Non. J'étais ingrate. Elle m'aimait sincèrement, son admiration pour moi n'était nullement feinte.

— Je suis si ignorante, me disait-elle souvent. Tu m'apprendras, Marceline, dis, tu m'apprendras toutes ces choses que tu sais ?

Henri de Latouche ne ressemblait pas du tout à ce que j'avais imaginé. De prime abord, il était si laid que je faillis en tomber à la renverse. C'était un homme de taille moyenne, sans doute à peu près de mon âge, mais déjà tassé, la silhouette lourde et replète quoique d'une élégance extrême. Il y avait dans sa tenue une grâce et un goût qui contrastaient avec son physique affaissé. Mais ce qui choquait en premier le regard et le désarçonnait violemment, c'était son visage. Son incroyable visage encadré de boucles châtain, de mèches enfantines follement gaies, et allongé par deux favoris qui en prolongeaient la finesse inattendue. Des traits d'une étonnante pureté, un nez aquilin, des lèvres si délicates qu'elles en étaient mangées, de douces pommettes et de petites fossettes qui se découvraient çà et là, aux coins de la bouche, dans les plis des yeux. Ses yeux, précisément, étaient une énigme. Car Henri de Latouche était borgne. Son regard semblait se tordre comme un prisonnier en cage. Son œil vivant remuait dans tous les sens, l'autre restait figé, inquiétante singularité qui lui donnait tantôt l'apparence d'une statue, tantôt celle d'un fou. L'homme était proprement insaisissable. Il arborait un air altier, insupportable, semblant planer au-dessus de la tourbe, puis, la seconde suivante, la douceur de son expression aurait fait fondre un canon.

On ne pouvait qu'être fasciné ou révulsé par tous les masques impénétrables qu'il imposait à sa figure. Sans parler de sa voix. Un timbre chaud et voilé, un peu gris, grave, qui perçait sans ménagement le tissu des vêtements, pénétrait la peau jusqu'aux os et s'enfonçait dans la carcasse pour résonner dans les entrailles. La voix d'Henri de Latouche était finalement ce qui demeurait de lui après qu'on l'avait quitté. Comme une morsure.

— J'ai lu vos romances, mademoiselle Desbordes, me lança-t-il sans préambule, coupant Délia qui s'apprêtait à m'introduire auprès de lui.

Étonnante entrée en matière. Habituellement on évoquait mon jeu de scène, ma diction, mes larmes et tout ce que je déployais sur les planches. Rares étaient les allusions à mes publications discrètes dans les keepsakes. La référence me prit au dépourvu.

— Vraiment, monsieur ? C'était donc vous ? bredouillai-je avec maladresse.

Il sourit. Je souris à mon tour. Dans cet homme, quelque chose me plaisait déjà infiniment. J'ignorais quoi. Et tout le reste était mystère.

Henri de Latouche me parla des qualités et des

défauts de mes poèmes. Il évoqua ensuite l'Italie, le sculpteur Canova, la situation politique, ses sympathies pour l'Empereur, sa passion pour le théâtre, pour la littérature, sa haine des intrigues, des médiocres. En passant par son Berry natal et par mes Flandres, notre discussion parvint jusqu'à nos fils respectifs, presque du même âge. En quelques heures, nous nous étions conté nos vies. Sa conversation n'avait pas d'égale. Ma mauvaise humeur avait vite fondu. Intimidée, j'avais pris garde de choisir mes mots, de châtier mes expressions. Mais le naturel l'avait vite emporté. Face à lui, j'avais été moi-même, sans tricherie. J'avais découvert l'estime que je pouvais me porter.

Fort tard cette nuit-là, en regagnant mon logement, je me réjouissais d'avoir passé une de mes meilleures soirées depuis bien longtemps, depuis toujours peut-être. Je ressentais de la force, de l'orgueil. Henri de Latouche. Une rencontre comme on en fait peu.

Cependant, dès le lendemain, j'avais renfilé mon costume d'actrice et ma vie avait déjà retrouvé son cours habituel sous l'ombre d'Audibert.

15.

Je reprends du poil de la bête. Au printemps 1835, Hippolyte nous a rejoints à Lyon pour les vacances et sa présence me requinque en un clin d'œil. Mon fils chéri est tout à moi alors que les filles, entrées en pension cette année, acquièrent chacune leur autonomie. Ondine en particulier, vive et sensible, prend de la distance à mon égard. Même si elle veut écrire elle aussi, alors qu'Inès vise à devenir musicienne, c'est sans ces effusions, ces abandons qui me caractérisent et qu'elle condamne. Ondine, comme Prosper, est très tranchée. Je suis au contraire tout en hésitations. L'institution où elle se trouve à Lyon l'ouvre à d'autres influences. Récemment, par exemple, elle a choisi de se faire baptiser. Ni Valmore ni moi n'avons pu nous y opposer. Tout en me déstabilisant, sa personnalité résolue, je l'avoue, m'enorgueillit. Nous ne sommes pas toujours en opposition elle et moi. Ondine est persuasive. Depuis que je l'écoute parler du catholicisme, je me laisse même revenir doucement à ma vieille religion. Bien entendu sans en dire un mot à Prosper.

La deuxième révolte des canuts a été écrasée et le Grand Théâtre a rouvert ses portes après quatre mois d'interruption forcée. Sans que je sache pourquoi ni grâce à qui, ma pension littéraire a été augmentée. Nous sommes donc redescendus d'un étage et avons retrouvé notre honneur. Je respire. Lyon, redevenue la ville engourdie qu'elle est entre chaque soulèvement, s'institue à nouveau comme halte obligatoire pour les voyageurs à destination du sud de la France, de l'Espagne ou de l'Italie. Et parmi ses monuments incontournables à visiter, il y a moi que l'isolement de l'insurrection a rendue encore plus demandeuse. Disposée à ouvrir mes portes à n'importe qui, je fais à cette époque l'objet de nombreux pèlerinages, étranges, cocasses. En dépit de leur absurdité touchante, ils pimentent avec bonheur mon quotidien. Heureusement. Hippolyte a dû regagner Grenoble où je n'ai pu m'empêcher de l'accompagner encore une fois. Je ne m'y fais pas. À mon retour, pour tuer le temps, je me mets à divers travaux de traduction qui ne me satisfont pas du tout. Mais c'est la mode. Charpentier, mon éditeur, me persuade de participer à l'adaptation à quatre mains d'un récit anglais auquel je ne prends au final presque aucune part. Sur la couverture du *Salon de Lady Betty*, paru en mars 1836, mon nom est une tromperie. Par chance, elle passe inaperçue. Le mauvais livre ne se vend pas.

Au milieu de l'ennui et des efforts raisonnés que je produis pour me convaincre qu'aucun homme ne pourrait me rendre plus heureuse que Prosper, débarque avec pertes et fracas Marie Dorval.

La belle actrice, muse d'Alfred de Vigny, est alors la rivale attitrée de Mlle Mars vieillissante. Elle arrive à Lyon pour créer *Chatterton* au côté de Valmore. Mon mari est soucieux.

— C'est ennuyeux, me dit-il. Mlle Mars est notre amie depuis longtemps. Elle nous a toujours soutenus et continue, dès qu'elle en a l'occasion, à m'imposer sur scène pour lui donner la réplique.

— Je ne vois pas en quoi recevoir Marie Dorval, qui va pendant quelque temps être ta partenaire, signifie que je prends parti pour elle. Je réponds juste, poliment, à sa requête. Elle veut me rencontrer. Je ne vais tout de même pas refuser de la voir !

— Le problème, c'est qu'elle n'est pas discrète. Et qu'elle doit avoir des raisons bien à elle pour désirer à ce point faire ta connaissance. Enfin... Tu feras comme bon te semble.

Prosper ne s'habitue pas à la cour qui m'encercle où que je sois. À l'inverse, elle ne me dérange pas. De plus, j'ai toujours eu un faible pour les jolies femmes, une envie secrète, peut-être, qui ne fait qu'augmenter au fur et à mesure que les années passent et que je m'enlaidis à faire peur. Toute compétition entre nous devenue impossible, je ne crains plus leur présence dans mon entourage, me plaçant – y compris par rapport à mon mari – sur un autre plan. Je me divertis même du contraste, à jouer la duègne en dentelle mitée, mal fagotée, un vilain filet dans les cheveux, agrippant de mes doigts crochus leur bras charmant. Le jour où j'ai reconnu que plus rien sur mon visage ne pouvait être sauvé, que mes yeux seuls couraient encore en rescapés au milieu du massacre alentour, j'ai abandonné à jamais tout vestige de coquetterie. J'assume ma disgrâce physique, rendue finalement plus acceptable avec l'âge, prenant des allures majestueuses, participant pleinement de mon personnage de vieille poétesse de province, de pythie que l'on vient consulter de partout. Mes oracles remontent ensuite à une vitesse stupéfiante jusqu'à la capitale d'où je les entends rapportés quelque temps plus tard, déformés, dans la lettre d'untel. Souvent, j'en ris aux éclats.

C'est dans ce contexte qu'arrive donc la délicieuse Marie Dorval qui se jette dans mes bras et s'empresse de me raconter en détail toute sa vie, ses scandales, ses amours, et Vigny des pieds à la tête. Sa sincérité et sa détresse, son parcours difficile, ses désillusions me touchent énormément, remuent mille choses que je croyais avoir ordonnées avec fermeté. Marie sème en moi une pagaille joyeuse et exaspérante. Dans le même temps, je souffre devant son manque d'élégance et sa légèreté. Comment une telle beauté, capable de jouer sur scène les héroïnes les plus nobles, peut-elle être dans la vie d'une telle vulgarité ? Je ne comprends pas. La grossièreté m'a toujours crispée. Prenant sur moi, je parviens à trouver à Marie des circonstances atténuantes. Sa fille, qui a l'âge d'Inès, s'installe chez nous toute la durée du séjour de sa mère, épouvantée de l'insalubrité de Lyon.

Dès que nous nous trouvons seules toutes deux, Marie Dorval revient à son thème de prédilection : Vigny. Tout prétexte est bon. Je connais bien ce genre d'obsession. Inlassablement, elle me force à évoquer le salon des Nairac à Bordeaux où j'avais croisé et un peu côtoyé, quelque treize années auparavant, son poète encore inconnu.

— Votre petite Inès a un profil si romantique, répète Marie. Son long visage creusé, ses yeux immenses... et ses cheveux... cette couleur... On dirait Vigny tout craché ! Vous ne trouvez pas qu'elle lui ressemble ?

Au début, l'idée fixe de Marie m'amuse beaucoup, en même temps qu'elle me secoue. J'y perçois le syndrome maladif des vraies aliénations, des grandes amoureuses. Elle voit Vigny partout, dans les lieux et les figures les plus impensables, ramène tout à lui, deviendrait sans aucune pudeur l'amie de chacune de ses anciennes maîtresses dans le seul but de pouvoir encore et toujours parler de lui. Puis, un jour, en surprenant sur Inès le regard courroucé de Prosper, étonnée d'y lire autant de suspicion, je me rends compte que les allusions de Marie Dorval à son sujet sont bien plus qu'un simple délire. Elle est véritablement convaincue que Vigny est le père de ma fille cadette âgée de douze ans, fruit de nos amours bordelaises. Et sa certitude a fini par atteindre Valmore dont la jalousie n'attend que le moment propice pour éclater. Un comble ! L'hypothèse est si farfelue que je ne sais tout d'abord si je dois m'en offusquer ou en rire. Par une ironie grotesque, le soupçon que j'ai toujours redouté chez mon mari, qui me réveille la nuit en suffoquant et peut m'assaillir à n'importe quelle heure du jour, qui menace depuis tant d'années de saccager notre équilibre familial que j'ai bâti à pleines mains et protège comme une tigresse, ce soupçon qui nous pourrirait la vie à tous, se pose, brièvement, là où je l'attends le moins. Et où il n'a pas lieu d'être. Je me demande quoi en penser. Comment l'interpréter. C'est peut-être de la chance. Je veux y voir de la chance.

La représentation de *Chatterton* me bouleverse au-delà de ce que j'aurais imaginé et constitue le grand événement théâtral de la scène lyonnaise. Marie Dorval est sublime. Bien que d'une autre époque, je suis renversée par la beauté du drame romantique, la fougue de ces jeunes auteurs, Vigny, Musset, Hugo, leur arrogance talentueuse. Être à Paris où tout se passe ! Car une fois les décors pliés et les comédiens repartis – Marie en larmes qu'on doit arracher de mes bras à la grande irritation de Prosper –, le Grand Théâtre replonge dans sa torpeur. Le public de Fourvière ne goûte pas vraiment les nouveautés en provenance de la capitale. Par curiosité et aussi un peu par snobisme, il accourt aux créations parisiennes mais n'aime en réalité que la danse et l'opéra. Personne n'est dupe. La direction décide d'arrêter les frais. L'engagement de Valmore ne sera pas renouvelé et prendra fin en avril 1837. Malgré ma lassitude des malles et des garde-meubles, malgré la fierté d'être enfin parvenue, au terme de trois longs séjours, à amadouer cette ville curieuse, je ne suis pas fâchée de partir. Lyon, triste et dangereuse, me fait peur. Ses ouvriers affamés par Louis-Philippe hantent les rues. La cité pue toujours la mort, elle l'attire. Je ne supporterais pas une troisième révolte. Il est peut-être temps de rejoindre enfin Paris pour toujours. Prosper est tenté de signer avec Marseille mais je l'en empêche furieusement. Une fois de plus, il désire le calme de la province, j'appelle, moi, au tumulte de la capitale.

— Accorde-moi un délai, je le supplie début avril. Pendant que tu termines la saison ici, je monte à Paris avec les filles, te trouve un emploi, peut-être en dehors des planches. Pourquoi pas ? Il faudrait commencer à y songer. Tu es arrivé à un âge difficile pour les rôles, trop tard pour les jeunes premiers, trop tôt pour les pères nobles. Tu n'auras à t'occuper de rien. Je me charge de tout, logement et déménagement compris.

— Entendu, grogne Prosper.

Quelques jours plus tard, je suis à Paris avec Ondine et Inès que j'entraîne partout, intriguant de gauche à droite, habituée aux requêtes larmoyantes et sans scrupule. Nous avons envahi l'appartement de Pauline. Mais, au bout de trois semaines, il faut se rendre à l'évidence : en dépit de mes allées et venues, je n'ai rien décroché, à part une place de lectrice pour Ondine chez la duchesse d'Orléans qu'après une certaine hésitation je refuse par conscience politique. Je m'accorde au moins ce luxe-là. Nous sommes dans une impasse et Valmore va arriver d'un moment à l'autre.

Pendant cinq mois nous vivons de la charité publique. Nos réserves sont maigres et je suis capable de dépenser en une heure l'argent de plusieurs semaines. Nous logeons chez les uns et chez les autres, attendant de sentir chez nos hôtes l'exaspération qui nous fait comprendre qu'il est temps de plier bagage et de changer de campement. Mon pauvre Prosper est au supplice. Contraint de me suivre dans la valse effrénée des manœuvres et des ronds de jambe, il se voit mortifié en permanence, passant aux yeux d'autrui pour un homme cramponné aux jupons de son épouse et qu'on reçoit poliment à cause des instances empressées de celle-ci. Haineux, Valmore est à deux doigts de devenir fou. De mon côté, toutes mes ressources s'épuisent. Découragée, je commence à baisser la garde. Enfin mon obstination finit par payer. La nouvelle survient comme un miracle : Prosper est engagé comme gérant et administrateur de l'Odéon à partir du 1er octobre.

Une fois mon mari casé, les filles et Hippolyte retournés dans leurs institutions respectives, une fois nos affaires rangées dans les nouvelles commodes de l'appartement que nous louons – sur mon insistance – rue Montpensier, je peux enfin vaquer à mes occupations et laisser vagabonder mes pensées sous les arcades des galeries du Palais-Royal. Quelle merveille de vivre à cet endroit ! Notre balcon donne sur les jardins. Mon esprit, libéré désormais de toute gêne, ayant atteint le but de tant d'années – se trouver là, dans ces lieux chargés de mon histoire –, est en proie à des hallucinations violentes, à des visions où apparaît à nouveau, illuminé et glorifié, le visage d'Henri. L'amant parfait, absolu. Une sorte de statue grandiose ou de stèle, d'idole, que je ne cesserai, ma vie durant, de vénérer. J'entends des voix.

À certaines heures, je perçois nettement, au-dessus de la grande fontaine située au milieu des jardins, une flamme qui représente, je le sais, le sentiment éternel qui me noue à Latouche. Rien, absolument rien, ne pourra l'éteindre. Mon visage s'immobilise, extasié. C'est comme une révélation. L'œuvre que je dois poursuivre sans relâche s'élèvera autour du culte d'Henri et de notre amour purifié, dépouillé des contingences sordides, de ma peau plissée comme un vieux drap troué, et des femmes auprès desquelles il acquiert au moins la certitude d'être en vie. Cette pensée me tenaille. Quinze ans après, ma chair inutile quémande encore. La jalousie m'ouvre le ventre.

Prosper – et il n'est pas le seul – se met sérieusement à douter de ma santé mentale. Tout en moi est à l'excès. J'éclate d'un rire sonore avant de fondre en larmes, viens fébrilement au secours des autres, possessive, aide une malheureuse à accoucher, une autre à trouver une place dans une maison, corresponds avec tel prisonnier, tel renégat, puis ne pense qu'à moi et envoie tout le monde promener. Courant les geôles et les hôpitaux, je m'extasie parfois devant une fleur, un arbre, un banc public où je contemple soudain le couple indestructible que nous formions Latouche et moi dans un temps immémorial, assis tous deux les mains serrées, les âmes jointes. Je n'entends pas les passants qui murmurent, entraînant leurs enfants hilares :

— Regardez cette vieille folle, les yeux hagards, dans le vide. On dirait qu'elle voit des spectres.

Je vois des spectres.

Avec Ondine, en cachette de Valmore qui exècre tout ce qui touche à cela, nous nous intéressons aux phénomènes d'autosuggestion, l'engouement du moment. En secret, nous assistons et participons à des séances de spiritisme. Pauline aussi en raffole. Prise à mon tour d'une vraie ferveur, je cherche à retrouver par le biais des sciences occultes mes chers disparus, ma mère, mon père, mes enfants, mon amie Albertine, et même mon vieil ami le docteur Alibert, mort lui aussi. Dans une confusion extrême, traversant toutes les époques, incapable de délimiter le territoire des défunts de celui des vivants, je tente même un impossible dialogue avec mon fils Hippolyte dont je ne supporte pas l'éloignement. Mes songes sont hantés par une foule d'ouvriers tombés dans les rues de Lyon, de cadavres puants jetés dans l'océan par-dessus le bastingage d'un brick qui m'arrache pour toujours à ceux que j'aime. Je suis possédée. Harassée, j'écris plusieurs heures par jour, par nuit. Valmore, que je vois assez peu, arrête parfois sur moi son regard interdit, décontenancé, avant de repartir dans des batailles administratives inutiles où il se fait laminer. Seule Ondine, prenant sur sa sœur cadette et sur moi un ascendant considérable, me secoue de temps à autre par les épaules et me force à sortir de mon ravissement. Plus renfermée, boudeuse, Inès la jalouse farouchement. Je marque souvent, c'est vrai, à l'égard d'Ondine, dont les dons naturels et la précocité sont évidents, une nette préférence. J'ai aussi une autre raison.

Je serais morte plutôt que d'avouer mon secret. C'est une joie indicible qui me transporte, me revigore chaque fois que je suis bien obligée de reconnaître que j'ai perdu depuis longtemps l'amour d'Henri, et de façon irréversible. Le doute qu'il ne m'ait jamais aimée m'envahit à nouveau. Avec moi Latouche a pris sa revanche sur les femmes qui l'ont fait souffrir et lui ont dérobé son aptitude au bonheur. J'ai payé pour les autres, voilà la vérité. Quelle injustice, moi qui fus si sincère. Ces réflexions me démolissent. Je suis anéantie. Les yeux exorbités, j'ouvre brutalement les fenêtres en grand sur les arbres effeuillés et gelés de la fin de l'hiver, suffoquant. Mais j'ai Ondine. Ondine ! Vivant portrait, baiser qu'Henri ne pourra me reprendre.

Latouche. Je le revois quelquefois. Comme deux parents éloignés rabibochés, nous nous promenons dans la galerie Montpensier, causant théâtre et poésie. J'aime bien, aussi, la compagnie de cet Henri-là. Mais je ne le confonds pas avec l'autre, celui que je retrouve dans l'écriture où son corps s'empare du mien et le contraint, jupes retroussées, corsage délacé, à parler, à appeler la douleur, à la supplier de graver son nom sur ma peau triturée, giflée. Il s'agit de deux hommes différents. Il y a celui qui dérive de liaison en liaison et maugrée contre la terre entière, loup solitaire, dans son Ermitage. Et celui qui se dresse toujours sur mon chemin poétique, me crachant au visage après m'avoir embrassée avec les dents. Celui-là est tout à moi.

Un jour, Valmore s'emporte. Fureur, reproches, rancune et souffrance accumulés. Il va même jusqu'aux insultes. Je ne l'ai jamais vu dans un état pareil.

— C'en est assez ! L'Odéon ferme ses portes, mon contrat n'est pas renouvelé. Il est hors de question de rester à Paris plus longtemps.

— Encore partir ?

Je gémis. Prosper ne veut rien entendre.

— On vient de me proposer une grande tournée en Italie, principalement à Milan. Je signe demain avec l'impresario. Départ en juillet.

— Et les filles ?

— Elles viendront avec nous.

— Hippolyte ?

Après son échec au baccalauréat, mon fils nous a rejoints depuis peu. Je lui ai tant manqué. La perspective de retourner à Grenoble pendant une année à la fin de l'été pour repasser son examen ne le réjouit guère. Moi non plus. J'envisage la possibilité de l'inscrire aux Arts et Métiers à Paris, près de moi.

— Ce garçon n'a aucun caractère, aucune ambition. Incapable de se détacher de toi, de décider lui-même ce qu'il veut faire de sa vie, rugit Prosper.

— Il est normal qu'un fils aime sa mère !

Je bredouille d'autres inepties. Mes arguments, j'en ai conscience, ne tiennent pas vraiment debout. En réalité, je voudrais Hippolyte dans mon sillage.

— Il ne viendra pas à Milan et passera l'été à Paris à réviser une nouvelle fois son baccalauréat. C'est un ordre.

Valmore est ulcéré. Son beau visage ondule sous

l'emportement. La rage lui va bien. Comme il est séduisant, mon mari, quand il retrouve sa dignité et l'estime de lui-même ! Comme il est respectable ! Je fais donc profil bas et prépare mes affaires pour le long périple qui nous attend.

— C'est une folie, me dit Sainte-Beuve qui ne cesse de me rendre visite.

Brouillé avec Hugo depuis sa liaison avec l'épouse de celui-ci, il cherche par tous les moyens à me rallier à sa cause.

— Ne partez pas ! Songez à votre santé, madame Valmore. Un tel voyage ! Vous ne vous rendez pas compte !

— Mon pauvre ami ! Sur cette question, je n'ai pas à tergiverser. Mon mari est déterminé. On ne débat pas avec lui, vous savez.

Je soupire, menteuse et fière.

Après tout, j'ai fini par me persuader que ce n'est pas si mal. Nous n'avons de toute façon aucune autre alternative et, bon sang, nous n'allons pas encore une fois nous retrouver à Lyon ! Bien entendu, je suis effondrée de quitter mon bel appartement de la rue Montpensier. Mais je me dis que les filles, dont la santé donne par moments des signes inquiétants de faiblesse, apprécieront l'air des Alpes et verront un peu du pays. D'ailleurs, elles se réjouissent à l'idée de partir en voyage pendant plusieurs mois en compagnie de Mlle Mars et d'autres acteurs de renom, leur père entre autres. Dans un coin de ma tête, je me répète que j'en tirerai moi aussi des bénéfices, m'évaderai de cette manière des visions délirantes qui m'assaillent au quotidien. Un peu de repos d'esprit ne me fera pas de mal. Mais j'en doute quand même. L'Italie n'est pas pour moi le pays des Michel-Ange et des Canova. C'est là où Latouche a vécu trois ans avant notre première rencontre. J'empaquette mes cierges et mes ex-voto.

Il me semble partir en pèlerinage.

16.

À même pas trente ans, avec ce que j'avais déjà enduré, ma santé n'était pas très bonne. À l'Odéon, certains soirs, je ne pouvais tout simplement pas jouer. Mes jambes ne me portaient plus, mon visage se couvrait d'inflammations, je souffrais d'allergies de toute sorte. Quand la fièvre me prenait, mon père et mon frère se réfugiaient prudemment dans un coin de l'appartement, me laissant aux bons soins de Quinquin, la servante, et du docteur Alibert. Ou bien c'était Marie-Eugène qui tombait malade. Et pour moi, il était impossible de l'abandonner, même quelques heures, sous la tutelle de Félix qu'il adorait. Au bout du compte, je manquais régulièrement à mon engagement, ce que la direction du Théâtre de l'Odéon n'appréciait pas du tout. Je le savais. Sans l'avouer, je cherchais peut-être à rompre notre lien. Je portais à la scène trop peu d'estime pour avoir à lui rendre des comptes en permanence et me sacrifier à ses lois. Je n'écoutais que mon corps qui débordait d'énergie ou s'affalait, inerte. Lasse, paralysée, je m'enfonçais dans des sables mouvants. Le bonheur devait m'effrayer. Je préférais sans doute le fuir avant qu'il me trahisse et assèche mes lèvres, et vide mes bras.

Depuis quelque temps, sentant probablement ma disgrâce imminente, Audibert s'éloignait doucement de moi. Mais j'étais incapable de lire ce genre de signes. Je ne percevais qu'une altération dans ses sentiments, difficile à définir et même à prouver, et dont cependant j'avais la certitude douloureuse malgré ses dénégations. Mes maux d'estomac me reprenaient et me tordaient en deux avant le lever de rideau. Parce que je voyais bien qu'Audibert commençait à moins m'aimer, je perdais mon entrain, ma combativité. Mon bien-être dépendait-il à ce point des autres ? Fallait-il que je sois asservie pour être heureuse, pour croire que j'étais heureuse ? Dans les moments d'abandon, parmi les visions qu'on dépose sur la bouche de l'autre et qui ont la saveur de la terre, j'avais imaginé l'éventualité d'un mariage entre nous. Je ne croyais pas en l'immuabilité des choses, restais persuadée qu'on pouvait changer les êtres, briser certaines mécaniques, que l'amour, une fois qu'il s'emparait des âmes, avait le don de dévaster tout obstacle, d'abolir le passé. Ma capacité d'aveuglement était infinie. Et elle trouvait dans la poésie un terrain de prédilection.

La réalité était au fond si décevante.

Un soir, à la fin du mois de mars, après la représentation, je revis Henri de Latouche. Une année s'était écoulée depuis notre première rencontre. Je n'avais guère songé à lui. À vrai dire, je l'avais même un peu oublié.

C'était au moment du retour de l'Empereur. La nouvelle produisait dans les coulisses une effervescence violente. Je faisais partie des plus fanatiques. L'ambiance était à la confusion, à l'espoir, à la crainte. C'est dans ce contexte que réapparut Latouche. Hostile à la Restauration, il s'était retiré dans son Berry natal où il avait fait jouer quelques saynètes pour tuer le temps. Le débarquement de Napoléon le tirait de son isolement. Le 20 mars, il était aux Tuileries, me raconta-t-il avec vivacité, la passion débordant de son œil de bronze.

— J'ai été nommé secrétaire du maréchal Brune et sous-préfet de Toulon. Je pars demain.

— Et vous avez songé que vous ne pouviez pas quitter décemment Paris sans entendre Martelles une dernière fois, lui dis-je en plaisantant.

Martelles était mon partenaire masculin attitré. Depuis deux ans, nous étions le couple d'acteurs le plus célèbre de la capitale. Mais Martelles avait soixante ans. Ses prestations de jeune premier faisaient franchement rire le milieu. Y compris le public.

— En effet, admit Latouche un sourire aux lèvres.

Et il lissa ses favoris d'un geste que j'avais déjà remarqué et qui me sembla familier.

— Vous ne m'auriez pas cru, de toute façon, si je vous avais affirmé être venu ce soir à l'Odéon pour le seul plaisir de bavarder avec vous.

— Certainement pas.

J'étais ravie de le voir, joyeuse à l'idée de savourer pour quelques heures sa compagnie.

— Et votre petit Léonce ? Il doit avoir six ans maintenant, n'est-ce pas ? Je me souviens qu'il a un an de plus que mon Marie-Eugène.

— Six ans, en effet. Vous n'imaginez pas, mademoiselle, combien cet enfant m'éblouit. Je ne l'aurais jamais supposé. Je crois voir en lui tout ce qui en moi n'a jamais éclos.

À l'évocation de son fils, Henri de Latouche abandonnait son affectation et se défaisait de sa pose. Chez lui, c'était plutôt rare, mais à moi tout me paraissait naturel.

Je l'avais entraîné un peu à l'écart du tumulte des loges. Sur un banc, élément de décor d'une pastorale, près des machineries, la discussion nous occupa la nuit entière. Personne ne vint nous déranger. Nous avions élevé autour de nous, sans nous en rendre compte, un mur infranchissable.

Le lendemain, j'étais encore tout étourdie. Nous avions parlé jusqu'à l'aube, à en perdre haleine. Dans le théâtre sombre et déserté, faiblement éclairés par un bout de chandelle qui achevait de se consumer, au milieu d'une multitude d'accessoires et de panneaux peints où figuraient des paysages champêtres, nous étions seuls. Las de nous attendre, les derniers techniciens étaient partis. Comme tout le monde. Je ne m'étais aperçue de rien. Henri de Latouche avait le don de me retrancher du décor alentour. À ses côtés, je ne voyais plus que lui, son visage fascinant et les livres qu'on pouvait y lire. Derrière ses yeux dépareillés, je pressentais un au-delà encore inaccessible qui piquait ma curiosité et m'appelait vers quelque chose d'inconnu. J'observais, caressée par sa voix de cuivre et d'étain, chaque pli de sa peau, chaque recoin de son visage, tâchant de me persuader de sa laideur, de ses nombreux défauts, cherchant par tous les moyens à casser son magnétisme qui s'étendait sur moi comme un halo surnaturel.

Cet œil crevé est repoussant, me répétais-je, on dirait un bassin moisi. Quelle horreur. Et ses dents jaunies, sa peau qui rougit au moindre effort, je l'ai bien vu tout à l'heure quand il a fallu monter trois marches. Il n'a même pas trente ans et c'est déjà un homme usé. Dans quelques années, il ne sera plus regardable, une pitié. C'est surtout cet air hautain et de fausse légèreté qu'il pose sur tout... Insupportable... Le mépris qu'il semble avoir pour autrui n'a d'égal que la grande estime qu'il se porte. Il se sait d'une intelligence supérieure, trébuche dans le quotidien, incapable de marcher normalement avec ses pas de géant, ses enjambées d'oiseau immense. Comme des coups d'aile inutiles. Il en a conscience, évidemment. La lucidité est sa meilleure ennemie. Une douleur ancienne l'empêche d'avancer, j'en suis certaine, la perte d'un jardin d'enfance, d'une vaste maison qui fleurait bon les tartes aux fruits. La dépossession nous rend tous fous. C'est aussi pourquoi il est si déchirant, si attachant : le sentiment de sa propre déconvenue, de n'être pas celui qu'il aurait voulu être. Comme je le comprends puisque je suis pareille. Nous sommes les mêmes lui et moi, je le sens, qui nous éveillons le matin en nous demandant à quel moment nous avons commis une erreur. Et pourtant nous étions vigilants ! Que c'est rageant !...

Il m'a beaucoup parlé mais, au fond, que sais-je de lui ? Rien. Et lui sur moi ? Moins que rien. Comment me trouve-t-il ? Que pense-t-il de moi ? Est-ce que je lui plais ? Que cherche-t-il exactement dans ma présence ? Que cet homme est cachottier ! J'aimerais, je crois, qu'il me prenne dans ses bras. Oui, j'aimerais bien lui plaire. Je serais flattée. Je tente d'ailleurs probablement de le séduire sans me l'avouer. Allons. Il est marié. Même s'il ne vit plus avec son épouse. N'est pas le genre à divorcer. Quel avenir pour nous ? Aucun. Je risque encore une fois d'y laisser des plumes, c'est prévisible. Et puis j'ai un petit garçon... Mais enfin ! Il ne me plaît pas ! Il est laid. Comme si je n'étais pas déjà en péril à l'heure actuelle avec Audibert. Je ferais mieux de commencer par balayer devant ma porte. De toute façon, il part dans le Midi. Et moi, j'ai bien peur de ne pas demeurer longtemps à Paris. C'est sans doute aussi bien...

Je me surpris pourtant, les jours suivants, à penser souvent à Henri de Latouche.

Audibert et l'Odéon me lâchaient. Détachée, me laissant aspirer vers le fond, je ne me débattais plus. Cette absence de réaction qui ne me ressemblait pas, cette résignation étrange, m'étaient incompréhensibles. De la pure indifférence. À certains moments, je me fichais comme de la guigne de l'un et de l'autre. Audibert, le théâtre. Lutter pour ne pas perdre est tellement plus fatigant que combattre pour conquérir. J'étais lasse et n'aspirais qu'à recouvrer ma liberté. Même au prix de la chute.

Comme pressenti, elle eut lieu au mois d'avril :

mon contrat n'était pas renouvelé, j'étais renvoyée. Sans être une surprise, la nouvelle pourtant me terrassa. Qu'allais-je devenir ? Et mon pauvre petit ? Quelle vie d'errance lui avais-je infligée ? Et mon père, et Félix ? Désemparée, je pleurais à chaudes larmes sur le giron de Délia. Audibert avait déserté la place sans prévenir. C'était fini, je ne le reverrais jamais.

Les comédiens rassemblés manifestèrent leur soutien à mon égard auprès de la direction du théâtre. Puis, trouvant porte close, ils organisèrent une représentation à mon bénéfice. Ce fut tout. Ils ne pouvaient en faire davantage. J'étais seule. Il me fallut quitter sur-le-champ mon appartement de la rue de l'Odéon pour un logement moins coûteux rue Caumartin, exigu, sordide. Nous entasser à cinq là-dedans. Quinquin, la servante, s'occupait de tout. Reniflant, soupirant, traînant des pieds, je n'étais d'aucune utilité. Tous m'avaient abandonnée. Sauf un. Eugène Debonne, le fidèle, était le seul à ne pas m'oublier, à m'adresser chaque jour des lettres. Je ne les lisais plus depuis longtemps. Mais quand même. À mon tour, je lui écrivis, peut-être par dépit, par terreur de la solitude. Je voulais trouer mon quotidien trop banal, trop décevant. Le pimenter un peu, le saupoudrer d'un goût d'ailleurs. Tant pis si c'était un goût de « revenez-y ».

Eugène accourut aussitôt. Il ne savait jamais autant m'aimer que lorsque j'étais affaiblie ou malade. Mon indépendance, mes succès le désarçonnaient, lui enlevaient son peu d'assurance virile, de son utilité auprès de moi. Eugène se sentait pleinement homme quand je n'étais plus que l'ombre d'une femme. Il fut tendre avec moi, doux et patient, écouta mes plaintes, mes rancœurs, me releva quand l'annonce de Waterloo m'enfonça un peu plus, m'aida à supporter Paris occupé. Finalement, il m'insuffla l'énergie nécessaire pour repartir à l'assaut et tâcher de retrouver un engagement quelque part. Mais Paris vivait alors une ère d'incertitude angoissante trop en harmonie avec mon humeur noire. La ville et moi nous faisions mutuellement la moue. J'avais tout intérêt à tourner mes regards ailleurs. Bruxelles, par exemple.

En promettant de leur envoyer régulièrement une partie de mes gages, je pris congé de mon père et de mon frère. Eugène fit avec Quinquin, le petit et moi, le trajet jusqu'en Belgique et veilla à notre installation.

Mes pensées étaient injustes, boudeuses. Avec ses loges à trompettes, ses lustres à bougies, ses mille deux cents sièges couleur carmin, le nouveau Théâtre de la Monnaie qu'avait fait bâtir l'Empereur en face de l'ancien où j'avais joué, sur la même place, pouvait sans peine rivaliser avec les plus grandes scènes parisiennes. Le contrat qu'on me proposa était inespéré. Le meilleur de toute ma carrière. Mes appointements n'avaient jamais été si élevés, les conditions, sur deux ans, étaient excellentes. Mais il s'agissait d'intégrer une troupe royaliste. Pour une bonapartiste convaincue, c'était une énorme concession. Impossible néanmoins de faire la fine bouche. Comme sept ans auparavant, mais bien plus vaste et plein de charme, je louai un appartement dans la rue Neuve, non loin du théâtre. Il donnait sur l'église du Finistère dont j'entendais les cloches à toute heure. J'aimais bien le son des cloches qui me rappelait mon enfance, les jeux, l'insouciance.

Eugène nous quitta à la fin du mois d'août et rentra à Rouen où son frère le réclamait. J'avais un travail de chien. Il fallait me plier à l'épreuve des trois débuts, une tradition à la Monnaie. Dans la même semaine, je parus donc, avec le rôle-titre, dans trois ouvrages de genre différent. Les critiques m'encensèrent. Le public me plébiscitait. Belle revanche sur Paris mais qui était loin d'être une sinécure. Le rythme harassant s'amplifiait de manière insoutenable. En octobre, je fus quinze fois sur scène, passant de Beaumarchais à Molière, de Marivaux à Destouches. Malgré l'ambiance bon enfant qui régnait au sein de la troupe, je ne parvenais pas à me faire à l'idée d'être devenue une « comédienne ordinaire de Sa Majesté le roi des Pays-Bas ». Un soir, je dus même jouer devant le monarque, en présence de l'empereur de Russie. Chaque fois que j'entendais quelqu'un évoquer Waterloo comme la « victoire de la Sainte-Alliance », j'avais un coup au ventre. À tout instant, je me disais avec horreur que j'avais pactisé avec l'ennemi. Le théâtre avait toujours été pour moi un lieu de prostitution. En plus d'y vendre mon corps, j'en étais arrivée à y perdre mon âme. Je me faisais honte.

Mariée, mon Albertine bien-aimée vivait toujours là. Ma douce amie avait bien pâli. Elle était triste à mourir. Dire que je l'avais enviée, que j'avais idéalisé son existence paisible, son foyer sans histoire, son hôtel particulier somptueux, la sécurité indestructible qui l'entourait, épouse respectée et respectable ! Mais la vie de la pauvresse était un martyre. Sa santé, plus chétive que la mienne, était mise à mal au sein même de sa maison. Son mari la trompait effrontément avec sa propre sœur. Albertine ne bronchait pas. Elle subissait cette double trahison en ouvrant de grands yeux de petite fille qui se demande pourquoi les autres enfants sont cruels avec elle alors qu'elle n'a rien fait et qu'elle est même disposée à leur prêter ses jouets. Je croyais la revoir au pied des remparts qui cernaient Douai, ses pupilles immenses, dubitatives, où se lisaient le désarroi et l'interrogation : « Dis-moi, Marceline, pourquoi font-ils ça ? Dis-moi, Marceline, explique-moi. » Hélas ! À cette époque bénie, jouant les aînées protectrices, je la défendais contre les garnements et flanquais une raclée à ceux qui la blessaient. Aujourd'hui, je pouvais juste la blottir dans mes bras. Comme deux grandes nigaudes, nous pleurions alors toutes deux sur le mariage. Elle de l'avoir connu, moi de l'avoir tant attendu.

Le surmenage m'obligeait parfois à m'arrêter. De ma gorge enflammée ne sortait plus aucun son, malgré les gargarismes quotidiens et les remèdes de bonne femme que pratiquent tous les acteurs. J'avais des vapeurs, de la fièvre. L'hiver infini de Bruxelles était terrible. Le jour ne paraissait que quelques heures, faiblard. Un vent glacial pénétrait la peau jusqu'aux os. Du théâtre à chez moi, je n'avais pas beaucoup à marcher, mais ces quelques pas me coûtaient, la nuit particulièrement, après le spectacle. Il me semblait être assaillie, violemment tabassée par le froid. Arrivée à la maison, j'allais vite me poster devant le feu soigneusement entretenu par Quinquin. Je me réchauffais le corps et les mains avant d'aller serrer fort Marie-Eugène. Mon petit ange avait du mal lui aussi à se faire au climat cinglant de la Belgique. Sensible aux gelures, aux gerçures, il sortait peu et s'affaiblissait de semaine en semaine. Je ne savais pas quoi faire. Les médecins que j'appelais à la moindre alerte m'affirmaient que je m'affolais inutilement.

— Laissez-le prendre l'air. Cet enfant est trop enfermé. Le feu de bois est très mauvais pour les poumons, pour la respiration, répétaient-ils.

— Mais il fait si froid au-dehors ! Quand il revient, il tremble de tous ses membres. Il lui faut des heures pour s'en remettre. Je me fais un sang d'encre. Ce petit est tout pour moi, vous savez...

Je fondais en larmes.

Les docteurs esquissaient alors un mouvement des lèvres embarrassé.

Le 2 mars 1816, Quinquin alla prévenir la direction de la Monnaie que je ne pourrais tenir mon rôle le soir même. Marie-Eugène était en proie à une fièvre violente. Son petit corps grelottait puis transpirait. Il m'appelait sans cesse, réclamait son père, voulait qu'on fasse taire à tout prix les cloches de

Notre-Dame du Finistère. On le saigna. On tenta mille et une cures qui m'ouvraient les entrailles et me faisaient hurler en silence, la tête appuyée contre les croisées des fenêtres, les yeux exorbités sur le fronton de l'église, *laus tua in fines terrae.* Pendant tout un mois, je ne dormis pas. Au chevet de mon fils, je veillais sur ses instants de pause, de répit, sur les délires effrayants qui le prenaient soudain, l'épongeant, l'embrassant. Albertine et Quinquin m'épaulaient sans faillir. Je murmurais des psaumes, rageant d'impuissance devant le spectacle de ma petite victime, voulant croire encore, buvant comme un calice les paroles des médecins, de tous les médecins, savants, apothicaires, charlatans, qui défilaient dans l'appartement. Il n'était pas possible que Marie-Eugène ne vive pas, ne grandisse pas avec moi. Quel beau garçon il allait être, avec ses cheveux blonds et ses yeux bleus ! Je voyais déjà son visage de jeune homme, ma fierté, la voix grave qu'il prendrait pour me dire « Maman, reposez-vous, vous en avez trop fait », les regards d'envie dans la rue quand je me promènerais à son bras.

Mais une teinte étrange, verte, s'était emparée de sa figure.

— C'est le croup, peut-être ?

Les médecins ne savaient pas, se contredisaient.

Entre deux plaintes, mon enfant exigeait son père. J'écrivis d'urgence à Rouen. Le 28 du même mois, Debonne arriva, me relayant au chevet de Marie-Eugène qui agonisait sans comprendre pourquoi la vie, comme une marée, se retirait tout à coup de son corps, à cinq ans, neuf mois et quelques jours. Et comme c'était injuste, mon Dieu, d'être un adulte, un adulte inutile devant cette petite mer de souffrances ! C'était ma faute, tout était ma faute ! La terre me l'avait donné, la terre me le reprenait. J'aurais tout livré pour qu'on sauve mon garçon. Quinquin et Albertine couraient sans cesse à l'église d'en face allumer des cierges. Les acteurs désolés venaient chaque jour s'enquérir des nouvelles. Eugène assumait son rôle jusqu'au bout, parvenant même à tirer quelques sourires au petit par des pitreries dont j'aurais été incapable, effondrée à la vue du voile qui s'étendait sur lui et que je savais impossible à déchirer.

Au matin du 10 avril, le cœur de mon fils s'arrêta. Et le mien. Il n'y a pas de mots. Une mère sans enfant. Énormité, extravagance indicible. Je demeurais prostrée, refusant d'y croire. Deux jours plus tard, on dut me transporter à l'inhumation religieuse. Je ne tenais pas debout. Dans sa chaire fantasque à la décoration végétale, le prêtre expédia l'acte en quelques minutes. Le fils naturel d'une actrice étrangère ne méritait guère davantage. Des orgues épouvantables saluèrent notre sortie. *Fines terrae... caudent ad sonitum organi.* Une pluie méchante assommait le pauvre cortège. De petites planches en bois, comme une boîte à accessoires. On le mit en terre, et la terre me couvrit. Cinq ans, neuf mois et sept jours.

Puis ce fut la nuit.

17.

Été 1838. Nous partons en Italie. Le lever du soleil sur la crête des Alpes est une merveille. La lumière nous cloue au sommet. Extasiées par le spectacle, mes filles et moi crions notre éblouissement, communiant avec la même ferveur à cette grand-messe en plein air, courant autour des voitures qui roulent au pas à cause de leur surcharge, remplies à ras bord de décors, de costumes. La caravane qui nous emmène en Italie n'avance pas. Il nous a fallu quatre jours pour gagner Lyon, trois autres pour Chambéry, et on vient de nous annoncer que nous ne serons pas à Turin avant quarante-huit heures. Au moins. Ensuite nous devrions atteindre Milan sans encombre. Comme moi, Ondine et Inès ont pris l'habitude de cueillir des fleurs, de ramasser des feuilles et tout objet témoin d'un lieu, d'emporter avec elles, placé entre les pages d'un livre ou d'un cahier, un morceau de temps figé. Mes filles ont attrapé ma manie du reliquaire. À plus de cinquante ans, j'en souffre toujours, et peut-être de manière aggravée. Les herbiers et autres coffrets où l'on conserve des boucles de cheveux, des cailloux, des coquillages, ne me contentent plus depuis des années. Je tâche de conserver la mémoire de chaque pas, de chaque geste du quotidien qui m'a appartenu, à moi ou à ceux que j'aime. Je me les approprie. L'écriture est un musée. Je ne passe pas un jour sans m'y rendre, sans retomber dans la contemplation de pièces que je connais déjà. Et j'en apporte de nouvelles. Une collection inépuisable qui s'apprête, avec ce voyage, à s'enrichir considérablement.

Alors que dans les salons parisiens on chante l'Italie à qui mieux mieux, j'entends à son évocation un tout autre son. L'Italie, pour moi, c'est Latouche. Un jeune Latouche qui, en 1812, après des années d'un mariage affadi, tournant comme un lion en cage dans son bureau des Droits réunis, avait pris la poudre d'escampette et retrouvé les chemins de la liberté en direction du sud. L'image de cet Henri-là, rebelle, en quête d'un ailleurs, avide de savoir, m'a toujours hantée. Je ne l'avais pas encore rencontré alors. Vingt-six ans plus tard, après s'être fâché avec tout le monde, Henri de Latouche vit dans une solitude presque totale. Amer, méchant, déçu par la vanité des hommes, par le calcul des femmes, il grogne après tous et supporte à peine sa propre compagnie. Cette image de lui me fait mal. C'est pourquoi j'aime l'idée de le rejoindre sur les routes italiennes, de m'installer en croupe derrière lui, les cheveux au vent. Parmi ses trésors innombrables, l'Italie détient avant tout un portrait inédit d'Henri, bien différent du vieux grincheux qu'il est devenu.

À Milan, il pleut. La troupe se met sans tarder aux répétitions. Nous sommes installés dans un hôtel douteux non loin de la piazza del Duomo, donnant sur une ruelle étroite et crasseuse. Les filles, qui se sont vu confier de petits rôles, passent l'essentiel de leur journée avec Valmore, une aubaine pour échapper à ma tutelle lugubre. La pluie de Milan dégouline dans mes veines. Je la trouve absurde et cinglante, comme des gifles assenées sans relâche sur mon visage. Elle me blesse. Je cherche à la fuir, entre dans les églises pour ne plus sentir dans ma bouche sa senteur salée. Partout, les madones ressemblent à ma mère, fixant sur moi leur accusation éternelle. Je divague, pleine d'une culpabilité qui m'écrase sur les prie-Dieu usés par des siècles d'agenouillements. L'idée de la mort revêt des formes inattendues. Même mon ouvrage, que je traîne avec moi en tout lieu, coulisses, chambre, trattoria, galerie, me semble funeste. Je couds pour tuer le temps et le piquer d'un coup d'aiguille en plein ventre, ordonner mes gestes de maniaque. L'instant d'après, une lueur d'espoir vient crever ma grisaille. Tout n'est peut-être pas perdu ! Je finirai peut-être par trouver un sens à tout ça, à cette cavalcade qui bourdonne à mes oreilles et me fiche une migraine insoluble. Les sabots d'un cheval galopant dans la nuit. Mon jeune Henri à la fine moustache rit sous les étoiles en contant fleurette à Mme Récamier. Son œil unique lui donne des allures de centaure. Dans les villages de Lombardie, j'en suis sûre, on en parle encore.

En réalité, c'est à Rome que Latouche a vécu trois ans. La Lombardie, il s'est contenté de la traverser, avec sans doute une halte ou deux dans la région des lacs. Mais Rome, je n'ose y rêver. C'est une fantaisie bien peu à l'ordre du jour et l'on me traiterait de folle si j'en émettais la supposition. Je préfère donc me taire et assiste aux premières représentations des Français dans une indifférence générale qui ne laisse rien présager de bon pour la suite de la tournée.

En août, l'arrivée de Mlle Mars apporte enfin le succès désiré et tient le public en haleine, subjugué, plusieurs soirs d'affilée. La troupe pense alors être sauvée quand, au terme de ces soirées milanaises, l'impresario disparaît dans la nature. Personne n'a été payé. Une escroquerie en bonne et due forme. Les acteurs cherchent un responsable, maudissant le pays de brigands qui vient de les estamper en beauté, ressortant leurs vieilles rancœurs, leurs haines personnelles. Attaqué de toutes parts, Valmore se débat sans une plainte. Je n'en rajoute pas et ferme les yeux pour ne pas voir dans le désastre de ce voyage l'histoire de ma vie.

— Peut-être pourrions-nous en profiter pour aller à Rome ?

Je tente ma chance.

— Et comment ? Avec quoi ? On a à peine de quoi rentrer à Paris.

La célébrité de Mlle Mars permet qu'une représentation soit organisée au bénéfice des comédiens français dont toute l'Italie se gausse copieusement. Pour payer au moins le chemin de retour. Queue basse, notre mauvais troupeau regagne donc la France et plus une fois on ne parle de Milan, du Dôme et des applaudissements interminables qu'on dit retentir les soirs de triomphe à la Scala.

À Paris, la vie reprend son cours. Je clame ma misère à qui veut l'entendre, Valmore court le cachet, humilié, exaspéré. Nous nous sommes installés rue La Bruyère, loin de tout. En réalité, notre situation n'est pas si désespérée. À force de quémander, j'ai obtenu des soutiens littéraires supplémentaires. Mais c'est devenu une habitude chez moi. Peut-être par peur de manquer. Peu après notre retour d'Italie, je fais paraître un nouveau recueil de poèmes, *Pauvres fleurs*. C'est mon travail le plus abouti. La plupart des pièces ont été inspirées par le souvenir d'Henri. Les rumeurs dans Paris vont bon train. Pourtant, par rapport à mes publications précédentes, une nuance s'est introduite. Si la figure de Latouche, amant perdu, fuyant et regretté, hante comme toujours mes nouvelles poésies, celle de Prosper, amant permanent et rassurant, tient aussi sa place. Du pur calcul pour flatter le mari trompé, murmure-t-on. Qui comprendrait la dualité de mon cœur qui m'oblige à les aimer tous deux chacun à leur manière depuis plus de vingt ans ? Longtemps j'ai cru qu'il me fallait choisir entre l'un et l'autre. Aujourd'hui je sais que c'est faux. Valmore est la face lumineuse d'Henri. Henri l'envers opaque de Prosper. J'ai besoin de l'un et de l'autre, de ces deux formes d'amour aussi opposées. Je suis moi-même ces deux extrêmes.

Le milieu littéraire, évidemment, ne l'entend pas de cette oreille et s'amuse encore une fois de la romance de la vieille Flamande plissée avec l'ermite acariâtre de la Vallée aux Loups.

La correspondance entre nous a d'ailleurs repris intensément. Nos lettres nourrissent chacune de mes journées. Une épître en appelle forcément une autre, et une autre. Écrire à Latouche est un acte rituel de mon quotidien. Je l'accomplis sans faute. Certains se maintiennent par des prières, peuplent le vide de leur existence grâce à des rendez-vous d'église et, pour ne pas entendre la musique plaintive qui joue en eux, se précipitent dans les transepts où des gloria écrasent leur révolte. J'ai un tout autre confessionnal. L'écriture constitue entre Henri et moi le serment que nous n'avons jamais échangé, et le courrier, la nef où nous nous retrouvons à pas d'heure. L'un parfois y attend l'autre plus que de coutume. Impatient, il se surprend à perdre la foi, trépignant dans les travées mille fois empruntées où il écoute respectueusement le silence de l'autre, sachant qu'il sera rompu tôt ou tard. Notre correspondance est notre religion commune.

En dehors de nos lettres, nos contacts sont rares. Et depuis ce mois d'avril 1821 où nos corps se sont à jamais séparés, nous nous sommes finalement assez peu revus. Mais à mon retour d'Italie, les choses changent. Nous sommes si vieux désormais. Il y a prescription. Il nous est permis de nous fréquenter sans provoquer de scandale. Nous sommes au-delà de tout soupçon. C'est même Valmore qui m'encourage à franchir le pas.

— Le pauvre, tout seul au fond de son Ermitage...

Après tout ce qu'il a fait pour toi, me dit-il. Tu devrais aller le voir. Les filles t'accompagneront. C'est bon pour leur santé.

Je me suis souvent demandé si Prosper soupçonnait quelque chose. Depuis le temps. Que sait-il ? Après toutes ces années et les lettres que nous échangeons, mes poèmes ambigus, s'est-il persuadé qu'Henri était simplement pour moi un ancien conseiller littéraire devenu ami ? Je n'aime pas la pitié que mon mari éprouve pour Latouche. Ou bien est-ce un piège ? Valmore chercherait-il à me confondre ? J'ai peur aussi qu'Henri ne rencontre Ondine. C'est jouer avec le feu. Mais quelle excuse donner à Prosper ?

Alors comme on se rend, dans une province reculée, sur un tombeau de famille abandonné depuis longtemps au gémissement du vent, je me décide à aller voir Latouche.

Il faut, pour gagner Aulnay, prendre la diligence jusqu'à Sceaux ou Antony, puis finir à pied par un petit sentier à travers des champs et des prés entourés de pommiers et de noisetiers. Dans ce décor splendide aux teintes fauves et mouvantes, on finit par atteindre une sorte de presbytère minuscule. Il y a une pièce par étage et, relié par une échelle extérieure en bois, un grenier. Dès le premier coup d'œil, les filles raffolent de l'endroit et particulièrement de l'échelle qu'elles s'amusent à grimper et à descendre comme des enfants, crapahutant sans repos. La pièce de l'étage a été l'asile d'André Chénier, puis de

Condorcet. Henri en a fait son bureau. Dans l'indifférence générale, il continue à publier un roman historique par an.

— Je vais vous dire une chose, ma si chère Marceline, j'ai fait plus d'auteurs que d'ouvrages. Pour quelle gloire ? Regardez-les, Balzac, Sand, quelle ingratitude... Et vous, qui seriez pleinement en droit de me haïr, vous êtes là... Esprit admirable...

— Je vous dois tout, Henri. Sans vous, mon écriture...

— Tout était en vous. Je n'ai rien fait. Si ce n'est de sarcler votre terre au bon endroit pour en révéler la richesse... À vous-même. Au fond, c'est une question de jardinage. Que de temps perdu pour parvenir à cette vérité. Aujourd'hui, enfin, je suis devenu, comme on dit dans mon pays, un vrai *peilleroux*, un paysan. Et j'en suis fier.

L'endroit est en effet remarquablement entretenu. On y reconnaît sans peine la méticulosité naturelle de Latouche, son goût de la perfection et du détail. Les murs sont inondés de lierre. Le jardin, écœurant de violettes et de résédas, d'aulnes, de fraisiers, de troènes, déborde jusqu'aux pins des bois sombres environnants. Encore alertes, Henri et moi marchons pendant des heures, achevant en général notre promenade près du grand magnolia qui marque la frontière avec le domaine voisin délaissé. C'est là que se trouve le temple thessalien qui a connu Chateaubriand et Mme Récamier. Fourbus, essoufflés, nous nous affalons sur le banc en pierre où les filles nous rejoignent aussitôt, en courant, avec des boissons fraîches. Les heures filent à toute volée. Le soir survient et nous n'avons pas vu passer la journée. La guigne, il faut déjà rentrer ! En traînant les pieds, nous reprenons le chemin de Paris, nous promettant de revenir au plus vite.

D'abord intimidées, puis moqueuses, Ondine et Inès se sont prises d'affection pour Latouche et l'ont adopté comme un poupon insolite. De son côté, le vieil anachorète se laisse cajoler en miaulant de bonheur. Je me garde bien de faire la moindre allusion qui pourrait lui mettre la puce à l'oreille au sujet d'Ondine. Je me dis que les années nous protègent. Et l'audace aussi. Henri ne pourrait imaginer que la demoiselle que j'ai amenée sous ses yeux... Non. Toujours est-il que la présence de deux jeunes filles gracieuses et blanches dans ses jardins fait fondre toutes ses défenses. Sa tendresse confine au gâtisme. Il se ressaisit alors en serrant la mâchoire et change de thème.

— L'art doit être traité aussi sérieusement qu'une foi politique ou religieuse, répète-t-il. Pour l'artiste, elle est la seule affaire de la vie. Vous allez me dire que vous avez des enfants et que vous les aimez plus que vos livres... Et vous aurez raison... Hélas, si j'en avais !...

Henri pleure toujours son fils chéri disparu en même temps que le mien. Nos anges. Si seulement nous croyions au ciel ! Ses yeux s'embourbent un court instant dans les marécages de sa mémoire. Le passé nous aspire comme de la vase. Nous finissons souvent tous deux en larmes, lui évoquant Léonce, moi Marie-Eugène. Je dois me contraindre violemment pour ne pas lui révéler le secret d'Ondine. Ai-je le droit de laisser cet homme se consumer de chagrin quand je détiens, moi, le baume qui le guérirait ? Mon silence n'est-il pas criminel ? Toutes ces questions me torturent. Mais le regard de Latouche reprend vite sa teinte furibonde. Mes doutes s'estompent immédiatement. Je me persuade qu'il est trop tard. Si je parle, c'est Valmore qui mourra. La gosse, n'en parlons pas. Quant à moi, toute une vie fichue par terre. Non. Ça n'a plus d'importance aujourd'hui. Je me contente de voir l'estime mutuelle que se portent Ondine et Henri, l'intelligence qu'ils se reconnaissent, la fascination qu'ils exercent l'un sur l'autre. J'en jouis même, avec un brin de perfidie. Je me crois hors de danger.

De cette manière, Latouche se glisse peu à peu, et naturellement, dans notre vie. Nos visites à l'Ermitage prennent un tour habituel et familial. Prosper s'intègre de plus en plus souvent à la partie. À mon grand déplaisir, il a sympathisé avec Henri avec lequel il discute parfois pendant des heures. Je sens le drame arriver. Pourtant, il s'agit surtout pour tous deux de médire du milieu parisien, de déverser leur aigreur commune sur la presse et les différents cercles qui les ont déçus et exclus l'un et l'autre. Mais le lien qui s'établit entre eux est comme un fouet qui me cingle à toute heure. Je prends l'attitude d'Henri pour de la perversité, celle de Valmore pour de l'aveuglement. L'un dépravé, l'autre idiot, voilà les deux hommes pour qui j'ai perdu ma vie et ma raison ! Au fil des jours, cette situation devient pour moi intolérable. Et si l'attitude de Prosper n'était que du calcul ? Et celle de Latouche du remords ? Parler ! Ils finiront bien par se parler ! Ma peur se confond avec un désir de possession, d'exclusivité, que je ne m'explique pas. J'ai beau hausser les épaules et esquisser de la tête des gestes convulsifs de dénégation, ma réaction est claire : je suis jalouse. Jalouse des nœuds qui se forment en dehors de moi entre les êtres que j'aime sans partage possible. Henri/Prosper ; Henri/Ondine. Ma hantise de ne pas ou de ne plus être aimée terrasse le peu de sagesse qui me reste. Ma santé chancelle à nouveau. Des boursouflures germent sur mon visage. J'ai des poussées de fièvre subites. Quand le délire me prend, j'en viens même à souhaiter la mort des uns ou des autres. Ou une maladie grave. Oui, plutôt une maladie grave, qui me redonnerait mon empire, me rendrait à nouveau nécessaire. Je frôle à chaque instant la crise de nerfs.

Par bonheur pour moi, Valmore, n'essuyant que refus et vexations, dépérit de jour en jour. Paris ne veut toujours pas de lui et il éprouve pour la ville une telle aversion qu'il se décide au printemps suivant à repartir pour Lyon. La question est de savoir si nous le suivons ou pas. Quitter Paris ! Pendant quelques jours, je n'en ferme pas l'œil. Henri parvient alors à convaincre Prosper de tenter seul, cette fois, l'aventure lyonnaise.

— Les filles et Mme Valmore sont délicates. Les déménagements ne leur valent rien. De toute façon, je suis là et veillerai sur elles.

C'est à ne pas y croire. En avril 1839, Prosper nous confie à Latouche et part tout seul pour Lyon.

Henri prend son rôle très au sérieux. Trop au sérieux. L'éducation d'Ondine l'obsède, tout ce qui touche à elle le taraude. Et fort de ce mandat de chef de famille que lui a octroyé Valmore, il dépasse rapidement ses fonctions. Son autorité sur moi et sur les filles franchit en quelques semaines des limites insupportables. Mon amant occupe la place de mon mari, la place béante que ce dernier n'a jamais totalement comblée. Trop tard. Rien ne m'est plus intolérable que cette confusion grotesque des époques et des personnages. Devant cette usurpation illégitime, je m'insurge violemment. Latouche et moi nous dressons peu à peu l'un contre l'autre. Et ce que j'ai tant redouté arrive. En se prenant pour le père d'Ondine, Henri lâche les doutes qui ont grandi en lui depuis quelque temps devant un geste troublant, une moue familière, une attitude équivoque.

— J'ai vérifié les dates, vocifère-t-il un jour à mon oreille après m'avoir à moitié arraché le bras. J'ai tout compris. C'est limpide. Ondine est mienne ! Quel monstre es-tu pour me l'avoir cachée quand je me consume de chagrin et mange, la nuit, la terre où est enseveli mon petit ? Je ne te le pardonnerai jamais !

Je nie. Je nierai toujours. Devant Dieu même, je soutiendrais qu'Ondine est bien la fille de Valmore. Je mens à peine. Après tant d'années, et dans mon monde à moi, j'ai fini par m'en persuader. La paix, atteinte au prix d'une telle résignation, de sanglots étouffés, de baisers ravalés, doit être préservée par-dessus tout. Sans condition et à tout prix. Latouche s'avoue enfin comme mon plus cher ennemi. Entre nous, tous les coups désormais sont permis, tous les moyens susceptibles d'être usés. Comme Médée sacrifie sa propre chair pour s'unir dans la douleur à celui qu'elle aime, je choisis le carnage pour perdre à jamais Henri et le garder dans un coin de ma haine.

J'écris à Prosper, à Sainte-Beuve, à Balzac, à Pauline, monte un scandale infâme contre le poète de la Vallée aux Loups, l'homme qui pleure devant les stances d'André Chénier, parle aux mésanges et sait dans son jardin disposer patiemment des graines, des boutures en couches séparées par du sable ou de la terre.

Je dis que le vieux borgne a des vues odieuses sur Ondine. Des intentions malhonnêtes. Que l'innocente ne se doute de rien et s'empêtre chaque jour davantage dans ses filets. Que l'horreur m'est apparue à temps pour sauver ma fille.

Que jamais plus de ma vie je ne veux revoir cet abject personnage. Ce traître.

La cabale est sanglante. Henri de Latouche, déjà banni des milieux littéraires, déjà haï, avec ou sans raison, par bon nombre de personnes, est cloué au pilori. Une exécution pure et simple. Blessé, rugissant, il s'agite pendant un temps, tente de renouer avec moi un dialogue que je refuse farouchement, traîne sous nos fenêtres, insiste pour voir Ondine, alimentant ainsi les affreuses rumeurs que je fais courir sur lui, clame sa bonne foi, puis bat en retraite. Pas une fois il n'a évoqué la paternité qu'il estime être sienne. A respecté mon honneur jusqu'au bout.

C'est fini. Il a fait ma carrière, je viens de broyer la sienne pour toujours. Le remords secoue mes nuits, se noue dans ma gorge, dans mon ventre. Un pan de ma vie, fendu de part en part, gît désormais à mes pieds. Impossible de retourner en arrière, de recoudre ce qui est à jamais déchiré. Rouler en boule la mémoire et la jeter dans un coin, se séparer d'une idée, d'une image, la nôtre, comme d'une identité défunte et tâcher de ne pas penser à lui, jamais, seul dans son Ermitage, les yeux rivés sur le silence du ciel. Les étoiles s'éteignent. Il n'existe plus que demain.

Mais j'ai ma fille ! J'ai encore ma fille !

Et la tapisserie de ma vie que je tisse à ma guise.

18.

J'avais tout perdu. En ce mois d'avril 1816, le jour, me semblait-il, ne pourrait jamais plus se départir de son crêpe. Bruxelles aurait toujours pour moi la couleur du deuil. Une ville blafarde, éteinte, sourde à mon essoufflement et à mon hébétement. D'avoir tant pleuré mon ventre sonnait creux. Un puits asséché dans lequel des marmots s'amusent à jeter des pierres qui cognent contre les parois, mes parois râpeuses, déjà moisies, où rien ne poussait que du chiendent, où le printemps n'existait pas, ne pénétrait pas, où tout crevait, le moindre bourgeon, la pousse la plus infime. J'étais prise de répulsion à mon égard, pour mes entrailles inutiles, mon sol stérile. Ma terre crayeuse, plate et saumâtre, ne m'inspirait plus que du dégoût. J'avais bientôt trente ans et ma vie était un reg sans mirage, sans empreintes dans le sable. Je ne comprenais pas comment je me trouvais là, d'où je venais, où j'allais. Rien devant, rien derrière. Au milieu des caillasses, je me rencontrais moi, qui m'attendais. Et je ne m'aimais pas. J'aurais voulu qu'un cyclone se déchaîne. Seul un cataclysme monstrueux me sauverait désormais, quelque chose qui raserait tout, et surtout le souvenir. Mais les ouragans étaient rares en Belgique où le chagrin se noie dans le crachin. J'exécrais le crachin.

À la fin du mois où j'avais enterré mon enfant, je reparus sur la scène de la Monnaie. Le théâtre m'avait accordé quelques jours de deuil. Le délai avait expiré. Officiellement, l'incident était clos.

Après la mort de notre fils, Eugène Debonne resta plusieurs jours à mes côtés. Sa grosse main glissée dans la mienne, la nuit, repoussait les visions qui me hantaient, un cercueil de poupée, mon petit rendu au marbre, froid et dur, niché là, pour toujours, dans un lopin pouilleux d'un cimetière étranger. Ma mère aux Antilles, mon garçon en Belgique. Pourquoi ? Pourquoi serais-je toujours séparée des êtres qui m'avaient été les plus chers ? Car je n'avais pas l'intention de demeurer dans la tristesse de Bruxelles. Même la fosse de mon enfant ne m'y garderait pas. Eugène reparti à Rouen à la botte de son frère, toute perspective de mariage entre nous à présent définitivement anéantie, il ne me restait que mon amie Albertine qui s'enfouissait chaque jour davantage dans les bras du néant. La malheureuse n'attendait plus après la vie, n'aspirait qu'à se blottir dans le sommeil éternel. C'était déjà une défunte. Lors de l'agonie de Marie-Eugène, elle avait déployé un effort surhumain pour s'ancrer quelque peu dans le monde des vivants, par amour pour moi. Depuis, plus rien ne la retenait. Elle n'était là que par intermittence, faisant la vie buissonnière. Quand je regardais Albertine, j'avais parfois l'impression de voir à travers elle.

J'ignore comment, mais je survécus. À contrecœur, je prolongeai même en fin d'année mon contrat avec la Monnaie. J'aurais donné n'importe quoi pour quitter cette ville où flottait dans l'air comme une épouvantable odeur d'encens. Son nom seul me faisait un mal de chien. Cependant le théâtre me choyait. Renouvelées, mes conditions restaient excellentes. Et je n'avais pas vraiment le choix. J'étais toujours en charge de mon frère et de mon père qui déclinait lentement et avait rejoint Douai, comme une bête regagne à l'heure du trépas le lieu où elle est née. Pour ne pas sombrer à mon tour, mieux valait être active. Jouer la comédie me semblait finalement plutôt approprié. Faire semblant, toujours faire semblant.

Je trouvais refuge dans les lettres. Debonne (mais de moins en moins), mes sœurs, Félix et mon père m'écrivaient régulièrement. C'était rustique, parfois grossier, mais il s'agissait de signes de vie, un pouls, des palpitations qui me raccrochaient à quelque chose. Pour une poignée de personnes, je comptais encore. Mon existence n'était pas seulement une présence encombrante. Après la mort de Marie-Eugène, toute ramification était bonne pour m'extirper du vide, même une branche pourrie. Ce fut donc mon frère, mon pauvre ivrogne de frère, qui comprit et partagea le plus intensément ma souffrance. Je n'étais pas étonnée. Je savais, moi, ce qui raclait sous le vin au fond du cœur de Félix. Mes sœurs avaient peut-être inhumé trop d'enfants pour entendre dans mon malheur autre chose qu'un glas passager, des sabots qu'on traîne, un matin livide, sur une route désolée. Elles s'étaient emmurées derrière tous leurs bébés raidis. C'était du solide. Moi, je n'étais que brèches et fissures. À ma grande surprise, mon père aussi le perçut. La perte de mon garçon chéri nous rapprocha. Dès que mon emploi du temps me le permettait, je lui rendais visite à Douai. J'aurais fait des kilomètres pour une caresse, pour sentir sa main tremblotante dans mes cheveux. Quand j'arrivais, c'était bien souvent pour le relever du vomi où il se roulait inconscient, pour le changer, le nourrir. Je venais langer mon père. Si j'avais pu, je l'aurais allaité.

Un an après la disparition de mon fils, je triomphais plus que jamais sur la scène de la Monnaie. Une machine bien rodée, mécanisme huilé, des larmes quand il fallait, un pathétique plus nuancé, moins brutal. Tout le répertoire y passait. Dans cet état d'indifférence générale, je connaissais parfois des instants d'accalmie, de petites sensations indéfinies qui me pinçaient sans prévenir et me sortaient quelque temps de ma torpeur. Je n'avais plus que ça. À mon âge et avec mon physique, me disais-je, il n'était plus question que ma chair palpite encore. J'avais tiré un trait sur l'amour. Même si je n'avais rien connu. Mais il était trop tard. Le théâtre, je le croyais, était mon couvent.

En avril 1817, la Monnaie décida de frapper un grand coup. Afin de rivaliser avec les grandes scènes européennes, la direction engagea l'acteur français le plus en vogue du moment. Il s'agissait de ce jeune garçon au physique éblouissant que j'avais croisé, quand il était enfant, à Bordeaux puis à Rouen. On disait qu'il tournait à présent la tête des dames respectables et multipliait les conquêtes. Un inconstant qui avait suivi sur les planches la carrière ouverte par ses parents, André et Anne-Justine Valmore, et bénéficié de la protection de certaines actrices vieillissantes. Un soleil qui parut devant moi dans le rôle d'Hippolyte, taille bien prise, jarret et reins cambrés, narine dédaigneuse, sourcil haut, large front, boucles brunes, voix de carton, cothurnes montants, carapace, casque à panache rouge. Une sorte de lumière. Dans ma Belgique morne et noircie, Prosper Valmore fit irruption sans crier gare et déchira toutes mes tentures funèbres.

La première de *Phèdre* eut lieu le 20 mai. Malgré les sept années qui nous séparaient, je jouais le rôle d'Aricie, la maîtresse d'Hippolyte. À chaque tirade, les yeux suppliants du jeune acteur rongeaient un peu plus mes murailles. Ce ne pouvait être que du jeu, me répétais-je pendant toute la représentation, de la fougue, de l'arrogance, le fils de Thésée s'adressant à la princesse qu'il aime. « *Présente, je vous fuis ; absente, je vous trouve ; Dans le fond des forêts votre image me suit...* » Depuis longtemps je ne prêtais plus l'oreille aux textes débités à mes pieds, j'écoutais à peine ce que je récitais, des paroles étrangères, comme des vocalises. Intonations, couleurs, hésitations, tout était appris. Mais, ce soir-là, il me semblait entendre Racine pour la première fois. « *Maintenant je me cherche et ne me trouve plus...* » Comment était-ce possible ? Ce gouffre, cette étrangeté... Le garçon me buvait du regard. À quelques pas de moi je sentais son haleine se mêler à la mienne et sa salive, déjà, pénétrait ma bouche, sa langue s'enfonçait dans mes joues. Ses lèvres effaçaient les miennes, les aspiraient impatiemment. *« Peut-être le récit d'un amour si sauvage Vous fait, en m'écoutant, rougir de votre ouvrage. »*

Pauvre folle, vieille bique, allons, ressaisis-toi. Quel pari cruel le gamin impudent s'était-il donc lancé ? Jusqu'où irait sa perversité ? Il est beau comme le jour, je suis déjà un crépuscule. Les soubrettes ne lui manquent pas. La jalousie me lacère, l'impuissance. Quelle bizarrerie le pousse vers mon visage revêche et mon corps de mère désempli ?... Non, non. Cette ardeur que je lis est un mensonge. Je l'ai connu enfant. C'est encore un gosse. Je n'ai plus l'âge de la bagatelle. Il a sans doute appris mon infortune, mon déshonneur passé. Sous ma robe de théâtre, je suis une femme flétrie. De celles qu'on n'épouse plus et qu'on met dans son lit par défaut. Il a bien d'autres choix. D'Aricie je n'ai que le costume. Il est pur. À quoi joue-t-il ?... Je ne veux plus l'entendre. *« Sortez de l'esclavage où vous êtes réduite ; Osez me suivre, osez accompagner ma fuite... »*

À la fin de la représentation, je courus chez moi. La jeunesse est féroce ! Le désir qui avait lui dans les yeux de Prosper Valmore m'avait renversée. Voilà que je rougissais devant un acteur de vingt-trois ans ! Je me sentais si ridicule que, pour un peu, je me serais giflée. Lui, épris de moi ? J'avais dû divaguer.

À peine deux soirs plus tard, pourtant, il n'y avait plus l'ombre d'un doute : Prosper Valmore crevait d'amour pour moi. Nous avions ôté nos costumes tragiques pour jouer deux tourtereaux dans une de ces mauvaises comédies exportées d'Angleterre qui ravissaient alors le public. La pièce s'appelait *Tom Jones à Londres.* Les deux premiers rôles, Tom et Sophie, nous allaient à merveille. Autour de nous, tout le monde s'en rendait compte. Ce n'était que sourires en coin, œillades narquoises. Prévenances aussi. Les acteurs étaient aux petits soins avec moi. Tous complices, je pensais. Une conspiration générale. Que me voulait-on à la fin ? J'étais apeurée, paralysée à l'idée de souffrir encore, d'être moquée, trahie. Il ne pouvait s'agir que de badinage, une passade. Les attirances, parfois, se puisent hors de raison. Le jeune homme se toquait d'une prédilection passagère pour la fripe.

Or j'étais loin de la vérité. Valmore m'aimait vraiment. Je n'y croyais pas, repoussais ses avances. Ce n'était pas par honneur. J'aurais pu être sa maîtresse, qu'avais-je à perdre ? Bien au contraire, dans mon désert rugueux, c'était une oasis inespérée. Mais j'avais peur de son corps, d'être attachée à lui et lâchée en pleine mer. J'avais peur de l'amour qui m'avait tout pris. Je résistais. « *Laissez-moi, je vous prie,* lui écrivis-je alors, *triste comme je le suis, je ne suis pas faite pour aimer. Je ne puis l'être jamais non plus. Je ne crois pas au bonheur* »... Mais Prosper était bien décidé à ne pas m'écouter. Et l'impossible arriva. Tout se rompit. En juin 1817, un mois après notre rencontre à Bruxelles sur la scène du Théâtre de la Monnaie,

Prosper Valmore me demanda en mariage. Au même moment, à Douai, mon père trépassait seul, à demi comateux, saoul, sans comprendre ni pourquoi il avait vécu, ni comment il mourait. Quand la nouvelle me parvint par courrier, il était déjà enterré.

Je ne pleurai pas beaucoup la disparition de mon père. Je me l'interdis. J'étais tout à Prosper, lui glissais de petits mots entre les actes, me cramponnant au bonheur, à la comédie stupide de Desforges qui m'avait ramenée au monde. Le noir ne s'inviterait pas sur ma tenue de mariage. C'était exclu. J'avais assez porté le deuil comme ça. Une nouvelle vie commençait pour moi. Je me sentais comme ces orphelins avides d'être aimés et qui, après des années de coups, de petites sauvageries, de violences discrètes, trouvent enfin une famille d'accueil. Je faisais table rase, balayant des points de mon passé qui auraient pu plisser le beau front de mon futur époux. Je réarrangeais les choses à ma guise, les événements. J'étais ma meilleure biographe. Mais je souffrais de jeter Marie-Eugène dans le silence. C'était comme le voir mourir une seconde fois. D'autant plus que Prosper, arrivé à Bruxelles quelques mois après la mort de mon petit, ne pouvait ignorer son existence. Il ne m'en parlait pas cependant, évitait le sujet et, afin de ne pas le blesser, je compris qu'il fallait rentrer ma douleur et l'enfouir tout au fond de moi. Comment en aurait-il été autrement ? C'était inévitable. Je ne pouvais demander à Valmore de partager avec moi le souvenir de mon enfant défunt. D'une manière générale, j'aurais voulu abolir tout ce que j'avais été avant de rencontrer mon mari. Arriver intacte sous son corps, qu'il me rebaptise, me donne une identité en même temps qu'une généalogie, des ancêtres, une appartenance à un sol, oublier que ma mère adultère m'avait vendue gamine au théâtre, que mes sœurs avaient ouvert leurs cuisses à des contingents de détresses, qu'on avait taillé la jeunesse de mon frère au hachoir et que mon père venait lamentablement d'expirer à l'hôtel-Dieu de Douai dans une flaque de pisse et de rendu. J'aurais voulu, oui, effacer tout ça. N'être plus qu'un jaillissement, vierge, tout entière dévouée à mon homme.

Notre mariage eut lieu le 4 septembre 1817. Une petite cérémonie furtive sous un soleil pâlichon. Je ne tenais pas à exhiber ma joie encore trop neuve, fragile, à la foule envieuse. Notre couple si mal assorti faisait assez parler de lui sans avoir besoin d'être exposé au grand vent. Les jolis minois s'interrogeaient sur le bon sens de Valmore, la faiblesse de son caractère, la machination éventuelle qui expliquait la précipitation de ces noces saugrenues. N'y avait-il pas de la sorcellerie là-dessous ? Anne-Justine, ma belle-mère, dissimulait à peine son mécontentement. Seul André, son mari, semblait sincèrement réjoui de nous voir ensemble. Sa tendresse à mon égard me rendait sotte et pitoyable. Elle effaçait les jalousies que je faisais naître autour de moi. Quelqu'un m'aimait, c'était assez. Je ne voyais plus rien d'autre.

J'étais folle de mon jeune mari, de ses étreintes

vigoureuses, de ses sens infatigables, de son adoration inexplicable à mon égard. En songeant aux maladresses de Louis Lacour, aux efforts essoufflés d'Eugène Debonne ou aux luttes carnassières d'Audibert pour m'arracher un cri, je me disais que j'avais cru connaître la nudité, l'intimité. Peut-être m'étais-je donnée en effet, je m'étais toujours livrée sans retenue, mais en face de moi ce n'était pas ces lèvres rosies par le désir, le manque, la promesse, ces yeux qui juraient avec solennité de m'aimer toujours, de me protéger, de construire avec moi un pont reliant ma terre à la sienne. C'était naïf et sans surprise, mais comme j'avais rêvé de cette paix ! Avec Prosper, il me semblait pour la première fois ne plus rien attendre. Avoir atteint ce repos tant réclamé entre deux fièvres, quand je ne subissais que des convalescences. J'en étais toujours stupéfaite. Bruxelles même me souriait à pleines dents. Le couple que nous formions Valmore et moi s'imposait comme une roche robuste. Sur scène, les plus grandes actrices nous exigeaient comme partenaires, et la Belgique, incontournable à cause de nous, vit alors défiler de Paris des Mlle George et des Mlle Mars tout empressées de venir nous donner la réplique. Nous jouions sans cesse, attendions à peine d'être en coulisses pour nous embrasser comme des jouvenceaux. J'avais en permanence besoin de toucher Prosper, m'assurer de sa réalité, l'opposer à l'ombre de mon fils disparu qui me hantait.

En janvier 1818, réjouie, je m'aperçus que j'étais enceinte.

Je renaissais, bénissais jusqu'aux vomissements qui me saisissaient le matin. J'étais vivante, féconde ! Malgré la fatigue que me causait mon état, je déployais une énergie qui estomaquait Prosper et l'effrayait. Encouragée par André, son père, et sous son influence, je m'étais remise à écrire, sensible à la rhétorique du siècle précédent qu'il prêchait. Des revues avaient publié certains de mes poèmes et on m'encourageait vivement à continuer. Je commençais à avoir des amis. Bruxelles comptait alors un nombre important d'exilés français, de militants anti-Restauration que je fréquentais assidûment, la plupart du temps sans Valmore qui préférait, par méfiance autant que par désintérêt, demeurer en dehors de la politique. Je suivais également des cours d'anglais. C'est à cette époque que j'entrepris de venir en aide aux miséreux de tous bords, filles de joie, malades, pauvres diables que je serrais sur ma poitrine avec un dévouement mystique. Mais rien ne me faisait oublier que j'avais eu un jour un petit garçon blond comme les blés, et qu'on me l'avait brutalement fauché. Mes plus grandes satisfactions étaient toujours contenues par ce souvenir. La mémoire m'interdisait d'être pleinement heureuse.

Toutefois, autour de moi l'ombre perdait du terrain. À la scène, mon succès ne se démentait pas, et ce, malgré une grossesse éreintante que je dissimulais tant bien que mal. Les costumières ne manquaient pas d'ingéniosité. Il en fallait du reste pour donner à une femme de mon âge, et sur le point d'accoucher, l'apparence d'une jeune fille. C'est ainsi que je tins, jusqu'à mon terme, le rôle de Junie dans *Britannicus.*

Le 22 juillet 1818, au beau milieu du troisième acte de la pièce de Racine, lors d'une scène qui m'opposait à Prosper, sublime en fils d'empereur, je ressentis les premières douleurs. Je commençai ma tirade avec un rictus inquiet :

— *Votre image sans cesse est présente à mon âme :*
Rien ne l'en peut bannir.

— *Je vous entends, madame :*
Vous voulez que ma fuite assure vos désirs...

Dieu que j'avais mal ! Comment faire ? Comment tenir jusqu'au bout ? Nous n'étions qu'à la moitié de la représentation ! Et Valmore qui me regardait sans comprendre !

C'étaient bien des contractions. Je reconnaissais sans peine le début du travail. Un cauchemar. Engoncée dans un drapé romain absurde, je me tenais debout devant un millier de personnes, écarquillant mes yeux épouvantés à l'attention de mon époux.

— *...Je craignais mon amour vainement renfermé ;*
Enfin, j'aurais voulu n'avoir jamais aimé...

À la fin de la scène, je m'effondrai dans les coulisses entre les bras de Mlle George en tenue d'Agrippine.

— Il faut arrêter la pièce, criait Prosper, affolé.

— Pas question. Je n'interviens pas dans le quatrième acte. J'aurai le temps de me ressaisir un peu.

— C'est trop dangereux !

Mlle George calma Valmore.

— Un enfant n'arrive pas en une heure, mon petit, dit-elle. Nous avons du temps. Et votre épouse ne sera pas la première actrice à commencer ses couches sur les planches.

Prosper se laissa convaincre. La représentation reprit, avec un rythme plus rapide. Afin de hâter ma délivrance, tous les acteurs jouaient vite. Le dernier acte fut pour moi un calvaire. Enfin, j'arrivai au bout de ma peine et quittai la scène. Valmore, dont la performance s'achevait avant la mienne, m'attendait sur le côté. La douleur était atroce. Il me semblait mourir. On me transporta chez nous où une sage-femme, prévenue par Anne-Justine, se trouvait déjà les armes à la main. Moins d'une heure après, entourée de Valmore toujours en costume romain, je mettais au monde une petite fille. Sans hésiter, on l'appela Junie. Les comédiens, qui pour la plupart n'avaient pas pris non plus le temps de se changer, étaient présents. La pièce était emplie de toges, de brodequins. C'était à la fois ridicule et poignant. Les larmes aux yeux, Néron étreignait Britannicus. Dans l'émotion, il avait même oublié d'ôter son casque à plumes.

Trois semaines plus tard, ma jolie petite fille, confiée à une nourrice des environs, s'éteignit subitement. Mon désespoir fut tel que je restai prostrée, muette, pendant plusieurs jours. Prosper, qui tentait de me consoler avec maladresse, ne faisait qu'aggraver mon chagrin.

— Nous en aurons d'autres, répétait-il.

S'il avait su que deux déjà m'avaient été ravis ! Ma belle-mère, qui détestait mon autonomie et la gloire que j'emportais sur son fils au théâtre, laissa libre cours à la haine qu'elle éprouvait pour moi et que l'arrivée du bébé avait un peu apaisée.

— Je ne vous crois pas capable – et j'ai des raisons pour cela – de donner naissance à des enfants bien portants, clama-t-elle. Vous ne menez pas une vie saine.

— Que voulez-vous dire ?

— Et cette correspondance avec le docteur Alibert ? Un simple ami, lui ? J'en doute. Oui, j'ai fouillé dans vos affaires. Et alors ? Le bonheur de mon fils justifie tous les moyens.

Je m'étais défendue, mais le regard de Prosper sur moi changeait de jour en jour. Il se teintait parfois d'hostilité, ou de tristesse. Les propos de sa mère faisaient mouche et ma peine, qui le dépassait, avivait ses soupçons. J'étais atterrée. Un silence froid s'installait lentement entre nous.

Je me remis tant bien que mal de mon accouchement. Un mois plus tard, j'étais à nouveau en scène, de moins en moins au côté de Valmore qui ne parvenait pas à conquérir le public de Bruxelles. À bien des égards, et dans plusieurs domaines, il était jaloux. Sa mère l'avait persuadé que je le trompais, que je ne l'aimais pas et ne l'avais épousé que par commodité. Pour couronner le tout parut, à la fin de 1818, à Paris, mon premier recueil de poèmes, *Élégies, Marie et Romances*. Sous mon nom de jeune fille. Prosper fut offusqué de ce qu'il considérait comme un affront. Pourquoi mon nom de femme mariée n'apparaissait-il pas ? Avais-je honte de lui ? C'était ridicule. Le froid tournait à la glace. Notre belle histoire prenait-elle déjà fin ? Je ne pouvais le croire. S'agissait-il désormais de s'en tenir à la présence de l'autre, aux petites rancœurs empilées, au contact quotidien nourri de l'habitude plus que du désir, de la peur du changement plus que du besoin de rester, de la résignation plus que du bien-être ? Où gronderait ma révolte ? Saurais-je, moi, supporter ce « pourquoi pas » médiocre qui avait fait tomber ma mère ? Combien de temps ?

Il n'était pas dans mes habitudes de ployer. Je choisis d'agir, et vite. Refusant le renouvellement alléchant du contrat que me proposait la Monnaie pour la saison suivante, je fis engager Valmore à l'Odéon, à Paris. Quant à moi, je ne voulais plus jouer. Malgré ma popularité et les joies furtives qu'il me procurait de temps à autre, le théâtre m'était toujours, plus que jamais, odieux. Certaines personnes m'avaient convaincue de me consacrer exclusivement à l'écriture. C'était ce que je rêvais d'entendre. Étourdie par la réussite de mon premier petit recueil, je leur donnai foi.

Quand le public bruxellois apprit, au printemps 1819, la nouvelle de mon départ, il me hua avec violence. Je n'en avais que faire. Après des semaines d'agonie, mon amie Albertine venait enfin de mourir.

Plus rien, absolument plus rien, ne me retenait en Belgique.

19.

Entre Henri et moi, c'est la guerre. En janvier 1840, je détruis toutes ses lettres. Plus rien ne doit demeurer du sentiment qui nous lia, nulle trace. Notre histoire est morte et quelle meilleure alliée que la haine pour en faire le deuil ? Il me renvoie le portrait de moi, le dessin au crayon de mon oncle Constant que je lui avais offert, il y a vingt ans, lors de notre séparation, avec une longue mèche de cheveux collée au dos. Mon visage d'aujourd'hui n'a plus grand-chose à voir avec celui-là. Comme si ma vie n'avait été qu'un long enlaidissement. Je l'enferme au fond d'une armoire. C'est terminé.

— Aucun des propos que tient Latouche n'est cohérent, je clame à qui veut l'entendre. La raison l'a quitté, c'est évident. On l'a vu se tordre de rire, récemment, lors d'un enterrement. Il divague, tente par tous les moyens de parler à Ondine. Il a même glissé à son attention un billet à Sainte-Beuve qui s'est empressé, outré, de me le remettre. Finir ainsi ! Un homme qui fut si brillant...

J'expédie ma fille à Lyon auprès de Valmore. Blessé, Henri refuse de me rendre mes lettres. Bientôt, il fait paraître un roman, *Léo*, plein d'allusions méchantes à mon égard. Poussant sa maîtresse du moment dans le lit de Balzac, j'encourage ce dernier à éreinter le livre d'Henri dans la presse. Nous nous détestons avec possessivité. Sans quartier. Peu à peu pourtant le silence se fait, limpide, irréparable. Dès l'automne, je n'évoque plus son nom. Latouche abandonne la lutte lui aussi et retourne s'enterrer à la Vallée aux Loups. Dix-neuf ans précisément après notre dernier baiser, nous venons enfin, du moins je le crois, de parvenir à rompre.

Les conséquences sont terribles. Notre histoire nous avait maintenus, Henri et moi, dans une sorte de temps suspendu. En elle, une part de nous était demeurée immobile, sans âge, sans ride, refusant de suivre le courant. Mais, à présent que la digue est rompue, la nature reprend ses droits, d'autant plus violemment qu'elle a été contrariée. Et les années désormais vont filer sans plus rien pour les arrêter, avec leur lot terrible d'agonies et de morts.

Condamné à la scène, Prosper navigue encore plusieurs saisons entre Lyon et Bruxelles, s'arrêtant à Paris le temps de quelques représentations sans succès. Quant à moi, je ne quitte plus la capitale, même si mes poésies ne se vendent plus, ne s'éditent même plus. Sainte-Beuve, qui courtise poliment Ondine, a beau essayer d'en faire publier à droite et à gauche, peine perdue. Je suis passée de mode. Le flux s'est tari. Sans Henri, ai-je tout dit ? Paru en

1843, *Bouquets et Prières* est un échec cuisant. Je me résigne alors à collaborer avec des magazines et à écrire pour moi, par convulsion, par vice. C'est un défouloir. À la maison, nous vivons dans un climat d'agitation permanent que je suis la seule à entretenir. Je suis abusive et tyrannique. Par ma faute, Inès se ronge de jalousie vis-à-vis d'Ondine, et Ondine vis-à-vis d'Hippolyte. Je suis incapable de laisser mes enfants respirer hors de mon joug.

Après deux tentatives et parce que j'ai des amis complaisants, Hippolyte obtient enfin, à vingt-six ans, son baccalauréat, et évite, grâce à mes manigances, d'aller à l'armée où il a tiré un mauvais numéro. Je ne supporterais pas qu'il s'en aille. J'ai perdu trop d'enfants et mes filles, qui crachent régulièrement du sang, menacent, même si je repousse violemment cette perspective, de me quitter un jour ou l'autre. Mon fils est ma seule valeur sûre. Il songe un moment à épouser une jeune fille. Égarement passager. J'étouffe dans l'œuf cette tentative d'insubordination. Ce sera la seule. Hippolyte suit des cours de peinture qu'il abandonne rapidement pour se dévouer à moi. À force d'intriguer auprès du ministère de l'Instruction publique, je finis par l'y faire entrer. Désormais fonctionnaire, mon fils s'installe pour toujours à mes côtés.

Ondine est moins facile à manier. Sous l'influence de Latouche, lors des semaines où il s'est pris pour son tuteur, son caractère est devenu plus volontaire et tourmenté. Rebelle. Sérieuse, maîtrisée, souvent mélancolique, elle cherche par tous les moyens à s'émanciper de moi, à décamper au plus vite de ce foyer de fous où nous recevons trop de monde selon elle et où la pauvre Inès, toujours malade, dépérit à vue d'œil, crevant d'envie à l'égard de sa sœur. Ondine est brillante, précoce, douée pour tout. Je suis fière d'elle. Mais quelque chose d'absent, de fuyant, d'insaisissable chez elle me dérange et me fait préférer Hippolyte, plus docile. Ondine apprend le solfège, le dessin, le chant et le piano. Elle voudrait enseigner. Son désir d'instruction et d'autonomie ne m'enchante guère. La culture de ma fille me complexe et me fait de l'ombre. À soixante ans, rougissant encore de mon manque de connaissances, je dévore les classiques qui m'ont tant fait défaut. J'abhorre ceux qui louent la simplicité de mes vers. J'en ai honte. Ondine, elle, a étudié les Latins et les Grecs, et veut exercer une profession. Je préférerais qu'elle se marie, qu'elle soit une bonne petite épouse dans la rue d'à côté. Mais tous les projets d'unions que je forme à son sujet échouent. Elle refuse la plupart d'entre eux. Quant aux autres prétendants, comme Sainte-Beuve, ils se défilent à la dernière minute. Peut-être estiment-ils Ondine trop indépendante, trop exigeante. Ou bien perçoivent-ils dans ses quintes de toux un son alarmant que je ne veux pas entendre.

J'admets pourtant que sa santé fragile nécessite des soins et je me résigne à la laisser partir trois mois, pendant l'été 1841, à Londres où le docteur Paul Curie, raconte-t-on, fait des miracles homéopathiques. Cette discipline toute nouvelle qui révolutionne la médecine suscite un enthousiasme exalté. Dans les lettres qu'elle m'écrit de Brook Street, Ondine rédige principalement des diètes et des recommandations à l'attention d'Inès, avec un sérieux touchant et irritant à la fois. Je cède moi aussi, pendant un temps, à l'engouement général. Je croirais de toute façon à n'importe quelle panacée. À la maison, la pauvre Inès s'affaiblit inexorablement, déchirée entre des crises d'adoration et d'aversion pour sa sœur absente. Les vomissements la tiennent parfois recroquevillée des heures durant. Devant le mal qui terrasse mon enfant, je me sens impuissante. Inès le sent aussi et s'éloigne chaque jour davantage, pleine de rancœur, d'une mère qui ne la protège plus. Elle devient capricieuse, exige soudain qu'on transporte dans sa chambre les meubles du salon. De son côté, Ondine prend le large. Son courrier s'espace. Elle est très affairée, prétend-elle, auprès de Mme Curie et de sa dame de compagnie. Les deux femmes se sont entichées d'elle et insistent pour qu'elle prolonge son séjour.

Je commence à douter de l'homéopathie.

Quelque chose sonne faux et me déplaît profondément. Pire. Je n'aime pas beaucoup l'idée de ces femmes crochues autour de ma fille. Que veulent ces deux mégères saphiques ? Ne cherchent-elles pas à me voler mon enfant ? Je suis dans tous mes états. Prosper me trouve ridicule, estimant que j'en fais trop comme d'habitude.

— C'est comme si tu avais besoin en permanence, dit-il, de trouver un sujet d'angoisse. Rien ne va jamais. Il faut toujours que quelque chose te préoccupe, casse la paix qu'il t'arrive d'atteindre. En dernière instance, ajoute-t-il, et si vraiment c'est ce qui te semble le mieux à faire, tu n'as qu'à adresser un courrier à Londres pour demander le retour d'Ondine. Un point c'est tout.

J'écris aussitôt. La réponse qui tarde à arriver confirme mes craintes et m'anéantit. Mme Curie m'informe de l'extrême gravité de l'état de santé de ma fille. « *La faire rentrer en France,* écrit-elle, *signifie la conduire à l'abattoir. Ses maigres chances de survie se trouvent entre nos mains. En mère responsable, vous saurez probablement entendre raison...* »

— C'est une machination ! Un chantage ! Ondine n'est pas mourante. Quel affreux mensonge ! Comment peut-on me torturer ainsi ?...

La lettre de Mme Curie me flanque une fièvre monstre pendant trois jours. Ma nervosité est telle que je fiche sans ménagement à la porte le moindre visiteur. Mieux vaut ne pas se présenter chez nous ces jours-ci.

— Et si... c'était vrai..., soupire doucement Valmore.

— Impossible. C'est de la séquestration. J'irai seule, s'il le faut, chercher ma fille en Angleterre !

— Je te demande un sacrifice, Marceline. Au bénéfice du doute, accordons-leur un délai, tranche Prosper. Si la santé d'Ondine ne connaît aucune amélioration d'ici quelques mois, nous exigerons son rapatriement sans question.

Je cède. À ma plus grande fureur, Ondine demeure prisonnière de Mme Curie et de sa maîtresse – car telle est, j'en suis certaine, la nature de leurs relations – pendant deux ans. Deux années d'échanges furibonds, de lettres exaspérées ou suppliantes qui réduisent mes nerfs déjà sensibles en compote. Au bout du compte, excédée, un matin d'août 1843, je prends la diligence jusqu'à Boulogne, puis le bateau pour atteindre la côte anglaise. Après quoi, fourbue mais résolue, je gagne Londres le lendemain dans une voiture bringuebalante. Autour de Grosvenor Square où habitent les Curie, les petites briques des maisons sont très foncées, presque noires, en harmonie avec le ciel. C'est comme entrer dans une mine. Haendel et Talleyrand ont vécu dans Brook Street. C'est tout ce que je retiens. Entrant chez les Curie comme une furie, après crêpage de chignons et faïences brisées, j'arrache Ondine aux griffes des deux sorcières qui reculent devant ma détermination. Nous repartons immédiatement à Paris. Ma fille, qui ne va toujours pas mieux, me regarde avec une hostilité discrète. Je ne crois plus du tout à l'homéopathie.

Deux ans plus tard, Ondine est devenue enseignante dans une institution à Chaillot. Elle est parvenue à ses fins : être indépendante, gagner son pain quotidien, vivre le plus loin possible de chez nous. Depuis son retour forcé de Londres, nos relations se sont crispées. Plus que tout, car elle se pique à son tour d'écrire, mes poésies la dérangent. Que de transports, estime-t-elle, pour une épouse sans histoire. Elle se pose bien des questions. Et l'affaire Latouche ! Que s'est-il vraiment passé ? Elle ne comprend pas, soupçonne quelque chose d'ignominieux et de terrible. Par ailleurs, mes sollicitations permanentes auprès des uns et des autres l'insupportent. Mon dévouement pour les filles tombées, ma générosité envers mes sœurs qui continuent à vivre dans l'indigence, mon indulgence à l'égard de mon malheureux frère. Sur certains sujets, Ondine a l'intransigeance de Prosper : elle n'éprouve aucune pitié pour Félix.

— Il y a, me dit-elle, une différence entre la miséricorde et la bêtise. À peine sorti de prison où il a atterri une énième fois pour vagabondage, Félix s'est remis à vendre tes lettres. Comment peux-tu lui pardonner ça ? Il profite honteusement de ta célébrité, a passé sa vie à te soutirer de l'argent. C'est un hâbleur et un ivrogne !

— Juste un pauvre hère. Il est fini. Ça fait soixante ans qu'il est fini. Il n'a que moi.

— Ta bonté te tuera, conclut Ondine.

Je baisse la tête sans rien dire, dans l'attitude humble et soumise des martyrs.

Passant outre la désapprobation de mon mari et de ma fille, je me démène pour caser Félix à l'asile de Douai. La visite que je lui rends me retourne les sens. Le pourrissement de mon frère m'atteint dans ma chair même. Il me semble voir apparaître la gangrène sur ma peau. J'embrasse sans répulsion son visage troué et quitte à la hâte mes Flandres natales. Je n'y reviendrai plus.

À partir de 1844, Inès doit s'aliter. Ma petite Andalouse, comme je la surnomme à cause du jais de sa chevelure, de ses traits allongés, de sa peau brune et de son œil coléreux, tousse du sang et perd parfois la voix pendant plusieurs jours. Elle s'essouffle, souffre de points de côté, perd l'appétit. Les médecins ne savent pas, prescrivent un traitement puis un autre. Ondine, qui a gardé sa foi en l'homéopathie, lui impose un régime à base de viandes rôties, de légumes au jus et de poissons frais simplement préparés. Surtout, préconise-t-elle, il faut bannir le café, la salade, les fruits crus, le fromage, les épices et la viande de cochon. Se couvrir chaudement et éviter les réunions nombreuses. Se coucher tôt. Boire uniquement de l'eau. Moi je veux bien. Je me plie à tout. Un docteur diagnostique une phtisie et ordonne tous les soirs des bains de pieds avec un quart de moutarde, une poignée de sel et un demi-verre de vinaigre. Un autre la saigne. Un troisième lui pose des ventouses. Un quatrième prescrit des bains chauds pour détourner le sang de sa poitrine.

L'état d'Inès empire de jour en jour.

Au printemps 1846, il devient dramatique. Ses ganglions enflammés l'empêchent de dormir comme de manger. L'estomac lui cause une douleur atroce. Elle éprouve des crampes, des lourdeurs, se trouve dans une fatigue insurmontable. Valmore cette année-là travaille à Bruxelles. Ondine est à Chaillot. Hippolyte ne prend pas de décision sans moi. J'ai moi aussi des crises nerveuses, des fièvres subites, ne me sens bien nulle part, suis rapidement abattue puis exaltée. À certains moments, je ne peux ni écrire, ni recevoir, ni faire de visites. Tout m'assomme et m'ennuie. Je dors mal. Lors de mes insomnies, je prends mon ouvrage et couds au chevet d'Inès. J'écris aussi. *Rêve intermittent d'une nuit triste.* La poésie reste ma seule religion. En contemplant à la lueur d'une bougie ce petit corps malade qui avance, implacable, vers le silence, je repense à mon premier fils, Marie-Eugène, à ma mère, à ma vie, à mes amours. Je pleure dans la pénombre.

Inès va mourir. Ce n'est plus désormais qu'une question de jours. À l'occasion de son vingt et unième anniversaire, elle souhaite réunir auprès d'elle tous ceux qu'elle aime. Nous transportons son lit au milieu du salon. Ondine prépare du thé, je fais des loées. On joue de la musique, on chante, quelqu'un se met au piano. Entre deux violentes quintes de toux, Inès rit, applaudit. Une horrible mascarade pour tous.

— De cette manière, j'aurai assisté à mon propre enterrement, me dit-elle.

Elle ne se croit pas aimée, reste persuadée que j'ai toujours préféré sa sœur et son frère. Je n'ai plus la force de lutter. Depuis deux ans, notre appartement du boulevard Bonne-Nouvelle empeste les drogues et la bile. La pauvresse crie sa rage, des insultes, des accusations, puis s'effondre en larmes. Valmore, retenu à la Monnaie, ne peut pas revenir. Inès le réclame.

— Mon père ! Je veux mon père ! souffle-t-elle.

Elle s'endort. Épuisée, je m'assoupis à mon tour.

Hippolyte me tire de ma somnolence en me prenant la main.

— C'est fini, maman. Inès ne souffre plus.

Nous sommes le 4 décembre 1846.

En l'absence de Prosper, c'est Hippolyte qui se charge de tout et organise les obsèques. Assisté d'Ondine, il nous déniche un nouvel appartement, rue de Richelieu, afin de fuir au plus vite la porte de Saint-Denis et le fantôme d'Inès. Je ne suis capable de rien, ne fais que pleurer, rongée par la culpabilité de survivre à mon enfant, à mes enfants, de ne pas pouvoir empêcher leur mort. Au dernier moment, sans force, je n'assiste pas aux funérailles de ma fille. La vie m'a tant frappée. Je ne comprends toujours pas pourquoi.

Le chagrin m'assomme pendant plusieurs mois, me recroqueville sur moi-même. Puis je me tourne à nouveau vers les autres. Alarmée par les lettres plaintives de ma sœur Eugénie, je pars pour Rouen. Au cours des années, son mari et elle se sont ruinés. Seuls deux de leurs enfants vivent encore. Ne sachant que faire, ils songent à partir pour l'Algérie. Eugénie est malade, fatiguée. Je leur donne de l'argent et fais jouer mes relations pour trouver du travail à mon beau-frère. Puis je m'occupe de Cécile. Elle parle toujours à ses chats, à ses géraniums. À ses quatre enfants morts. À l'homme qui l'a abandonnée. À ses deux fils qui ne viennent plus la voir. Ma sœur aînée ressemble à notre mère dont les cheveux ont à peine eu le temps de blanchir. Son visage sourit, absent, infini.

Eugène Debonne vient de mourir, m'apprend-on.

Il se creuse dans mon passé des trous insondables. Mais s'il y a un ciel, mon fils chéri, mort un matin bruxellois, vient enfin d'y retrouver son père.

En 1848, la révolution de février dresse des barricades sous nos fenêtres et me sort de mon abattement. Flanquée d'Ondine et d'Hippolyte, je participe aux insurrections. Quand tout se calme, Ondine est nommée « inspectrice des institutions et pensionnats des demoiselles du département de la Seine », mais pour des raisons de santé, elle occupe peu sa nouvelle fonction. De toute façon, le nouveau régime la déçoit rapidement. Elle ne partage pas mon enthousiasme. Nous sommes souvent opposées toutes deux. Toutefois, la mort d'Inès nous a rapprochées. La peur de nous perdre l'emporte sur tout autre sentiment. Ma fille est triste, elle pressent sans doute l'imminence de sa propre mort, son existence solitaire, sans homme, sans enfant. Je la houspille régulièrement pour qu'elle se marie.

— Il est trop tard, me dit-elle doucement.

Mais quand Jacques Langlais, avocat, veuf et père de deux enfants, vient à ma demande lui faire un brin de cour, je la pousse à ne pas refuser cette dernière chance. Ma sœur Eugénie vient de mourir. Puis Mme Récamier. Autour de moi, le glas ne s'arrête plus. Langlais, perspicace, comprend sans doute qu'épouser Ondine ne mettra qu'un terme temporaire au long veuvage de sa vie. Mais il est bon et généreux. Ma fille aura peut-être le temps d'enfanter une fois. Au fond d'elle, consciente pourtant qu'une grossesse la tuerait, elle brûle d'avoir un petit. Langlais la demande en mariage. Elle accepte.

Fin 1850, Noël se couple avec les fiançailles d'Ondine. Prosper retrouve un peu son entrain. Après la mort d'Inès, isolé en Belgique, il a songé au suicide. Seules mes lettres l'ont retenu au monde. De retour à Paris, sans travail, il s'enferme dans un mutisme sombre, arpentant l'appartement dans tous les sens, soupirant, maugréant. Il s'ennuie, se demande souvent pourquoi j'ai épousé un homme aussi inutile, décampe dès qu'un visiteur se présente, écrasé depuis toujours par son complexe d'infériorité à mon égard. Je l'aime, pourtant, mon mari. Au cours de notre vie commune, je me suis parfois, c'est vrai, forcée pour le faire. Mais l'amour n'est peut-être pas un sentiment naturel, immédiat. Aujourd'hui, je mesure combien je suis attachée par-dessus tout à cet homme qui partage mon quotidien depuis trente-trois ans, mon éclat comme ma laideur, sourit chaque matin à ma figure ratatinée et m'a donné des enfants, un toit, son nom. Cet homme qui s'est éreinté toute son existence à faire le clown devant des parterres indifférents ou hostiles pour nous faire vivre, pour me permettre d'écrire et de publier. Je lui dois mon affranchissement. J'aime Prosper Valmore comme un morceau de moi que rien ne pourrait amputer. Notre histoire a connu des périodes de regain étonnantes, survenues au milieu de l'habitude et de la fadeur, des retours de flamme déchirants. Au fond, nous n'avons jamais laissé le quotidien nous broyer. Le théâtre nous en a empêché. En bringuebalant Valmore d'une scène à une autre, il nous a toujours maintenus dans la frustration. Nous avons souvent vécu séparés. Rien de mieux pour l'amour. Même avec les années, mon mari est resté jaloux. En épluchant certains de mes anciens poèmes, il se sent parfois repris par ses vieux démons.

Par honnêteté, il m'avoue un jour m'avoir trompée avec des actrices et me demande de lui pardonner ses infidélités sans importance. Je dépose un baiser sur son beau front ridé. Nous entrons à nouveau dans la plaine tranquille.

27 février 1851. Je reçois la visite de Sainte-Beuve.

— Henri de Latouche est mort aujourd'hui à la Vallée aux Loups. Accepteriez-vous d'en faire son évocation pour moi, de lui rendre hommage ?

Je ne sais pas si je peux. Si j'y arriverai. Depuis onze ans, retranchée dans ma colère, prisonnière de mes mensonges, je me suis contrainte à ne pas penser à lui. Henri est mort. C'est une rafale qui m'atteint en pleine poitrine. Je ne l'aurais pas cru. Qui était Latouche ? Un mystère que je ne suis jamais parvenue à percer et dont j'ai subi l'éblouissement et la crainte. Henri... Tout remonte en moi, plus rien ne tient des faibles digues que j'avais construites, dérisoires, contre le passé. Et la poésie que j'avais contenue resurgit à gros flots. Toute cette détresse tue. Mon chant ne connaît plus d'obstacles désormais. Il m'appartient pleinement. L'écriture de cet amour constitue mon seul bien, à moi qu'on a dépossédée de tout. J'ai lutté mais je cède à nouveau aujourd'hui. C'est vers là que tend ma vie. C'est peut-être là que se loge la signification de tout. À soixante-cinq ans, je sens combien j'ai aimé et vécu. L'émotion est intacte. J'ai retrouvé Henri.

J'écris.

Et d'outre-tombe, ses doigts d'airain viennent enserrer ma nuque, avec ce geste qu'il aimait bien. Je le laisse faire, tends ma gorge à ses dents.

Mon cher tourment, mon invincible aimant.

20.

Je sais ce jour-là que je finirai par lui appartenir. Tôt ou tard. C'est juste une question de temps, de patience pour lui, de résistance pour moi. Tout a beau nous opposer, l'idée même d'être amants paraître aussi absurde qu'invraisemblable, c'est implacable. Je le comprends au moment même où je le vois entrer dans l'atelier de mon oncle Constant et se diriger avec détermination vers moi. Aucun doute, je vais aimer ce borgne cynique et las jusqu'à la déraison et mettre en péril ce que j'ai tant peiné à construire. Je viens d'épouser le meilleur des hommes et je suis enceinte. Mais ça ne change rien. Il n'y a pas d'explications. Le bonheur, peut-être, n'est pas ma quête. Le bonheur, une sorte de torpeur statique, une demi-mort. Longtemps j'ai cru le rechercher. Je me suis méprise sur mes propres désirs. À force de laisser les autres décider pour moi, je me suis approprié leurs envies. J'ai, quoi qu'il en soit, bien du mal à me suivre. J'avance si vite qu'il me semble parfois courir après moi-même avec essoufflement. Face à Henri de Latouche, je me vois soudain serrée dans un costume de vie qui ne me sied plus. J'ai changé de silhouette. Et surtout de goût. Seulement je veux l'ignorer encore et m'obstine à soutenir le contraire comme une femme mûre se persuade, boudinée dans une robe qu'elle portait jeune fille, qu'elle est restée la même. En moi pourtant, une fracture s'est opérée, un petit bruit discret mais persistant de bois qui travaille.

L'été 1819 est sans chaleur ni soleil. De toute façon, après Bruxelles, la lumière de Paris, même grise, me brûle. Dans l'atelier de Constant, triplement exposé, elle entre de tous côtés, vient heurter les chevalets, jaillit des palettes. Assise dans un coin, mon cahier sur les genoux, je me laisse porter par elle, les sens en éveil, d'une acuité presque insoutenable. Je perçois la moindre vibration. Mon corps semble ne plus pouvoir contenir tout ce flux d'émotions. J'ai éprouvé la même sensation à chaque grossesse, cette envie de pleurer et de jouir en même temps, d'entrer dans la clarté et de me retrancher du jour. Cette fois-ci, c'est encore pire.

J'écris, je suis bien. Mon oncle va et vient en traînant les pieds au milieu de ses gouaches. La mort de mon petit garçon puis celle de mon père ont marqué la fin de notre brouille. Notre réconciliation s'est faite sur des tombes. Et sans doute parce que nous en mesurons le prix, notre amour, depuis mon retour à Paris, est plus fort qu'avant.

— Pleure, ma *tiote*, ne te gêne pas, me dit Constant quand il me sent assaillie par le souvenir de Marie-Eugène.

Dans son atelier, situé dorénavant rue Childebert, je peux être triste, être moi-même et pleurer mon fils disparu. Devant mon jeune époux et sa mère, je dois au contraire jouer mon rôle de femme comblée, heureuse dans son ménage et se préparant à donner naissance. Mais entre les murs du premier étage de la Childeberte, je desserre le nœud étranglé dans ma gorge, le drame de ma mère, mes enfants morts, la déchéance des miens, mon enfance extorquée, les derniers déboires de mon frère Félix qui vient d'être rétrogradé pour ivrognerie. La déception de mon mariage. Et ça sort.

Il faut que ça sorte.

— Un journaliste du Salon, m'apprend mon oncle, doit me rendre visite dans l'après-midi. Un drôle de bonhomme, ajoute-t-il, intelligent, dérangeant, cassant, impénétrable. Somme toute, plutôt inquiétant. Il a fait jouer deux mauvaises pièces l'année passée à l'Odéon. Il produit régulièrement, du reste, des ouvrages faciles, négligés. C'est curieux chez un homme par ailleurs si exigeant, capable du pire comme du meilleur. Un touche-à-tout. Il relate des procès pour la presse, publie des guides de voyage et des romans. Mais sa gloire véritable, et toute récente, c'est d'avoir exhumé André Chénier que plus personne ne connaissait.

Les cheveux en bataille, les yeux rentrés en lui-même, Constant fait une pause.

— Il ne jure que par Canova et par David, reprend-il. Cette année, sa critique du Salon était de loin la plus fine... C'est-à-dire qu'il n'a peur de rien, ce qui lui vaut bien des inimitiés... Latouche. Henri de Latouche. Tu le connais ?

— Je l'ai croisé à deux reprises.

Rencontré, rien n'est moins sûr. Aucune collision, peut-être une légère bousculade, et encore, par deux fois dans le décor d'un théâtre. Du carton plâtre, des faux nez, des perruques. Du creux, du factice, et moi sur mes gardes, actrice. Jusqu'à présent Henri de Latouche n'a été sur ma route qu'une apparition fugace dont il m'arrive de mettre en doute la réalité. Je m'invente tellement de vies, j'ai connu tant de métamorphoses. Ai-je rêvé ce que j'ai perçu sur sa figure étrange ? Sans doute. J'ai trop d'imagination. Tout de même, je regrette d'avoir mis cette robe qui me donne l'air plus enceinte que je ne le suis. J'ai des cernes sous les yeux, la coiffure en désordre. À la Childeberte, je me fiche de mon apparence, retrouve avec plaisir mes allures provinciales, loin des grimages du théâtre. Dans ma vraie laideur, pas trichée, je me trouve bien. Ce souci soudain de coquetterie m'intrigue. Aurais-je le dessein secret de plaire à cet homme ? C'est grotesque. Il est repoussant, petit. Je n'aime pas le teint rosâtre de sa peau. Rien chez lui ne me plaît. Ses mains, peut-être. Sa voix... Mais je suis une femme mariée.

— Marceline, attention où tu mets les pieds ! crie Constant. Tu marches sur mes couleurs ! Enfin, ma fille, tu rêves ?

Une page s'est tournée pour moi. Avec un peu de chance, je n'aurai plus jamais à remonter sur scène, pourrai vivre de mes écrits. Noblement. N'aurai plus à me vendre. J'ai enfin la vie à laquelle j'aspirais dans ma solitude misérable. La paix. À préserver à tout prix. À d'autres le tumulte.

— Madame Valmore ?

— Oui ?

Taille moyenne, embonpoint lourd, mâchoire volontaire, favoris à la mode, Henri de Latouche se dresse face à moi.

L'après-midi n'a pas suffi. Depuis notre dernière conversation, quatre ans ont passé. J'ai perdu Marie-Eugène, il n'a plus Léonce, son fils. Devant l'église de Saint-Germain-des-Prés, le jour est tombé. Parmi les passants invisibles, nous peinons à nous quitter. Latouche repart vers la rue des Saints-Pères où il vit depuis qu'il s'est séparé de son épouse. Je vais dans la direction opposée, à l'hôtel du Paon, retrouver Prosper et sa mère. Interdite, éblouie, je chahute avec les battements de mon cœur. Il s'est passé quelque chose, je le sens bien. Je ne comprends pas. Un autre monde, jamais envisagé, s'est laissé regarder. Dans toute son horreur et son envoûtement. Fermant les yeux, je me mets à raconter n'importe quoi.

— Ma grand-mère disait souvent qu'avril était le mois des fous, que les gens nés à cette date...

— Au revoir. À bientôt, me coupe Henri avec douceur.

Tournant le dos, il disparaît précipitamment.

— Sinon je vous aurais embrassée, m'avouerait-il par la suite.

Je suis troublée, intriguée. Une déchirure dans mon quotidien. Un quotidien qui, je l'avais cru, me satisfaisait. Je me suis peut-être trompée. N'est-il pas dangereux de revoir cet homme ? J'ai beaucoup à perdre. Et à gagner ? Je n'aime pas jouer. Lui, oui. C'est visible. Il est si élégant. J'ai honte de mes guenilles. Désormais, je veillerai à soigner ma mise. Il me semble avoir quelque part au fond d'une malle un turban de cachemire et une douillette fourrée d'hermine. Je prends la direction de la rue du Paon-Saint-Germain d'un pas léger malgré mes cinq mois de grossesse. Non, je ne céderai pas à l'appel d'un vulgaire adultère.

Je viens de me déclarer la guerre.

Peu à peu nos rencontres cessent d'être fortuites. Une logique en pente douce. Notre histoire est en marche. Je freine comme je le peux ma chute, mais inexorablement je me sais happée vers lui, tombant avec délices et douleur vers cet ailleurs dont j'ai senti le souffle. Au début, sans jamais nous donner rendez-vous, mais comme une évidence, nous nous retrouvons dans l'atelier de Constant. Parlons des heures. Mon oncle se réjouit de cette amitié naissante qu'il encourage vivement.

— Allez donc faire un tour, nous exhorte-t-il. Seuls les ermites dans mon genre se complaisent à rester dans leur terrier. Je me demande depuis combien d'années je n'ai pas vu le fleuve...

Dans les rues de la capitale nous marchons côte à côte. La ville nous cache. Nous ne croisons jamais personne. Nos pas, chaque fois, nous conduisent jusqu'à la Seine. Presque en dépit de nous, nous rejoignons toujours l'île Saint-Louis, le chevet de Notre-Dame, le saule pleureur qui plonge là dans l'antre de

Paris. Alors nous quittons la berge pour glisser à la dérive des mots, nous laissons déporter à vau-l'eau loin de tout. Délivrés. La fin du jour nous trouve sur le pont de la Tournelle, le temps suspendu au-dessus de nos silences diserts. Ce n'est pas le vrai monde, nous en avons conscience, il s'agit d'un lieu irréel et pourtant bien là, envahi par la découverte émerveillée de l'autre, que nous tâchons, sachant qu'il ne durera pas, de préserver à tout prix. C'est là qu'Henri me prend la main pour la première fois et que je m'empresse de la retirer. C'est là qu'il la saisit à nouveau quelques minutes plus tard. Je ne bouge plus.

Il y a en moi comme deux femmes qui s'entendent à merveille. La première noue chaque jour sans gémir un petit tablier autour de son gros ventre, écosse des pois, lave du linge, sourit avec douceur à son époux, à sa belle-mère, et se glisse ravie le soir dans le lit conjugal. La seconde délie tout, tablier, robe, jupon, s'affranchit l'après-midi d'une routine qui lui pèse malgré ses dires pour vivre dangereusement et à toute vitesse parce qu'il y a urgence à se défaire du mensonge. Avec stupeur, je découvre combien ce dédoublement me comble. Mes deux vies paraissent se compléter, la première tempérant la seconde, la seconde aiguillant la première. Deux existences me sont données, quelle richesse ! Mais il me faudra tôt ou tard trahir Prosper, et l'idée même me révulse. Je ne suis pas ainsi. Je crois sincèrement à l'engagement que j'ai pris avec lui, redoute de lui faire du mal, d'atteindre au dégoût de moi-même. Ce n'est pas la chair qui m'inquiète, car ce n'est pas la chair qui m'attire vers Latouche. C'est bien plus menaçant. Mais qu'est-ce donc ? Je ne mettrais pas en danger mon mariage, la confiance de Valmore, son amour, pour une simple coucherie. Pour quoi alors ? Pour le vertige de courir l'après-midi dans une direction opposée à celle de la vieillesse et de la mort, les pieds à peine tenus au sol, fébrile et résolue. Le regard d'Henri lance des dagues, ses poignes ne m'attrapent pas encore. Il y a quantité de mots et de phrases qui se poignardent entre nous et d'autres qui se taisent, attendant leur heure. Il n'est pas encore trop tard. Je n'ai pas grand-chose à me reprocher. Latouche m'a seulement pris la main. Mais l'alerte est donnée. Henri m'habite déjà, bientôt il me possédera totalement. Le temps suspendu ira se fracasser par terre. Dès que je me sépare de Latouche, la réalité m'assaille aussitôt. La raison regagne du terrain. C'est du pur suicide. Une monstrueuse erreur. Henri, de toute façon, n'a rien à m'offrir. Comment puis-je ainsi jouer avec le feu ? Je ne sais pas, ne comprends pas. Des deux femmes que je suis, laquelle va l'emporter ?

Je vais accoucher. La nature semble avoir décidé pour moi. Forte de cet argument inattaquable, j'impose à Henri un pacte de renoncement.

— Quel plus bel amour que celui qui s'abstient, lui dis-je sans conviction.

De toute façon, nous n'avons pas le choix.

La fatigue m'oblige à m'aliter de longues semaines avant la délivrance. Une vraie plaie. Ne plus voir Latouche, ne plus lui parler. Immobilisée dans le petit logement de la rue du Paon-Saint-Germain avec ma belle-mère comme garde-malade, je tue le temps en écrivant des poèmes et des nouvelles sur les Antilles. « Méfiez-vous de cette grande facilité d'écriture que vous avez et qui parfois boursoufle vos vers. Vous en faites trop, comme si vous vouliez prouver à tout prix que vous êtes une bonne élève. » Les conseils d'Henri me manquent tout autant que la fièvre de ses yeux dérangés. Incapable de tenir davantage, je choisis la littérature comme prétexte pour le faire venir jusqu'à moi.

— Verrais-tu une opposition à ce que M. de Latouche nous rende visite un de ces jours ? je demande à Prosper. C'est un ami de Constant et il m'aide beaucoup... Et puis, sait-on jamais, tu peux être amené à jouer une de ses œuvres. Tu verras, il te plaira, j'en suis certaine.

— Bien entendu. Qu'il vienne. Ça te distraira, ma pauvre chérie.

Je n'ai aucun scrupule. Le désir de voir Henri l'emporte sur le reste. « *Venez en ami* », je lui écris. Impossible de faire autrement. J'imagine la scène : il se trouvera là, à mon chevet, au-dessus de mon énorme ventre, à deviser poliment avec Valmore et Anne-Justine. Tout ce que nous avons à nous dire restera tu sur nos lèvres. Prosper se démènera pour paraître à la hauteur de la discussion. Mais Henri sera délicat avec lui. Peut-être même éprouvera-t-il un pincement devant la silhouette superbe de mon époux, son visage parfait. Il doutera alors probablement de l'ascendant qu'il a pris sur moi. Il y a des chances, au fond, pour que les deux hommes sentent une sorte de rivalité entre eux. Et moi, de mon lit, allongée comme une reine, je dirigerai la joute.

Je rougis de ma cruauté.

Henri tient son rôle à la perfection puis s'efface, discret, calculateur. Sur le point de donner la vie, mon instinct de louve me ramène en toute logique vers le père de mon petit. Je dois ma maternité à Valmore. Un regain pour lui de tendresse, de reconnaissance, me submerge. Je ne suis pas malheureuse avec lui. Je m'enfonce dans un bien-être douillet que la rencontre avec Latouche a bousculé. Un coup de sang passager. Mais je suis à Prosper. Un être exceptionnel, mon mari, des qualités uniques. Faut-il que j'aie perdu la tête pour trembler devant un homme qui multiplie les maîtresses et les échecs, un homme qui s'enlise chaque jour un peu plus en lui-même ? Être une de ses proies parmi les autres ? Je me suis laissé emporter comme une gamine. Il est grand temps de me ressaisir. L'arrivée de mon bébé diminue l'empire du borgne.

Soutenue par ma sœur Eugénie, je mets au monde Hippolyte. Tout à ma joie d'avoir un garçon, un beau bébé potelé, robuste, j'oublie quelque temps l'écriture et l'existence même d'Henri de Latouche. Je suis folle de mon fils, en adoration devant lui et devant l'homme solide qui me l'a donné. J'ai enfin un enfant, un enfant qui vivra et qui me survivra, j'en ai l'intime conviction. Je rechigne un peu à le placer chez une nourrice. Les pauvres filles mentent souvent, prétendent avoir assez de lait et trois semaines plus tard l'enfant est mort. J'en sais quelque chose. Eugénie insiste pour que je lui confie Hippolyte. Elle connaît une femme juste à côté de chez elle, près de Dreux. Elle ira voir mon fils tous les jours, surveillera sa santé avec attention. Prosper, qui emporte lors de cette première saison à l'Odéon un succès estimable, est débordé par les répétitions. Absent la plupart du temps, il me pousse à accepter la proposition d'Eugénie. Je pourrai ainsi me consacrer plus sereinement à la préparation de mon prochain recueil de poèmes. L'éditeur me presse. J'ai besoin de toute mon énergie. Je remets mon bébé à ma sœur et reprends le chemin de l'atelier de Constant. Il n'est pas question pour moi de demeurer des heures durant au côté de ma belle-mère.

En retournant à la Childeberte, je sais vers quoi je vais. À quel rendez-vous. Vers quelle histoire dont je pressens la grandeur et que je ne veux pas regarder passer en spectatrice. Quel qu'en soit le prix.

Comme la poésie, Henri de Latouche réapparaît dans ma vie. Nos conversations, nos déambulations, reprennent. Le soir bien souvent nous surprend sur le pont de la Tournelle, le vent assèche nos lèvres qui ne se touchent pas encore. Mais le temps déjà n'est plus immobile, le temps nous ordonne de rejoindre la rive. En moi règne la dissension. Mes deux vies ne s'accordent plus. La présence de Valmore m'importune, apparaît soudain comme un obstacle à l'élan qui me porte vers Henri. L'adoration de mon mari pour moi, depuis qu'imperceptiblement il me sent m'enfuir, m'horripile, tout autant que son aveuglement. Je m'ennuie à ses côtés. Que se passe-t-il ? J'étais tellement heureuse. Prosper est si bon. Le trahir serait une monstruosité. Pour qui ? Latouche. Il me hante. Je ne vois plus que lui. Tout ce qui n'est pas lui m'exaspère. Je deviens irritable, ingrate, reproche à Valmore mille et une petites choses infondées. Les heures passées avec Henri deviennent trop courtes. Je suis à son égard dans un tel état de dépendance que je ne vis plus que pour le voir ou pour le lire. Nous avons commencé à nous écrire. Très vite, nos lettres prennent un rythme quotidien. En elles, la retenue que je m'efforce de conserver à quelques centimètres des mains d'Henri s'écroule. Dans l'écriture, je me livre tout entière. Avec davantage de pudeur que moi, Latouche se démasque lui aussi. Ma violence, ma force, ma beauté, mes vices, tout surgit dans les pages que j'adresse à Henri. Mon écriture, à son contact, se modifie de jour en jour. Mes poèmes s'en ressentent. Quand paraît *Poésies*, l'influence de Latouche est perceptible, plus d'audace, moins de naïveté, une véritable libération.

Les semaines passent. Les deux femmes en moi ne s'épargnent plus. Leur zizanie me consume. Je ne dors plus, connais des moments d'abattement profond ou d'exaltation exagérée. Je suis prisonnière d'Henri, incapable de m'échapper. Il faut rompre, je me le répète, c'est la seule solution, ne plus le voir, ne plus l'entendre, ne plus lui écrire. Ne pas vivre notre histoire ? Renoncer à cette splendeur, à cette communion ? Son amour me suce le sang. Nous sommes si complices. Comment échapper à l'union de nos corps ? Alors je me donnerai à lui, il n'existe aucune autre issue ! De cette manière seulement, peut-être, je me déferai de son emprise. Une fois assouvi le désir, je retrouverai sans doute ma raison, ma prudence. Mais il y a Prosper, son doux visage, sa tendresse. Voilà que je m'apprête à marcher sur les traces de ma mère. Comme une malédiction lancée depuis longtemps. Moi qui m'étais fait le serment du contraire. Quand finirai-je par décider moi-même de mes actes ? Est-ce que je mesure bien la portée de ce que je vais faire ? M'offrir à Henri corps et âme signifie passer de l'autre côté des choses, connaître un amour qui rendra celui de Valmore impossible, m'interdira ensuite de revenir en arrière, de retrouver la paix conjugale. C'est un risque à prendre. J'en meurs d'envie.

« Je serai chez vous demain à l'heure du déjeuner. » Je me suis décidée. Il faut en finir. Demain, je trahirai l'homme qui m'a accordé sa confiance, son respect, son estime. Demain, mon corps, qui depuis trois ans n'appartient plus qu'à mon mari, cédera aux morsures d'un autre. Mes doigts habitués à la peau de Prosper seront malhabiles, gênés. Latouche me déshabillera, me verra nue et timide. Et le soir j'embrasserai Valmore en lui servant son souper, l'odeur de l'autre sur moi.

Quelle tranquillité, désormais. En moi tout doute a disparu. J'ai lutté pendant des semaines, des mois, mais à présent je suis sûre de moi. Je veux vivre.

Et il y aura des larmes, et des laideurs.

Mais, demain, je ne penserai à rien d'autre qu'à la beauté. J'oublierai mes petits morts et tous les deuils de ma vie. Un peu avant l'heure du déjeuner, je vérifierai une dernière fois ma mise, mon corset, mes cheveux, mon haleine, dirai que je pars chez Constant et m'en irai le cœur battant, terrifiée, courant, volant au rendez-vous d'Henri, honteuse de moi, fière de moi.

Félix Desbordes est mort en 1851.
Un an après son mariage, en 1852, Ondine Valmore donna naissance à un garçon qui ne vécut que trois semaines. Comme sa sœur Inès, elle fut emportée quelques mois plus tard par la tuberculose.

Cécile Desbordes s'éteignit en 1854.
Atteinte d'un cancer de l'utérus, Marceline Desbordes-Valmore passa les deux dernières années de sa vie alitée dans son appartement de la rue de Rivoli à Paris. Jusqu'à sa mort en 1859, elle écrivit des poèmes d'amour qui furent publiés à titre posthume.
Prosper Valmore survécut vingt-deux ans à sa femme. Avec son fils Hippolyte, il se consacra exclusivement à sa mémoire et à son œuvre.
Hippolyte Valmore tenta de censurer plusieurs poèmes inédits de sa mère ainsi que sa correspondance. Les originaux furent heureusement retrouvés. Il ne se maria jamais, n'eut pas d'enfant et mourut en 1892.

Sources

Œuvres de Marceline Desbordes-Valmore, éditions originales

Élégies, Marie et Romances, 1819
Poésies, 1820
Les Veillées des Antilles, 1821 (poésies et nouvelles)
Poésies, 1822
Élégies et Poésies nouvelles, 1825
Poésies, 1830
Album du jeune âge, 1830 (contes)
Les Pleurs, 1833
Une raillerie de l'amour, 1833 (roman)
L'Atelier d'un peintre, scènes de la vie privée, 1833 (roman)
Salon de Lady Betty, 1836 (nouvelles)
Pauvres fleurs, 1839
Violette, 1839 (roman)
Contes en vers pour les enfants, 1840 (contes)
Contes en prose, 1840 (contes)
Livre des mères et des enfants, 1840 (contes)
L'Inondation de Lyon, 1840
Bouquets et Prières, 1843
Domenica, 1843 (nouvelles)

Huit femmes, 1845 (nouvelles)
Les Anges de la famille, 1849 (contes)
Jeunes têtes et jeunes cœurs, 1855 (contes)
Poésies inédites, 1860
Contes et scènes de la vie de famille, 1865,
Les Petits Flamands (contes)
Poésies de l'Enfance, 1868
Poésies en Patois, 1896

La biographie en deux volumes de Francis Ambrière, *Le Siècle des Valmore*, publiée aux éditions du Seuil en 1987, dont j'ai adopté la plupart des thèses, et la correspondance de Marceline Desbordes-Valmore sont les deux sources principales de ce livre.

La bibliothèque municipale de Douai contient des documents d'une grande richesse, lettres autographes de Marceline et de ses correspondants, amis, famille, enfants, manuscrits originaux de recueils de poèmes, chansons, albums de pensées diverses, journaux, la plupart égayés de fleurs, de plantes séchées, de mèches de cheveux et de dessins. On y trouve également l'essentiel de la bibliographie sur Marceline, répertoriée ci-dessous.

De Marceline Desbordes-Valmore

Marceline Desbordes-Valmore, textes choisis par Marc Bertrand, HB éditions, 2001.
Huit Femmes, nouvelles, Droz, 1999, Marc Bertrand, Textes littéraires français.
L'Atelier d'un peintre, Lille, Éditions Miroirs, 1992.
Domenica, Droz, 1992.
Les Petits Flamands, Droz, 1991.
Contes, Presses universitaires de Lyon, 1989.

Vingt-Deux Lettres, Jean le Mauve, L'Arbre, 1986.
Poésies, Gallimard, Yves Bonnefoy, 1983.
Les Œuvres poétiques, Presses universitaires de Grenoble, Marc Bertrand, 1973, deux tomes. (Édition complète et commentée, aujourd'hui épuisée.)
Œuvres poétiques, 1886-1922, Slatkine, 2 vol., 1972.
Poèmes choisis, Y.-G. Le Dantec, Paris, Hazan, 1950.
Poésies choisies, M. Allem, Paris, Garnier, 1935.
Poésies complètes, Bertrand Guégan, Paris, Éditions du Trianon, 2 vol., 1931 et 1932, édition inachevée.
Poésies, L. Descaves, Lyon, Lardanchet, 1927.
Œuvres poétiques, Éditions A. Lacaussade, Lemerre, 1886, incomplet et censuré. Épuisé.

Bibliographie générale

La Double Confidence, Françoise Mallet-Joris, Plon/Grasset, 2001.
La Petite Sœur de Balzac, Christine Planté, Le Seuil, 1989.
Marceline Desbordes-Valmore, 1786-1859, Bibliothèque nationale de France, 1959.
Marceline Desbordes-Valmore, Jeanne Moulin, Seghers, Poètes d'aujourd'hui, 1955.
Marceline Desbordes-Valmore à la Guadeloupe, Mme Gaston Bourgeois, Fédérations des associations culturelles du département de la Guadeloupe, 1948.
Bibliographie critique de Marceline Desbordes-Valmore, Giacomo Cavalluci, Paris, Margraff, 1942.
Marceline Desbordes-Valmore, sa vie et son secret, Jacques Boulanger, Plon, 1926.
La Vie amoureuse de Marceline Desbordes-Valmore, Lucien Descaves, Flammarion, 1925.
Lettres de Marceline Desbordes-Valmore à Prosper Valmore,

préface et notes de Boyer d'Agen, Paris, La Sirène, 2 vol., 1924.

Lettres inédites, recueillies et annotées par son fils Hippolyte Valmore, préface de Boyer d'Agen et notes de Pougin, Paris, Michaud, 1911.

La Vie douloureuse de Marceline Desbordes-Valmore, Lucien Descaves, Éditions d'art et de littérature, 1910.

La Jeunesse de Madame Desbordes-Valmore, d'après des documents nouveaux, suivis de lettres inédites de Marceline Desbordes-Valmore, par Pougin, Paris, Calmann-Lévy, 1898.

Correspondance intime, 2 vol., Rivière, Paris, Lemerre, 1896.

Et aussi

Les Poètes, Louis Aragon, Gallimard, 1969, en particulier le « Prologue » et « Le Voyage d'Italie ».

L'Insurrection lyonnaise et le mouvement ouvrier à Lyon de 1827 à 1832, Rude, Paris, Anthropos, 1969.

Balzac et la recherche de l'absolu, Madeleine Ambrière, Quadrige, PUF, 1968.

La Vie quotidienne en Belgique sous le régime français 1792-1815, Jean Cathelin, Librairie Hachette, 1966.

Marceline Desbordes-Valmore devant la critique, Newkirk Jasenas, Droz-Minard, 1962.

« Lettres inédites de Marceline Desbordes-Valmore », Marie Cordroc'h et Roger Pierrot, *Revue des Sciences humaines*, 1960.

« Desbordes-Valmore et Audibert », Newkirk Jasenas, *Revue des Sciences humaines*, 1959.

« La famille de Marceline Desbordes-Valmore », Bulletin n° 6 des Amis de Douai, avril 1959.

« L'enfance de Marceline Desbordes-Valmore », Leroy, *Bulletin des Amis de Douai*, n° 5, mars 1959.

« Marceline Desbordes-Valmore, sa famille et ses médecins », Lacassagne, Albums du Crocodile, 1957.

« Autour de Balzac et Marceline Desbordes-Valmore », Madeleine Fargeaud, *Revue des Sciences humaines*, 1956.

C'est nous les Canuts, Rude, Paris, Domat, 1953.

« Madame Desbordes-Valmore et Giacomo Leopardi », Charlier, *Rivista di Letterature Moderne*, janvier 1951.

Ondine Valmore lyonnaise, Lacassagne, Albums du Crocodile, 1948.

Catalogue des romances françaises parues sous la Révolution et l'Empire, Gougelot, Melun, 1937-1943.

Bibliographie critique de Marceline Desbordes-Valmore, Giacomo Cavalluci, 1938 et 1942 (tome II)

Le Roman conjugal de Monsieur Valmore, Praviel Armand, Les Éditions de France, Paris, 1937.

La Romance française sous la Révolution et l'Empire, Gougelot, Melun, 1937.

« Un rêve d'amour en 1845. Sainte-Beuve et Ondine Valmore », Bonnerot, *Le Mercure de France*, 15 septembre 1932.

Le Frère de Marceline Desbordes-Valmore, Lettres à Félix, Lucien Descaves, Paris, Fayard, 1932.

« Madame Desbordes-Valmore à Bordeaux », Courteault, *Revue historique de Bordeaux*, mars-avril et mai-juin 1923.

Marceline Desbordes-Valmore et ses amis lyonnais, Vial, Paris, La Connaissance, 1923.

Le Mari de Madame Desbordes-Valmore, Jacques Boulanger, 1909.

Sainte-Beuve inconnu, Spoelberch de Lovenjoul, Paris, Plon, 1901.

Un épisode peu connu de la vie de Marceline Desbordes-Valmore d'après une lettre inédite, Vérité, Douai, 1896.

« La plus noble d'esprit... » Verlaine, 1896.

« Madame Desbordes-Valmore et Van Campenhout »,

Fétis, supplément à *L'Indépendance belge*, 20 et 27 août, 3 septembre 1893.
Portraits contemporains, Sainte-Beuve, Paris, Calmann-Lévy, 1869 (tome 2).
Causeries du lundi, Sainte-Beuve, Paris, Garnier, 1861 (tome XIV).
Nouveaux lundis, Sainte-Beuve, Paris, Michel Lévy, 1870 (tome XII).
Partout, un peu de tout, Louis Lacour, 1843.
« Valmore », Félix Delhasse, article, p. 163-168 de l'*Annuaire dramatique*, 1841, Bruxelles. Et tome III des *Supercheries littéraires dévoilées*, de Quérard.
Voyage pittoresque dans les Basses-Pyrénées, Louis Lacour, 1834.
Souvenirs personnels et silhouettes contemporaines, Auguste Barbier, Paris, Dentu, 1833.
Les Cahiers d'Ondine Valmore, Caplain, Paris, Bosse, 1832.

Autour d'Henri de Latouche

Un romantique républicain, Henri de Latouche, Frédéric Ségu, Paris, Les Belles-Lettres, 1931.
Henri de Latouche et son intervention dans les Arts, Les Belles-Lettres, Paris, 1931.
Un maître de Balzac méconnu, Frédéric Ségu, Les Belles-Lettres, Paris, 1928.
La Reine d'Espagne, Henri de Latouche, Les Belles-Lettres, Paris, 1928.
« Latouche réhabilité », *Le Mercure de France*, article de Chaboseau, 1928, p. 122-136.

Remerciements

Ce soir d'avril 1827 à l'Opéra de Paris, on ne jouait pas La Muette de Portici. *La création de cette œuvre d'Auber n'eut en effet lieu que l'année suivante, le 29 février 1828 très exactement. On ne voyait pas non plus la Seine à travers les fenêtres du deux pièces d'Henri de Latouche situé au numéro 69 de la rue des Saints-Pères, non loin de la rue de Grenelle, c'est-à-dire à l'opposé du fleuve... Deux exemples parmi tant d'autres. Il y a dans ce texte bien des entorses à la réalité historique. Il n'y a même que ça. L'existence de Marceline Desbordes-Valmore, femme de lettres née à Douai en 1786 et morte à Paris en 1859, fut sans doute très différente de celle racontée ici. Et Marceline Desbordes-Valmore ne l'aurait pas dite ainsi. Elle ne l'aurait pas dite du tout.*

Les biographes s'en sont chargés à sa place. Dès sa mort, les ouvrages sur elle n'ont cessé de pulluler, des plus sérieux aux plus loufoques. Il aura fallu attendre 1987 pour que paraisse le livre de référence sur le sujet, levant le voile sur toutes les inepties. Francis Ambrière a consacré quelque trente ans au Siècle des Valmore. *Après lui, toute étude strictement biographique aurait semblé redondante, inutile. Il ne restait place qu'à la fiction.*

Le roman possède sa vérité et ses propres sources. En puisant pour cette Marceline-là dans les nombreux ouvrages référencés ci-dessus, dans la correspondance de la poétesse, en suivant les traces de la femme dans les villes où elle vécut, en lisant et en relisant son œuvre, je n'avais que les fils de la tapisserie. La trame se trouvait dans mes archives personnelles. Après des mois d'investigations, je m'aperçus que je m'éloignais d'elle pour me rapprocher de moi. De moi telle que j'aurais pu être si j'avais été elle. J'étais prête à tisser.

Je remercie le personnel de la bibliothèque municipale de Douai, et plus particulièrement son directeur, Pierre-Jacques Lamblin, pour son accueil, sa disponibilité et sa gentillesse à mon égard les nombreuses fois où je suis venue troubler la paix de ses Flandres.

Laurent Sauvage, du musée de la Chartreuse de Douai.

Madeleine Ambrière, qui m'a encouragée avec enthousiasme à travailler le canevas de la fiction.

Thierry Gandillot, pour avoir cru en ce projet.

Nicole Lattès et Leonello Brandolini, qui m'ont permis de le réaliser.

Guillaume d'Alessandro, sans qui ce livre n'aurait pas été.

Françoise Delivet, complice littéraire et éditrice d'exception.

Et tous ceux qui pendant presque deux ans ont partagé mes doutes et mon obsession « marcelinienne ».

Aux fantômes, enfin, du pont de la Tournelle.

Cet ouvrage a été composé et mis en pages
par Étianne Composition
à Montrouge.

Achevé d'imprimer sur les presses de

BUSSIÈRE

GROUPE CPI

à Saint-Amand-Montrond (Cher)
pour le compte des Éditions Robert Laffont
en janvier 2005

N° d'édition : 45479/01. — N° d'impression : 045245/4.
Dépôt légal : janvier 2005.

Imprimé en France